中國語言文字研究輯刊

二三編

許學仁 主編

第 **2** 冊

生態漢語學（增訂版）
（第二冊）

李國正 著

花木蘭文化事業有限公司

國家圖書館出版品預行編目資料

生態漢語學（增訂版）（第二冊）／李國正 著 -- 初版 -- 新
北市：花木蘭文化事業有限公司，2022〔民 111〕
目 4+202 面；21×29.7 公分
（中國語言文字研究輯刊 二三編；第 2 冊）
ISBN 978-626-344-016-6（精裝）
1.CST：漢語 2.CST：語言學 3.CST：生態學
802.08 111010172

ISBN-978-626-344-016-6

中國語言文字研究輯刊
二三編 第二冊 ISBN：978-626-344-016-6

生態漢語學（增訂版）（第二冊）

作 者 李國正
主 編 許學仁
總 編 輯 杜潔祥
副總編輯 楊嘉樂
編輯主任 許郁翎
編 輯 張雅淋、潘玟靜、劉子瑄 美術編輯 陳逸婷
出 版 花木蘭文化事業有限公司
發 行 人 高小娟
聯絡地址 235 新北市中和區中安街七二號十三樓
電話：02-2923-1455／傳真：02-2923-1452
網 址 http://www.huamulan.tw 信箱 service@huamulans.com
印 刷 普羅文化出版廣告事業
初 版 2022 年 9 月
定 價 二三編 28 冊（精裝）新台幣 96,000 元

生態漢語學（增訂版）
（第二冊）

李國正 著

目
次

第四章　生態漢語系統

第一節　漢語系統的生態結構和機制

一、現代漢族共同語的生態結構

　　從理論上說，漢民族共同語在荒古的年月就應已存在。漢人具有比較明確的共同語觀念，可從孔子稱「雅言」，揚雄曰「通語」看出來。時下講的普通話，在辛亥革命前稱「官話」，革命後叫「國語」。海外有人謂之「華語」，無論稱呼如何，都指的是漢民族共同使用的語言。1956 年 2 月，《國務院關於推廣普通話的指示》根據 1955 年 10 月北京「現代漢語規範問題學術會議」的討論意見，給現代漢民族共同語確立了規範，即現代漢民族共同語的標準是以北京語音為標準音，以北方話為基礎方言，以典範的現代白話文著作為語法規範的普通話。

　　普通話是存在於漢族人民中的語言事實，它作為一種相對獨立的語言系統，具有自己的生態結構，這個結構是由語言與環境共同整合而成的。它的生態結構關係可以簡單表示如下：

```
                      ↗ 語言結構
普通話的生態結構 → 自為環境：人群結構
            ↘           ↗ 文化結構
          自在環境 → 社會結構
                  ↘ 自然結構
```

普通話存在的各種背景，構成了不同層次的外部生態環境，內部各元素及元素之間的相互結構關係，構成了不同水平的內部生態環境。語言元素與內外環境的相互作用，造成了語言的生態運動。一切運動著的自然語言都有其存在的特定環境，普通話也不例外。漢語各方言與普通話出自共同的祖語，卻在語言結構上相互區別，呈現差異。表面上看來是語言問題，其實是環境與語言的互動選擇結果。因此，就語言研究語言實質上就是把相互作用的雙方加以隔離和孤立。捨棄環境，割裂語言的生態結構，無異於斬斷語言研究的一條臂膀。

這裡，我們暫且把環境問題放一放，先考察普通話本身的結構。普通話是一個由語音結構、規則結構和語義結構組成的系統。語音結構是普通話的物質層次，這個層次從低到高是由音素、音節、音群構成的。音素按一定的組合規則構成音節，音節也按一定的規則集合為音群。對漢語來說，音節層次的結構特徵使漢語具有與印歐系語言迥然不同的特色。按照傳統的分析方法，普通話音節是由聲母、韻母和聲調構成的。零聲母之外，充當聲母的輔音音素一般認為有如下二十一個。

表 4.1

唇音	p	p'	f	m	
舌尖前音	ts	ts'	s		
舌尖中音	t	t'	n		l
舌尖後音	tʂ	tʂ'	ʂ		ʐ
舌面音	tɕ	tɕ'	ɕ		
舌根音	k	k'	x		

有一種意見認為，舌面音聲母只配細音韻母，舌尖前音、舌尖後音、舌根音三組聲母只配洪音韻母，從音位理論來看，舌面音聲母沒有必要獨立。所以有的學者把它們視為舌根音聲母的變體。去掉三個聲母雖然使普通話聲母格局顯得音位的理論性增強了，卻隨之帶來了這樣的實際困難：首先，舌面音聲母

的歷史來源不只是舌根音聲母，將其視為舌根音聲母的變體容易在理論上引起對語音發展的誤解；其次，舌面音聲組的產生，辨義的催動是重要原因之一，從實際語感來看，人們需要憑藉音值的差異將它們與其他三類聲組區別開；再則，普通話與各方言共同構成了漢語系統的完整格局，普通話與方言的語音結構是相互作用相互影響的。舌面音聲組是北方方言與南方方言在語音分布上存在差異的一個標誌，去掉舌面音聲組勢必使方言差異模糊化，不利於漢語系統內部各語言單位的比較研究。因此，舌面音聲組應當在普通話聲母格局中佔有一席之地。

　　普通話韻母主要由元音、半元音構成，有的韻母由元音加上鼻輔音構成。按照傳統觀點，標準的韻母應有韻頭、韻腹和韻尾三個組成部分，這是符合漢語實際情況的。韻腹一定由元音充當，作為韻頭和韻尾的元音嚴格說來只能是半元音，因為相對於韻腹元音來說，它們的元音性都不同程度地削弱了。傳統音韻學重視韻頭、韻尾與韻腹的相互關係，歷史上漢語音節裏韻腹的變化，首先受到韻尾輔音的影響，其次是韻頭，再次是聲母。因此，我根據傳統分析方法，將普通話韻母列表如下。（見表 4.2）

表 4.2

韻尾	-ø							-i		-u		-n		-ŋ	
韻腹	ï	i	u	y	ɑ	ə	ɚ	ɑ	ə	ɑ	ə	ɑ	ə	ɑ	ə
開	ï				ɑ	ə	ɚ	ai	əi	ɑu	əu	ɑn	ən	ɑŋ	əŋ
齊		i			ia	iə				iau	iəu	ian	iən	iaŋ	iəŋ
合			u		ua	uə		uai	uei			uan	uən	uaŋ	uəŋ
撮				y		yə						yan	yən		yəŋ

　　《漢語拼音方案》韻母表列出三十五個韻母，在說明中，又補充了與舌尖前音和舌尖後音聲組相拼的 [ï] 韻母，以及 [ɛ]（誒）.[ɚ]（兒）兩韻，一共是三十八個韻母。我認為 [ɛ]、[e]、[ɤ]、[ə]、[o] 都是同一音位的條件變體，因此，[ɛ] 不必單列。《方案》中的 [o] 與 [uo] 兩韻，出現機會是互補的。[o] 只出現在唇音聲組下，而唇音聲母後面的元音必然帶有一個過渡音，[o] 其實是 [ʷo]，可以用 [uə] 來概括 [o] 與 [uo]。同理，還可以用 [uəŋ] 來概括《方案》中的 ong [uŋ]、ueng [uəŋ]。作為韻腹的 [i]、[ɿ]、[ʅ] 都是同一音位的條件變體，它們與充當韻頭或韻尾的 [i] 性質不一樣，

表中以〔ï〕概括〔ɿ〕、〔ʅ〕。列入〔ɚ〕韻之後，普通話總共三十五個韻母。

但這還不是普通話韻母的完整格局。由於明代以來北方話中韻母捲舌化的出現和發展，普通話目前已經形成了一套兒化韻體系。這個體系在普通話語音結構中具有與南方各方言相區別的顯著特色。從生態學觀點看來，這是對普通話韻母系統輔音音位簡化的一個反動。輔音音位的減少必然導致總音節數目的降低。兒化音節的辨義功能潛力很大，它的現況和發展趨勢應予足夠重視。捲舌韻母與平舌韻母的對應關係如下表。（見表4.3）

表4.3

韻尾 / 原韻腹 ／ 韻頭 / 兒化韻腹	-r						-r		-ur		-r		-r	
原韻腹	ï	i	u	y	ɑ	ə	ɑ	ə	ɑ	ə	ɑ	ə	ɑ	ə
兒化韻腹	ə	ə	u	ə	ɑ	ə	ɑ	ə	ɑ	ə	ɑ	ə	ã	ə̃
開	ï ər 枝兒				ɑ ar 把兒	ə ər 歌兒	ai ar 蓋兒	əi ər 輩兒	au aur 桃兒	əu əur 猴兒	an ar 竿兒	ən ər 門兒	aŋ ãr 缸兒	əŋ ə̃r 燈兒
齊		i iər 雞兒			ia iar 芽兒	iə iər 姐兒			iau iaur 鳥兒	iəu iəur 袖兒	ian iar 煙兒	iən iər 印兒	iaŋ iãr 槍兒	iəŋ iə̃r 瓶兒
合			u ur 珠兒		ua uar 刷兒	uə uər 窩兒	uai uar 塊兒	uəi uər 堆兒			uan uar 船兒	uən uər 捆兒	uaŋ uãr 窗兒	uəŋ uə̃r 蟲兒
撮				y yər 魚兒		yə yər 月兒					yan yar 圈兒	yən yər 裙兒	yaŋ yãr	yəŋ yə̃r 熊兒

由於普通話受書面語的影響較大，而書面語的兒化不如電臺、電視臺的播音員或戲劇、電影演員的口語表現得那麼明顯、迅捷。因此，普通話實際上的兒化程度，比北京話保守。有些北京話裏必須兒化的語詞，普通話一般不兒化。〔註1〕例如：

北京話：花兒　餡兒　盆兒　玩兒　事兒　樹葉兒

普通話：花　　餡　　盆　　玩　　事　　樹葉

　　　　小孩兒　小刀兒　媳婦兒　幹勁兒

　　　　小孩　　小刀　　媳婦　　幹勁

儘管如此，兒化作為普通話韻母格局的組成部分，已形成完整的體系，這是不容否認的事實。兒化系統的運動變化，對普通話的語音結構必將產生影響，進而會影響到言語的情感、語義、審美等各個方面。普通話捲舌韻母系

[註1] 胡明揚《北京話初探》，商務印書館，1987 年 1 月第 1 版，第 29～73 頁。

統的出現，具有重要的生態學意義，這需要作更深一步的考察。

聲調是普通話音節構成的一個重要方面。就重讀音節而言，一般認為有四個調位：陰平，高平調 55˥；陽平，高升調 35˧˥；上聲，降升調 214˩˦；去聲，全降調 51˥˩。這四個聲調，與聲母、韻母的關係至為密切，它們的相互配合，構成了普通話音節的生態分布格局。

輕聲作為一種事實上存在的聲調，顯示出與上述四種基本聲調不同的特點。從生態學觀點看，輕聲的出現同兒化在性質上有著共同的生態目的，這就是使有限的音節在辨義功能上多樣化。北京話裏有兩種功能上各有側重的輕聲。一種主要是在語法意義作用下的輕聲。例如「孫子」的「子」，作為詞尾讀輕聲，但中國古代軍事學家「孫子」的「子」就絕不讀輕聲；另一種主要是在語詞涵義作用下的輕聲。例如「地道」這個語詞，它只表達「純正」這一涵義時，「道」讀輕聲，但表達「地下通道」涵義時，「道」絕不讀輕聲。從歷史淵源看，北京話聲調中的輕聲是後起的，是由四種基本聲調派生的。輕聲發生的生態學原因是從中古到近代以來漢民族通語總音節數的銳減所造成的表意上的自由度降低。社會交際中的各種偶發言語活動巧妙地利用了漢語言語流中音節的自然強弱變化，引發並積累了言語單位的語法意義或語詞涵義在輕重音節之間的微殊，逐漸形成了能辨義的輕聲。漢語聲調的辨義功能使有限的聲韻結合單位擴展了生態位，因此，輕聲的出現是北京話系統內部機制再生能力強的表現。不過，輕聲並不像其他四種調類那樣能夠均勻分布在所有可能出現的聲韻結合單位中，它的出現既有一定範疇又具有隨機性。北京話裏究竟有多少輕聲音節，沒有具體的統計數字。已經有相當一部分音節具有穩定的輕聲。還有一些音節時有輕聲時無輕聲，例如「西瓜」，目前北京話把「瓜」讀為輕聲較普遍，而《現代漢語詞典》給「瓜」標的是陰平調，這就表明有人不讀輕聲，或有時不讀輕聲。根據這種跡象，可以認為輕聲作為一種後起的聲調，還處在形成過程之中，尚未發展為適合所有音節的獨立調類。從輕聲多出現於語詞末音節的分布規律以及漢語音節必須輕重強弱相映襯的現況看，輕聲不可能擴展到所有的音節。如果所有音節都輕讀了，辨義功能也就喪失了，輕聲作為聲調也就不存在了。因此，我認為輕聲目前還不是獨立的調位，而只是四種基本調位派生的條件變體。它是語言系統為擴大生態位，增強自身生命力的一種生態對策。

　　50 年代的推普工作對四聲比較注意，對輕聲則似乎沒有花那麼大的力氣。方言區人民對普通話與本方言的比較，主要是以四聲為綱。這不只是因為輕聲的分布難於說清楚，更重要的原因在於四聲是音系的主幹，掌握了主幹就駕馭了音系。推普的實踐也表明了輕聲尚未成為對音系有舉足輕重影響的獨立調位。北京話作為普通話最重要的基礎方言，它的輕聲音節比普通話多得多，但也只限於語詞的末音節。基於以上原因，各家在討論普通話音節內部結構關係以及繪製聲韻調配合圖表時，一般都以四聲為標準調位，這是合理的。

　　聲調作為超音質成分，只有理論上的獨立，實際上無法離開具體的音素。說得更確切些，是由具體音素音值的高低曲折變化體現出來的。漢語的聲調，與聲母和韻母關係如何，它究竟是由什麼來體現的，意見不一。有人主張調寄附在韻母上，也有人認為韻腹是韻母必不可少的部分，因而調是寄附在韻腹上的。〔註2〕就發音的實際說，聲調跟韻母的關係比較容易感覺到。只要發音時略為拖長，或者將自然語音的錄音磁帶減速播放，就會發現韻母部分不論介音還是韻尾都受高低屈折變化的影響。如果把一個音素看成一個切分的音段，那麼聲調不只由一個音位負載。輔音音位是否負載聲調聽覺很難分辨，因此有人認為聲調與聲母沒有關係。如果聲調只寄附在韻腹上，我們將很難解釋這些現象：北京話裏有唔 [m̩]、嗯 [n̩、ŋ̍] 等音節。漢語方言中，像 [ɣ、m̩、n̩] 之類有聲調的音節也不少。假攝開口三等麻韻的「斜」，在四川瀘州有三種讀音 [ɕia、ɕie、ɕi]，其韻母部分反映了從中古以來的語音變化。由於介音與聲母相適應而得到加強，強化的結果是介音成為韻腹，原來的韻腹被同化了，聲調主要由新韻腹 [i] 來體現，如果 [i] 介音從來就與聲調無關，問題是難以說清楚的。漢語語音史上眾所公認的一些歷史音變，如 / b、d、g / 以聲調的平仄為條件分化為送氣與不送氣清輔音，「濁上變去」表明聲調的演化與聲母的性質關係密切。所有這些語言事實，使我們相信漢語音節的聲、韻、調是相互作用、相互協同的一個完整的生態結構。聲調既受來自聲母及韻母的作用，它本身也對聲母和韻母施加不同程度的影響。因此，我認為，漢語音節的聲、韻兩部分都是聲調的承載者，儘管輔音的承受部分聽覺上根本無法辨別。韻腹是最響亮的元音，

〔註2〕〔美〕薛鳳生《北京音系解析》，北京語言學院出版社，1986 年 3 月第 1 版，第 37 頁。

聲調主要由它承載，但並不等於介音和韻尾與聲調毫不相干。只有這樣，才易於合理地解釋漢語音節內部三要素的各種複雜變化。這樣，普通話音節應是如表 4.4 所示的格局。

表 4.4

聲　　調			
聲　　母	韻　　母		
	介　　音	韻　　腹	韻　　尾

如採用 C 表示輔音，V 表示元音，那麼，普通話音節結構的通式就是 CVC。一般地說，輔音不一定有，元音卻是音節的主幹。不過，由於普通話目前似乎有吸收北京話中成音節單輔音的趨勢，我們不好說一個音節非有元音不可。

普通話的四呼韻母都可以成音節，它們與聲母合成音節時則呈表 4.5 的分布。

表 4.5

韻　　母 聲　　母	開	齊	合	撮
p、p‘、m	＋	＋	只拼 u	－
f	＋	－	只拼 u	－
t、t‘	＋	＋	＋	－
n、l	＋	＋	＋	＋
ts、ts‘、s	＋	－	＋	－
tʂ、tʂ‘、ʂ、ʐ	＋	－	＋	－
k、k‘、x	＋	－	＋	－
tɕ、tɕ‘、ɕ	－	＋	－	＋

音節的線性組合構成音群。音群一向被認為是語言的一種活動或過程，是言談的結果與產物。因此，音群屬言語範疇，不應作為語言系統的成素。

我認為，音群是語言與言語的契合層，它具有二重性。一方面，作為言語成素，它是語言運動的產物，對具體的交際過程來說，是語言的實際表現；另一方面，作為語言成素，它是超脫具體言語的抽象結構層，音節只有進入更高一層級，才能構成語音的完整格局。各種語言的音群都有自己的組合特點，印歐系有的語言以長串的輔音和少量元音的結合作為音群的結構成素。普通話

乃至漢語各方言都以多個元音或元音與少量輔音的結合作為音群的基本結構成素。在普通話音節中，沒有兩個輔音連續的情況。音群層次上音節的組合受語義影響，音節首先各自集合為能表達簡單語義的小音群，然後進一步組合為能表達複雜意義的大音群。普通話大音群雖然通常以雙音節小音群作為結構成素，但組成這些小音群的單個音節大多數還能直接充當大音群的結構成素。漢語的基本結構特點就是以單個音節直接作為大音群的結構基礎，單音節並不一定非組成小音群不可。古代漢語尤其是如此。

　　普通話規則結構是由語法規則、邏輯規則和意向規則組成的體系。語法規則包括將音義結合的基本單位語素組合成語詞，又由語詞組合成語句的規則系統。普通話語法體系雖然各家的看法不一，不過大致是分為詞法和句法兩個層次來研究的。詞法結構分為並列式、偏正式、動賓式、補充式、主謂式、附加式和重疊式。句法結構分為主謂結構、補充結構、動賓結構、偏正結構和並列結構。〔註3〕按照傳統的觀點，普通話在句法模式上屬 PVO 型語言（P 代表主語，V 代表動詞，O 代表賓語）。實際言語統計發現「把」字句的出現頻率增大，這並不證明普通話是 POV 型語言，因為「把」與後接成分共同構成了修飾動詞謂語的附加成分，使句型成為 PV，這只是 PVO 的變體。就漢語而言，謂語是語句的核心，一個句子可以沒有主語，也可以沒有賓語，但要有謂語。「早」、「請」、「坐」、「好」等語詞常常可以單獨成句，無須結合其他成分。漢語以詞序和虛詞作為主要語法手段，詞序的變化體現著語法關係的改變。根據日本學者橋本萬太郎君的研究，普通話句法的一個顯著特點是修飾語一般置於被修飾的中心語之前，即所謂逆行結構。〔註4〕這正是普通話與南方方言語法上的不同點。虛詞則是純粹的語法成分，它是語音與語法意義的結合體。普通話虛詞範疇的研究儘管目前還存在分歧，但是，語氣詞系統是為眾所公認的。常用的語氣詞按其句法功能分為五類：表疑問的有「嗎」、「呢」、「啊」；表祈使禁止的有「吧」、「了」、「啊」；表商量、測度的有「吧」；表陳述的有「的」、「了」、「呢」、「罷了」、「麼」、「啊」；表停頓的有「吧」、「麼」、「呢」、「啊」。〔註5〕

〔註3〕丁聲樹等著《現代漢語語法講話》，商務印書館，1961 年 12 月第 1 版，第 9～16 頁。
〔註4〕〔日〕橋本萬太郎著，余志鴻譯《語言地理類型學》，北京大學出版社，1985 年 2 月第 1 版，第 41～55 頁。
〔註5〕丁聲樹等著《現代漢語語法講話》，商務印書館，1961 年 12 月第 1 版，第 219～228 頁，第 210～217 頁。

　　有人或許認為語言不存在邏輯結構，邏輯只是言語活動的規則。實際上，不但音群具有語言與言語的二重性，義群同樣如此。音群與義群結合體的組合規律表現為語句組合的抽象模式。語句的各種模式是相對穩定的結構規範，它不同於按照這種模式生成的具體語句。語句的結構模式不只體現語法規則，而且遵守一定的邏輯規則。通常情況下，語法與邏輯協調一致，特殊情況下，符合語法的語句未必遵從邏輯規則。對於語言邏輯規則的研究，目前還是一個新領域，因為自然語言邏輯並不等同於形式邏輯。運用自然語言邏輯還涉及語境問題。例如，「我是一個兵」這個判斷，脫離語境就無法確定其真假。很粗地說，普通話邏輯規則至少包括直陳邏輯、問題邏輯、模態邏輯、時態邏輯、模糊邏輯、修辭邏輯、辯證邏輯等規則體系。

　　人們言語活動是有目的的，說言語存在意向性，大概不會有多少反對意見。如果說語言結構本身就包含意向規則，恐怕有的人就很難接受。但是言語實踐和語言的演變表明意向規則確實存在。從根本上說，語言有一種自發的與環境協調以利自我保存的趨向，這種趨向由使用該語言的人們體現出來，就形成深層的意向規則層次。這一層次的功能雖然在通常情況下為語法和邏輯層次所掩蓋，然而它卻是整個規則系統變化發展的動力。大致說來，普通話的意向規則至少有如下表現：1. 語詞繼續複音化意向。單音的語詞表達新概念侷限較大，越來越趨向於用雙音或多音的語詞。複音語詞搭配模式的變化將影響句法模式。2. 語詞末音節輕讀意向。除了歷史延續的語詞輕讀外，在言語活動中儘量利用可能輕讀的音節辨義。輕讀音節的增多，使輕聲被提到與基本調位接近的重要地位。3. 普通話捲舌韻母已成格局，但近年來，30 歲以下的年輕人中存在「兒化」衰減意向。〔註6〕4. 連讀音變衰減意向。「一」、「七」、「八」語流中連讀時，30 歲以下的北京人已有半數以上的人不再變調。〔註7〕5. w 的削弱意向。目前北京相當數量的女青年發「文」、「微」、「晚」、「王」等 w 開頭的音節時，把 w 發為 V，並不完全是自然音變。6. tɕ聲組的前化意向。如北京的女青年把「星期」說成 ［ˍsiŋ ˍtsʻi］，「經濟」說成 ［ˍtsiŋtsiˀ］。7. 強調受事成分意向。「把」字句出現頻率增大，〔註8〕受事賓語前置。這些意向不只是在

〔註 6〕胡明揚《北京話初探》，商務印書館，1987 年 1 月第 1 版，第 29～73 頁。
〔註 7〕胡明揚《北京話初探》，商務印書館，1987 年 1 月第 1 版，第 29～73 頁。
〔註 8〕呂香雲《現代漢語語法學方法》，書目文獻出版社，1985 年 10 月第 1 版，第 321 頁。

某些具體語句裏起作用，而是在某個範圍某個時段內對同類語言現象起作用。意向規則具有二重性，一方面它是抽象的規則系統，屬語言；另一方面它又在具體的語句中起作用，屬言語。普通話裏有相當一部分語詞、語句的形式結構符合語法規則卻違反邏輯形式，這往往是潛在的意向規則在起作用。

最為典型的例子就是大家已經討論了二十多年的「恢復疲勞」。這個短語在未進入言語流而作孤立分析時，在形式邏輯上似乎是不能成立的。按照普通話動賓結構的語法格式，人們只能把「疲勞」作為對象賓語看待。然而語言現象的發生儘管大抵有一定規律有一個總的趨勢，卻也不是完全整齊劃一的。出軌的原因在於意向規則的影響。一切語言都有趨向於經濟的運動目的，只要交際雙方的意向認同，經濟目的就會發生作用。在這種情況下，語言的簡約造成形式上的邏輯相悖，而語義結構卻是符合邏輯的。在言語交際中，參與者都十分明白：「恢復」的不是「疲勞」，而是因為「疲勞」而恢復健康。因此，「恢復疲勞」在動賓結構的語法框架中實際上包含著「因疲勞而恢復健康」的符合邏輯的語義結構。「疲勞」是「恢復」的原因賓語而不是對象賓語。類似的情況如：「他吃大碗，我吃小碗」，「一桌坐十個人」等等。如果就言語形式分析，顯然不合形式邏輯，但如果考慮到語言的意向規則，考慮到漢語是一種講究簡練重意合而無形態變化的語言，我們就會知道「大碗」、「小碗」不是「吃」的對象，而是「吃」的工具；不是「一桌」坐十個人，而是「一張桌子周圍」坐十個人。「一鍋飯吃十個人」、「一匹馬騎兩個人」裏「一鍋飯」、「一匹馬」之所以前置，是人們意念上強調受事方面而造成的語句變體。語言是一定社會通用的信息系統，人們在言語活動中意念千變萬化，只有相當數量的人群意念的整合，才能形成有規律的意向。這種能統攝同一類言語現象的規律，才是語言的一種意向規則。

語言本來無所謂正確與錯誤，大家都能意會，能達成默契，「錯誤」也就成了「正確」。人們在言語活動中，存在類推意向，對自己不理解的東西不是像語言學家那樣去深究，而是用現成模式去類推。例如討論了多年的「救火」、「養病」就是這樣一樁公案。比較有代表性的意見認為，這樣的結構合於語法但不合邏輯，「硬要拿邏輯來套語法，那麼有些說了幾千年的話就得重新改過。比方說，『救火』通嗎？『火』是一害，為什麼還『救』它（試跟『救人』比較）？應該用『滅』。『養病』通嗎？『病』是一患，怎麼還『養』它（試跟『養

神』比較）？應該用『除』。」〔註9〕這裡很明顯地看出對「救火」、「養病」的誤解正是意念類推的結果。有的人不理解這種類推，認為「這裡錯就錯在這兩個比較上。雖然『救火』與『救人』同為動賓關係，但其種類是不同的。前者是動作與原因的關係，後者是動作與對象的關係。因此並不能用『救人』來否定『救火』。『救火』通不通？通的。因為『救火』在今天的實際交際中不是『救住火，免使其滅』，而是『有火而救（人或物）』。同樣，「養病」也是通的。」〔註10〕要判斷問題的是非，必須弄清這兩個短語的語源。「救火」這一短語見於西漢文獻。枚乘《上書諫吳王》裏有這樣一段話：「欲湯之凔，一人炊之，百人揚之，無益也，不如絕薪止火而已。不絕之於彼，而救之於此，譬由抱薪而救火也。」「不絕之於彼」的「之」指代「薪」，「而救之於此」的「之」指代「火」，正與前文的「絕薪止火」相互映照，可見「止火」即「救火」。《史記・酷吏傳序》：「當是之時，吏治若救火揚沸，非武健嚴酷，惡能勝其任而愉快乎？」句中的「救火」正是「止火」。《說文・支部》：「救，止也。」桂馥《說文解字義證》卷八引《周禮・地官・司救》「以禮防禁而救之『注』救猶禁也」。是其證。「救火」本是「制止火勢」的意思，但在現代漢語普通話裏，「救助」、「救援」、「救濟」、「救護」等並列關係語詞的出現，使「救」的「助」義成為主流，而「救人」、「救窮」、「救命」、「救生」、「救苦」、「救難」這類語詞在語法模式上又與「救火」一致，人們由於類推意念的作用，也就把「救火」與「救人」在意義和結構兩方而都視為同一類型，這就自然出現了「救」與「火」在語義邏輯上的矛盾。為了解決這一矛盾，有的語言工作者就曲為之解，如釋「救火」為「有火而救（人或物）」。「養……病」這種搭配關係文獻上最早見於《周禮》。《周禮・天官・疾醫》：「疾醫掌養萬民之疾病。……以五味五穀五藥養其病。」鄭玄注：「養猶治也。」賈公彥疏：「言養猶治也者，病者須養之，故云養猶治也。」孫詒讓正義：「注云養猶治也者，此引申義，養身即所以治病，是養與治義相成也。」《說文・食部》：「養，供養也。」引申為調養。中國醫學理論認為治病必須調養，以增強患者自身抵抗力，故「養」進一步引申為

〔註 9〕曹予生《語言邏輯與語義分析問題》，《上海師範大學學報》（哲社版），1987 年第 3 期，第 128 頁。

〔註10〕曹予生《語言邏輯與語義分析問題》，《上海師範大學學報》（哲社版），1987 年第 3 期，第 128 頁。

「治」。由此可見，「養病」就是「治病」。但是，近代以來，「養」的「治」義實際上瀕於消亡，現代漢語普通話裏幾乎喪失了這一意義。「療養」、「休養」、「奉養」、「供養」、「撫養」、「飼養」、「培養」等語詞，都是循「養」的「使軀體或思想得到補益」這一意義線索組成的。「養老」、「養神」、「養生」、「養志」、「養路」、「養蜂」等短語中，「養」的後加成分都是對象賓語。由於「養」的「治」義已消亡，人們就以類相從，把「養病」與「養老」、「養神」等相同語法結構裏的「養」視為相同的意義。不過，這樣一來，在邏輯上卻陷入了窘境：「病」只能消除，怎能「養」起來呢？為避免邏輯矛盾，《現代漢語詞典》第1337頁釋「養病」為「因患病而休養」。語詞意義的興亡或嬗變並不足怪，但是要說清楚某些特殊的言語現象就必須正本清源，以歷史的和發展的眼光來加以審察。為什麼像「救火」、「養病」之類的短語，其形式和結構一仍其舊，前一個成分的意義卻從與後一個成分相協調而變為相扞格呢？我認為，這是因為語言系統存在意向規則作用的緣故。

普通話的語義結構由義素、義節和義群構成。由於語義結構存在二重性，即抽象的超言語的結構與具體言語結構的辯證統一，使得語義網絡頭緒繁複，研究難度大。「義素」這個術語本來是西方語言學用來表示語義中區別性特徵的要素，是屬理性的東西，與語音形式沒有對應關係。與語音結合的其實是語素義。語素義與義素內涵的不一致體現了語義在言語和語言兩個方面的屬性。從結構關係出發，為了表述的方便，這裡以「義素」兼代「語素義」使用。義素組成義節，一個義素可以是一個義節，若干個義素也可構成一個義節，只要能獨立與語音形式結合為語言單位，就可以視為義節。若干義節構成義群。從言語角度看，每一個義素、義節或義群，都能夠與語音形式相對應，成為具體的言語成分；從語言角度看，義素、義節、義群又代表著不同的語義層次。每一層次的單位之間存在組合關係，義素與義素相組合生成的單位進入上一層級，就是義節。義節與義節相組合生成的單位進入上一層級，就是義群。各級語言單位的組合在語義上要能相容。語義的相容關係本質上不是語言系統本身決定的，而是由生態語言系統中的複雜因素規定的。為什麼動賓關係的短語「讀」與「書」能相容，「讀」與「飯」就不能組合呢？而主謂關係的短語「我們播種小麥」、「我們播種愛情」都能成立，這不是語言系統自身單方面決定的。

普通話在義素層面和義節層面上，主要是義節層面上，語義單位之間存在著聚合關係。這種關係表現為縱橫兩個方面的語義場。縱向的語義場指語義母場與子場之間的層次關係，橫向的語義場指母場與母場、子場與子場之間的相互關係。實際上，語義場之間語義關係是縱橫交錯的。同一語義場中各語義單位之間的關係也是縱橫交錯的。以普通話親屬關係語義場為例可見一斑。

表 4.6　普通話親屬關係語義場

親屬義場				父系直親義場	祖父、父親、兒子、孫子
	旁系親屬義場			同父母旁親義場	哥哥、弟弟、姐姐、妹妹
		非同父母旁親義場	父系旁親義場	上輩義場	伯父、伯母、叔父、嬸母、姑父、姑母
				同輩義場	嫂嫂、弟媳婦、姐夫、妹夫 堂兄、堂弟、堂姐、堂妹、表哥、表弟、表姐、表妹、堂嫂、堂弟媳婦、堂姐夫、堂妹夫、表嫂、表弟媳婦、表姐夫、表妹夫（均指姑表）
				下輩義場	侄兒、侄女、外甥、外甥女 侄兒媳婦、侄女婿、外甥媳婦、外甥女婿 表侄兒、表侄女、表侄媳婦、表侄女婿（均指姑表）
			母系旁親義場	上輩義場	舅父、舅母、姨父、姨母
				同輩義場	表哥、表弟、表姐、表妹 表嫂、表弟媳婦、表姐夫、表妹夫（均指姨表）
				下輩義場	表侄兒、表侄女、表侄媳婦、表侄女婿（均指姨表）
			妻系旁親義場	上輩義場	岳父、岳母
				同輩義場	內兄、內弟、大姨、小姨妹 內兄嫂、內弟媳婦、大姨夫、小姨夫
				下輩義場	姨侄兒、姨侄女、姨侄媳婦、姨侄女婿

在這些縱向的層次關係中，每一層次的語義單位除了相互的橫向關係之外，還與其他層次的語義單位發生縱橫交錯的聯繫。例如，同父母旁親義場的各語義單位一方面有相互對等的並列關係，另一方面又孕含「兒子」或「女兒」的語義成分，與父系直親義場的各語義單位發生關係。父系旁親義場的上輩義場中「伯父」、「叔父」、「姑母」同樣與父系直親義場的「祖父」、「父親」存在縱向與橫向聯繫。語義單位之間的聚合關係一般有多義、近義、反義、類義等類型。漢語辭書在每個語詞後面排列多個義項，這實際上就是由一個語義派生出多個語義的語義場。我國最早的辭典《爾雅》就是以語義的近義、類義關係

為依據編纂的，《釋詁》、《釋言》等用通用語義解釋一群近義語詞，每條實際上就是一個近義關係的語義場。《釋宮》、《釋器》等篇解釋同類名物的意義，實際上也就是一個一個的類義關係語義場。

二、現代漢語方言的生態結構

中國境內現代漢語方言究竟有多少，沒有完全的統計數字。各漢語方言就宏觀而言，都處於各自的生態語言系統的最高結構層次。每一種漢語方言都有它結構上的生態特點。眾多的方言雖然千姿百態，相互區別，不過從發生學角度看可以歸納為傳統型和混合型兩大類型。所謂傳統型，就是目前學術界公認的與《詩經》時期的上古漢語和隋唐時期的中古漢語有明顯淵源關係的方言類型。傳統型方言一般分為北方話，湘語、贛語、吳語、閩語、粵語以及客話等七大方言。除客話是按使用該語言的人群的運動特點來取名而外，其他六大方言都是以語言的主要流行地域名稱來命名的。語言與地域具有密切的生態關係，以地域名稱給方言命名是我們樂於接受的。所謂混合型方言，是指明顯具有兩種或兩種以上語言或方言淵源關係的方言類型。採用混合這種名稱是不科學的，因為任何語言都是各個成分的有機整合體系，混合即意味著拼湊，語言成分只有相互整合，相互協同才能實現語言功能，拼湊不可能產生自調系統。使用這一名詞僅僅是為了與傳統的語言融合提法相區別。這裡的「混合」就是「有機整合」。傳統的「語言融合」是指的語言強迫同化，語言成分的相互吸收，這種提法不承認語言之間的相互作用能導致舊系統的解構和新系統的建構。其實這種解構和建構的過程才是真正的生態學意義上的融合過程，即由不同的語言體系相互整合產生新結構的過程。這種類型的語言又分為兩種情況：一種是漢語與他族語言相互整合生成的語言；另一種是漢語兄弟方言之間整合而成的後起方言。前者如東干語、五屯話，後者如邁話。傳統型方言代表著漢語流變的主要趨勢，混合型方言則體現了漢語在特殊環境內的應變能力，它是漢語進化長河中探索進化方向的支流。

日本學者橋本萬太郎君從地理角度審視漢語，實質上就是由生態語言系統的自然結構底層出發探索漢語的宏觀分布規律，這對漢語生態特徵的研究是有積極意義的。從地理分布的基本走向看，我國傳統型漢語方言可以分為三種生態類型：1. 北方型，2. 南方型，3. 中介型。

　　北方型方言主要分布在長江以北的廣大地區。四川、雲南、貴州的大部分地區以及廣西西北部的相當數量的方言，也屬北方型。傳統的漢語音節結構模式，適用於一切漢語方言，只是在聲母系統、韻母系統和聲調系統的具體構成上，三種類型各有特色。北方型方言聲母系統一般有 20～30 個左右的聲類。例如瀘州話有二十個聲類，西安話有二十九個聲類。與南方型方言相較，北方型方言的聲母系統有如下特點：

　　1. 中古漢語牙喉音聲紐在前高元音之前，已分化出舌面音；

　　2. 中古漢語知、照兩組聲紐，大多方言已為舌尖後音，與精組聲紐相區別；

　　3.〔n〕、〔l〕有混同趨勢。在西北、西南的好些地區，已歸為同一音位。

　　韻母系統一般有 30～50 個左右的韻類。例如屏山話有 28 個韻類，南京話有 53 個韻類。特點如下：

　　1. 中古漢語〔-m〕尾韻併入〔-n〕尾韻。而〔-n〕、〔-ŋ〕亦呈弱化趨勢；

　　2. 中古漢語塞音韻尾失落；

　　3. 一般四呼齊全；

　　4. 普遍形成兒化韻母格局。

　　聲調系統有 3～5 個調類。例如澠池、洛寧只有陰平 55、陽平 42、去聲 312 三個聲調；〔註11〕太原話有平聲 11、上聲 53、去聲 55、陰入 21、陽入 54 五個聲調；瀘州話有陰平 44、陽平 21、上聲 42、去聲 13、入聲 33 五個聲調。絕大多數方言有四個調類。聲調系統相對於南方型方言，有這樣一些特色：

　　1. 聲調數目一般不超過五個。從總體上看基本調位呈歸併趨勢；

　　2. 入聲普遍消亡。部分方言保留的入聲，基本上無喉塞；

　　3. 輕聲比較普遍。以音的強弱作為辨義手段較之以音的高低曲折來辨義的傳統模式，顯然是語言的一種創新運動，它可能是北方型漢語在生態運動中實現其某種歷史轉折的先兆。

　　就規則系統看，漢語各方言在語義邏輯規則的總體方面是一致的。現代漢語語言邏輯有一些引人注意的特色。例如：

　　1. 邏輯主語的位置比較靈活，不一定放在語句的前部分。「一間寢室住五個人」，「草原盛開鮮花」，「五個人」、「鮮花」都是邏輯主語，但卻放在賓語的位

〔註11〕張啟煥、陳天福、程儀《河南方音概況》，河南師範大學科研處，1982 年 12 月鉛印本第 44 頁。

置上。

2. 名詞短語與名詞短語構成隱性邏輯關係。「那個姑娘四川人」，「四川省會成都」，將隱性關係展示出來即：「那個姑娘是四川人」，「四川省會是成都」。像這類不用判斷聯詞「是」的名詞短語的組合，無論在哪個方言中都是習用的。

3. 以語言形式上的矛盾對比，揭示深層語義的合邏輯性。臧克家詩歌《有的人》裏有這樣的詩句：「有的人活著，他已經死了，有的人死了，他還活著。」從表層語言形式著眼，這是不合邏輯的。但詩歌的意向性比通常語句更強，作者與讀者只要在意向上達成某種默契，就不僅能順利解讀深層語義結構，而且能增強表達效果。這段詩句中「有的人」是隱含「生命」語義的代碼，「他」是隱含「精神」語義的代碼，全句的語義內容是：「有的人生命雖然活著，但他的精神已經死了，有的人生命雖然死了，但他的精神還活著。」又如魯迅《故鄉》寫少年閏土：「他見人很怕羞，只是不怕我。」如果把「人」和「我」作孤立的靜態考察，那麼「我」包含於「人」，語句產生矛盾。但「人」和「我」進入流動的言語之中，就受到語境制約。句中以「只是」表示排除關係，可見「人」是指除「我」以外的人，整個句子以對比映襯手段揭示了少年閏土與魯迅的親密關係。現代漢語普通話裏常有這樣的短語：「不是模範的模範」、「冬天裏的春天」、「活死人」、「反科學的科學」。利用概念矛盾組合的語句合於辯證邏輯。漢語，尤其是北方型漢語，這種傾向較為明顯。

4. 以語言形式的對偶或對舉，顯示漢語深層語義的辯證邏輯特色。這種邏輯講求語義之間對立統一的相對聯繫，根據幾個關鍵語詞負載的信息，意會出整個語句的總信息。這種邏輯方式使漢語能儘量節約語言材料而負載最大信息量。通常情況下，普通話名詞前不用副詞修飾，但以對舉形式出現的言語結構可以破例：「那傢伙人不人，鬼不鬼的。」不能因為「人不人，鬼不鬼」不合於形式邏輯，就認為整個語句不合邏輯。

5. 以肯定或否定的語言形式表達同一命題，以語義相反的語句表達同一命題，也是現代漢語的邏輯特色之一。例如：「笑語喧嘩，好不熱鬧」與「笑語喧嘩，好熱鬧」；「差一點沒嚇死我」與「差一點嚇死我」；「我才不管他呢」與「我管他呢」；「這傢伙可愛極了」與「這傢伙可恨極了」。前六例都是以肯定否定的不同形式表達同一命題。後兩例的謂詞「可愛極了」與「可恨極了」表層語義相反，但在特定語境中可以表達同一命題。這類現象表明現代漢語不但是擅於

運用辯證邏輯的語言，而且是一種富於修辭邏輯的語言。

6. 任何語言都有雙關的現象，它的實質是以同一語言形式透過表層命題表達深層命題。現代漢語雙關的特色在於以語音相關揭示深層命題，其流行地域之廣，社會層次覆蓋率之高，在其他語言中是少見的。有段時間大學生中流行這句口頭禪：「天南海北都願去，就是不去新西蘭」，這當然不是指願去除新西蘭這個國家以外的任何地方。如果純粹從形式邏輯著眼，會認為「天南海北」、「新西蘭」分別指謂「天津、南京、上海、北京、新疆、西藏、蘭州」是偷換概念。漢語這種特殊的表達方式需要從修辭邏輯的角度進行深層把握才能切中肯綮。現代漢語語音相關受方言地域制約。在四川瀘州，詢問青年學生考上大學沒有，如果有人答：「廈門大學」，你不要信以為真。因為瀘州方言「廈」、「耍」同音，「廈門」就是「耍門」，意為沒考上學校，只好整天閒耍。這是同音相關。還有異音相關。在廣州，如見到「吉屋出租」的紙條，那就是指有空房間出租。廣州話「空」、「凶」同音，「凶屋出租」沒人敢要，只好化「凶」為「吉」。「吉」與「凶」雖然意義相反，但「吉」與「空」卻沒有任何音或義的聯繫，它們之所以發生關係只是由「凶」充當中介。這樣的深層命題也是修辭邏輯需要研究的內容。

每一種方言由於方言區人們所處的自然、社會、文化環境的不同，意向規則的具體內容就不一致。社會文化背景對意向規則的影響就更大些。從南北方言目前情況看，南方型方言更多地保留著古代漢語的成分，一般說來，這樣的方言求新意向較弱，按舊模式類推的意向較強。意向規則是通過人群與語言的相互作用產生的規則系統。邏輯規則雖然也受人的思惟方式制約，但語言的組合模式本身就有相當程度的合邏輯性，它是兼有語言與思惟雙重因素的規則系統，因之自然語言邏輯不等同於形式邏輯。語法規則固然也是人群與語言相互作用的產物，但它一旦自成系統，便有了自己運動變化的機制，人群不能隨意更改它。意向規則不但對規則系統自身起作用，而且作用於語義系統和語音系統。語義新場的形成，組合關係和聚合關係的解構與建構，非自然音變的產生與擴散，都與意向規則的作用有關。意向規則一方面使語言系統保持固有的結構和功能，另一方面又使語言系統不斷新陳代謝，產生新的結構關係，使其功能與環境要求相適應。

普通話實際上是以北京方言為基礎的全民語言，因此，北京話在整個漢語

體系中具有內聚力量和表率作用，北京話的變化首先給予北方型方言以重大影響。近、現代社會生活的急劇變化使得以北京話為代表的北方型方言具有較明顯的求新意向，以簡省意會的辦法往往造成新的語義表達方式和新的語言單位，人們在言語活動中的類推意向又加強了語言新因素的擴散。在北京的公共汽車上常聽到「一張南菜園」，「兩張東單」的說法，瀋陽、鄭州、重慶、廣州、廈門，都有「兩張火車站」的說法。但是北京話以簡略意合法造成的新語詞數量之多，則是各方言不能相比的。

在語法規則方面，正如橋本萬太郎君所指出的，北方型方言與南方型方言最重要的差別是語序結構。而漢語語法的根本特點也就體現在語序和虛詞上。這樣，北方型方言的特色大致可以歸納為以下幾點：

1. 以名詞、動詞為中心的短語，其修飾語一般前置。

2. 處置句一般用前置詞「把」、「拿」、「幫」、「將」。

3. 被動句一般用前置詞「被」、「給」、「受」、「挨」「遭」、「叫」、「讓」。

4. 雙賓語句指人的賓語在前，指物的賓語在後。

就漢語語義系統來看，南北方言沒有根本的差異，但由於不同環境的作用，仍有值得注意之處。北方型方言近幾十年來發生了一些新變化：

1. 出現複合量詞。如「架次」、「人次」、「噸公里」、「秒立方米」等。這類量詞為數甚少，但打破了漢語量詞單義化的格局。

2. 新詞族出現，形成新的語義場。例如，以「銷」為基本語素生成這樣一群新語詞：購銷、撤銷、產銷、沖銷、報銷、包銷、開銷、注銷、弔銷、零銷、推銷、配銷、代銷、轉銷、展銷、特銷、內銷、外銷、競銷、聯銷、賒銷、評銷、仿銷、自銷、另銷、試銷、議銷、批銷、旺銷，適銷、滯銷、熱銷、本銷、總銷、分銷、獨銷、供銷、返銷、統銷、暢銷、停銷、促銷、脫銷、銷勢、銷路、銷售、銷量、銷價。《現代漢語新詞詞典》收詞 1500 多條，實際上產生的新語詞當然比這個數字大得多。比如，由「銷」構成的絕大多數新語詞就沒有收入這個詞典。北方話各方言裏新的語詞不斷產生，這就形成更多的語義場，義場與義場之間縱橫往復的關係網絡，使語義系統趨於更加複雜化和精密化。

3. 語義內容與表達形式的協同運動，一方面，語素群在構詞平面上密集組合，使語詞意義精密化。例如，遠程雷電探測儀、雙針三線縫紉機、雙水內冷汽輪發電機、同步穩相迴旋加速器、多彈頭分導重返大氣層運載工具、閉路電

視直視下經皮骨折內固定術。另一方面，以語言單位的語義重心為支點形成簡略的表達形式。例如：政治協商會議──政協會，彩色電視機──彩電，空氣調節器──空調，僑資、外資、中外合資──三資，農業人口轉為非農業人口──農轉非。

南方型方言指分布在我國東南沿海一帶的粵語、閩語和吳語。這個類型的漢語方言一方面執著地保留了較多的古代漢語的某些成分和結構特徵；另一方面，它又處於北方型方言和南亞語族、藏緬語族諸語言的包圍之中。因此，這個類型的方言不同程度地綜合體現了古代漢語、近代北方漢語、南亞語族、藏緬語族諸語言的某些特色。就語音結構看，聲母系統有如下特點：

1. 存在繁簡兩種發展趨勢。例如永康話有 35 個聲母，而廈門話僅 14 個聲母。

2. 保留中古濁音聲母。這方面以吳語為代表。

3. 一般沒有〔tʂ〕、〔tʂ'〕、〔ʂ〕、〔z〕一套舌尖後音聲組。

韻母系統特點如下：

1. 也存在繁化簡化兩種趨勢。例如，廈門話 75 個韻類，而永康話僅 41 個韻類。

2. 保留〔-m〕韻尾。

3. 保留中古塞音韻尾。但存在弱化趨勢。

4. 有比較整齊的文讀與白讀系統，但無兒化韻母系統。這方面以廈門話為代表。

南方型方言的聲調系統有 5～10 個調類。例如新派上海話實際上只有 5 個聲調：平聲 53，陰去 34，陽去 14，陰入 5，陽入 2。〔註12〕吳江盛澤話和黎里話〔註13〕以及廣西的玉林話和博白話有 10 個聲調〔註14〕，這都是極端的情況。通常聲調數目在 7 個左右。聲調系統的特點有：

1. 保持入聲調類。但調位存在歸併趨勢。

2. 語流中的變調現象普遍比北方型方言複雜。福州話聲調的調值變化甚至影響元音音質而造成不同的韻母變體。

〔註12〕詹伯慧《現代漢語方言》，湖北人民出版社，1981 年 3 月第 1 版，第 115 頁。
〔註13〕袁家驊等著《漢語方言概要》，文字改革出版社，1983 年 6 月第 2 版，第 65 頁。
〔註14〕詹伯慧《現代漢語方言》，湖北人民出版社，1981 年 3 月第 1 版，第 169 頁。

南方型方言在語法格局上與北方型方言有許多一致之處，但同時存在著不同甚至相反的特徵。例如：

1. 一些名詞內部修飾性語素置於中心語素之後。如閩南話以「母」、「角」、「公」、「哥」等語素放在指謂動物的名詞性語素後面。

2. 一些以動詞為中心的短語，其修飾成分後置。如廣州話動詞謂語的修飾成分「先」、「添」、「過頭」、「多」、「少」等都放在後面。

3. 處置句除用「將」、「械」之類的前置詞而外，還有使用後置短語的。如廈門話：牛甲伊牽出去（把牛牽出去）。短語「甲伊」（把它）實際上已經凝為固定結構，相當於一個後置詞了。

4. 被動句除使用前置詞外，也有使用後置詞的。如廣州話裏有一種表示感受而省去施事者的語句：我嚇親（我受了驚）。嚇「我」的施事者省去，表示受嚇關係的語法成分後置。這個「親」實際上就是後置詞。

5. 比較句中的介賓短語也有後置的。如廣州話「東北重冷過北京」（東北比北京還冷）。

6. 雙賓語句中指人賓語與指物賓語的位置，有與普通話正好相反的類型。如廣州話「佢畀三本書我」（他給我三本書）。

南方型方言的語義系統有一個明顯的特點這就是由單個音節負載的語義在一定程度上保持了古語義系統的面貌。這可以閩語為例。閩語語義系統是多重歷史層次的整合體。北方型方言裏，中古語義所存已不為多，上古語義成分尤所罕見，而閩語語義系統竟能大致保持成體系的上古語義格局。茲將已考訂出的 159 個單音語詞依《爾雅》成例，排列如下以供參考。〔註15〕

1. 釋詁：跦下砑痡哺賄治脬骹范飲譴懃枋液癖廷誕嫛痾麇

2. 釋言：貯佇跔瞁擺挮綴何夷毛告怘踔敹燿吼沓鑿礚躐囁疢鹽甀禁窨潭遏挩歊吮縿疣偃旻覰窒輄拪挬齧㓢衕搵㱿尚爽約攫筀斯搦媵贈振䡴諍拼捏映訂娗

〔註15〕黃典誠《福建話中的上古漢語單詞殘餘》，《亞洲文化》第五期（1985 年 4 月）第66～77 頁。原文考訂的 159 個條目中，「謂蘸為搵」，「遮掩為搵」異詞同形，歸入《釋言》。《結語》部分「阠」、「斷」、「啜」、「換」、「饕」、「脫」，按正文應為「砑」、「齧」、「歊」、「渙」、「饕」、「膝」。而「甄」、「稙」、「誠」、「勻」為正文所無，故未列。正文考訂的「嫛」、「痾」、「麇」、「蟆」、「世」、「舐」、「劓」、「罔」、「梗」、「徛」、「烏」、「瘠」、「壓」、「鐸」、「晏」、「塗」等十六個條目《結語》無有，茲隨類補列，謹此說明。

皣世舐犕劓罔艜

3. 釋訓：痉儕攲否醪勞凋掉叚萳鬖顝譀忝淫渙餮嬗腺珍佂鎈聖譯侹烏瘩

4. 釋親：姒

5. 釋宮：堵厝掌甓肩壁

6. 釋器：椵甌筥物禂櫼梡舷鍥櫛鑿錄箒鏵

7. 釋樂：（暫缺）

8. 釋天：：冥丁霂晏

9. 釋地：埩塗

10. 釋丘：丘

11. 釋山：岫

12. 釋水：塍

13. 釋艸：匏粙薰箬

14. 釋木：橑

15. 釋蟲：蚼螯蠓

16. 釋魚：鰈

17. 釋鳥：伏鬮

18. 釋獸：麕

19. 釋畜：脈

　　現代漢語兩大類型方言之間，存在著既具備北方型方言特徵，又兼有南方型方言特點的生態類型。這樣的類型從空間位置上反映了漢語方言內部時間跨度上的演化進程，是一種相對不穩定的中間帶，謂之中介型。這個類型的方言在南北方言的生態競爭中能夠隨機演化。或者抵制新因素，強化舊格局；或者排除舊因素，形成新結構。進化的方向由方言與環境的雙向選擇所決定。兩千年來，中國大陸背靠太平洋，面臨西亞、北亞、東北亞的複雜環境，漢語的變化愈北愈烈，正是雙向選擇的結果，而非孤立演進的必然之路。橋本先生看到了漢語由南向北的空間現況與從古至今的時間變化的一致性，但這種一致只是漢語演變的一條途徑，而不是唯一的途徑。假如北大陸的民族生活資源充足並不頻求南下發展，假如東南沿海自古以來就有強族君臨，漢語今天該不知是什麼樣兒了。因此，儘管北方型方言佔據了長江以北的廣大生存環境，甚而南方型方言也不同程度地受到它的影響，但是從生態學角度看，中介型方言仍

然存在不只一種發展趨勢。這類型的方言有贛語、湘語和客話。贛、湘語與客話雖然兼有南北方言的一些特點，其演化情況卻不完全一樣。大致說來，贛、湘語內部較為整齊一致，客話比較分散錯落。就語音結構看，中介型方言有如下特點。

聲母系統：

1. 有無舌面音聲組兩種情況並存。如湘方言的長沙話、雙峰話，贛方言的南昌話、南城話〔註16〕都已分化出舌面音聲組。但客家方言的梅縣話沒有舌面音聲組。

2. 有無舌尖後音聲組兩種情況並存。如長沙話、雙峰話有舌尖後音聲組，而南昌話、南城話、梅縣話都沒有。

3. [n]、[l] 混同與分立兩種情況並存。如長沙話、南昌話 [n]、[l] 已歸併為同一音位。雙峰話、南城話、梅縣話則 [n]、[l] 分立。

韻母系統：

1. 保持中古 [-m] 尾韻或 [-m] 併入 [-n] 尾韻兩種情況並存。如梅縣話保持 [-m] 尾，長沙話、南昌話的 [-m] 韻尾則與 [-n] 韻尾合流。

2. [-n]、[-ŋ] 尾亦呈弱化趨勢。弱化有三種情況：[-n] 併入 [-ŋ]，如長汀話；〔註17〕 [-ŋ] 併入 [-n]，如長沙話；[-ŋ] 併入 [-n] 且進一步丟失 [-n] 成為鼻化音，如雙峰話。

3. 有無撮口呼兩種情況並存。如長沙話、雙峰話、南昌話、南城話四呼俱全，而梅縣話、長汀話沒有撮口呼。

4. 有無塞音韻尾兩種情況並存。如梅縣話保持 [-p、-t、-k] 尾，而長沙話雖有入聲調類，但已喪失塞音韻尾。

5. 塞音韻尾亦呈弱化趨勢。如南昌話 [-p] 尾併入 [-t] 尾，只保持 [-t、-k] 兩種韻尾。南城話則 [-p、-t、-k] 合流，只有喉塞韻尾 [-ʔ]。

聲調系統：

1. 聲調數目一般有 5～6 個。例如雙峰話、長汀話有五個聲調，長沙話、南

〔註16〕南城話語音材料根據邱尚仁《南城方言與中古音系》，江西師範大學教務處，1986年5月油印本。

〔註17〕長汀話有關材料根據蘭小玲口頭提供及其所著《長汀客話研究》，廈門大學中文系1982年8月油印本。壽寧話材料根據林寒生《壽寧話研究》，廈門大學，1982年8月油印本。

昌話、梅縣話、南城話都有六個聲調。

2. 有無入聲兩種情況並存。雙峰話、長汀話沒有入聲調類。

就語法規則看，也體現了南北特點共存的格局。例如：

1. 名詞內部修飾性語素前置或後置兩種情況並存。黃橋話稱公牛為「牛牯子」，稱「母牛」則是「牸牛」；南昌話通例是在動物名稱之前加「公」、「母」，但「雞」的雄雌是後置修飾語，說為「雞公」、「雞婆」。

2. 動詞為中心詞的短語，其修飾成分前置或後置兩種情況並存。長汀話「還言轉，再坐一下」（還不回去，再坐一會兒），句中副詞「再」置於「坐」之前。「食一碗添」（再吃一碗），句中副詞「添」卻置於動詞「食」之後。

3. 雙賓語句中指人賓語與指物賓語的位置前後兩可。如梅縣話「佢分偓五塊錢」（他給我五塊錢），這顯然是北方型方言的語序特點，但還可以說「你分一支筆盼粉偓」（你給我一支筆），這又是南方型方言的特點。長汀話雙賓語句通例是指人賓語在前，但在特殊語境中也可放在後邊。如「分兩個我，分兩個你」（給我兩個，給你兩個）。

中介型方言的語義系統，從語義成素到語義模式，都受到南北兩種方言類型的影響。這裡以北京話作為北方型方言的代表，以漳州話作為南方型方言的代表，看看長汀客話與北京話、漳州話的時間語義系統的區別和聯繫（語詞按北京話、長汀話、漳州話次序對照排列）。〔註18〕

A 組：

從前	昨天	前天	大前天	去年	前年	大前年
以前	昨晡	前日	大前日	舊年	前年	大前年
舊底	昨日	昨日		舊年	存年	老前年

B 組：

現在	今天	今年	白天	早晨	上午	中午	下午	傍晚
如今	今晡	今年	日咧	早晨	上晝	晝邊	下晝	挨暗咧
現時	今旦	今年	日時		頂晡	中晝	下晝	旯暗仔

晚上	半夜	整夜

暗晡

〔註18〕漳州話材料根據《福建省漢語方言概況》修訂組編《福建省漢語方言詞彙調查表》，廈門大學、福建師範大學中文系，1982 年 10 月油印本 5～8 頁。

暝時　半冥　規冥

C 組：

後來　明天　後天　大後天　明年　後年　大後年

背後　天光　後日　大後日　明年　後年　大後年

後擺　早起　後日　落後日　明年　後年

通過比較，不難看出中介型方言在語義模式上與南北兩大方言類型的基本一致性以及在語義單位的構成方面兼收並蓄的特徵。

現代漢語方言除傳統型之外，就是混合型。混合型方言存在兩種情況。一種情況是漢語方言與他族語言相互作用整合而成新的方言或語言。如五屯話，從語言係屬來看，可以認為它是藏語或漢語的一種新方言；從發生學角度看，也可以認為它是一種新的語言。另一種情況是漢語兄弟方言之間相互作用整合成的方言。這種方言吸收融合了母方言的特點，形成了嚴整的生態結構。這種結構主要體現各個母方言混合的特徵，並沒有更多的創新趨勢。

混合型方言的第一種類型，是漢語方言與他族語言的整合體。這類方言在語音結構上有如下特點：

1. 喪失聲調。五屯話和東干語都不存在以聲音的高低曲折來辨義的超音質音位。

2. 傳統聲母單輔音為主的簡單系統重構為單輔音和複輔音相配的龐大輔音系統新格局。例如五屯話，它的輔音系統是由 33 個單輔音和 24 個複輔音所構成。〔註19〕輔音無論出現在元音前面或後面，都可能是單輔音或複輔音。

3. 出現新的語音辨義特徵。如五屯話出現一種詞重音，每一個多音節音段裏總有一個或多於一個音高較高、音強較強的音節。東干語同樣出現如俄語那樣的詞重音。

在語法規則方面：

1. 語詞的構成採用跨語言的成素。例如東干語有「漢語動詞＋波斯語／阿拉伯語名詞」的構詞方式。「zwne´ Mazy」（做乃麻子）、「zwdwva」（做都握）（例詞是用拉丁字母轉寫），意為「禱告」。其中「做」是漢語動詞，「乃麻子」、

〔註19〕陳乃雄《五屯話音系》,《民族語文》, 1988 年第 3 期，第 1〜10 頁。

「都握」分別是波斯語、阿拉伯語名詞。〔註20〕

2. 語序體現不同母語的特點，但有所側重。東干語基本上是漢語語序，也有少量俄語語序。五屯話基本上是藏語語序，也有漢語語序。

3. 無形態變化。東干語直接吸收的俄語語詞，進入言語流不變格不變位。同仁藏語有屈折形態變化，而五屯話無形態變化，依靠助詞體現語法關係。

混合型方言的第二種類型，指漢語方言間相互作用形成的綜合性結構。這種結構沒有超出漢語的宏觀格局，但也不像傳統的中介型方言那樣因地域鄰近而方言之間相互滲透自然形成。混合型方言的形成，必定有著操不同方言的人群長期雜處的背景。在這種特殊的小生境裏，社會交際的功能要求給語言的生態選擇以強大壓力，要麼其中一種方言上升為社會共同接受的方言或語言，要麼各方言相互妥協，產生一種帶有綜合性質的方言。海南島的邁話就屬後者。〔註21〕邁話聲母 18 個，缺少舌尖前後音聲組，但有一套舌葉音聲組。整個聲母系統基本上合於傳統的唇舌齒牙喉五音相配的格局。韻母 35 個，陰聲韻、陽聲韻、入聲韻俱全。四呼中雖然缺少撮口呼，仍合於南方漢語韻母系統的正常格局。聲調七個，中古平上去入四聲依聲母的清濁而分化。可見它是道地的漢語方言的整合體，與第一種類型的東干語、五屯話截然不同，據初步調查，邁話具有海南閩語、粵語、贛語和客話的某些特徵。就語音結構看：

1. 聲母系統。幫〔ʔb〕、端〔ʔd〕兩母的讀音與海南閩語文昌話一致。溪母多讀〔h〕，日母部分讀〔ŋ〕，匣母部分讀〔v〕，與粵語台山話一致。並、定、澄、從、群母讀送氣清音，與客家梅縣話、贛語臨川話一致，知母〔t〕的讀音也與臨川話同。

2. 韻母系統。齊韻〔ɔi〕的讀法與文昌話基本一致。哈韻〔ɔi／uɔi〕、流攝三等〔iu〕部分字讀法與台山話一致。梗攝開口二等的主要元音與臨川話一樣多數是〔ɛ〕。

3. 聲調系統。全濁聲母字上、去同調這與文昌話、臨川話一致，而入聲又像台山話那樣分為三個調類。此外，邁話中還有一些跟文昌話、廣州話以及南

〔註20〕楊占武《東干語及東干語研究的語言學意義》，《中央民族學院學報》，1987 年第 3 期，第 16～19 頁。

〔註21〕黃甘谷、李如龍《海南島的邁話──一種混合型方言》，《中國語文》，1987 年第 4 期，第 268～275 頁。

昌話相同的語詞。

可惜我們對東干語、五屯話、邁話所知甚少。國內學者對混合型方言的研究也才剛剛起步，因而對其生態結構的確切描述，目前還難於做到。對這類方言的深入研究，有助於更深刻地認識和把握語言生態運動的規律，從而為語言基礎理論的建設提供新的營養。

三、漢語生態結構的內部聯繫和機制

漢語生態結構相同層次的單位之間、不同層次的單位之間都在矛盾運動的過程中相互協同，維繫著結構的整體功能。在語音結構中，一般由音素組合為音節，音節又組合為音群，這種組合的實質就是協同。因為單個的音素或音節、孤立的音群，是很難實現交際功能的。音素與音素一方面相互協調，構成音節；一方面又相互矛盾，使音節內部產生變化。矛盾使結構產生不穩定的新因素，協同又使結構恢復穩定。這樣不斷地相互作用，推動系統的進化。音素與音素的組合併非力量均等，而是倚輕倚重不平衡的。作為聲母的輔音音素與作為韻母構成成分的輔音音素，在音節中的作用力和關係不一樣。如果聲母強化，那就勢必削弱韻母，反之，強化韻母，聲母也就相對削弱。在音節結構中，作為韻母構成成分的輔音音素處於較低的層次，而作為聲母的輔音音素，是在較高的層次上與整個韻母發生作用。在韻母中，韻頭、韻腹、韻尾也處於強弱不平衡的運動狀態，它們之間的關係也不一樣。韻尾通常處於相對削弱的地位，一個音節可以沒有韻尾。韻腹則是韻母的核心成分，相對於其他成分是較強的。韻腹和韻尾的相互協同使韻母處於動態穩定地位。介音是聲母與韻母相互作用的媒介，在聲、韻母的強弱變化中協調兩者的關係。它作為韻頭，能夠對韻腹施加一定影響。漢語音節中充當韻頭的高元音，在一定條件下能促進韻腹的高化。另一方面，介音在適合弱化聲母的條件下，能加速聲母音值的變化。例如，當舌根音聲組在弱化條件下，[-i-] 介音就會促使其舌面化。不過，介音與韻尾比較起來，韻尾跟韻腹的關係更為密切。在漢語語音史上，主要元音的變化，主要是韻尾輔音的影響，其次才是韻頭，再次是聲母。聲母與韻母構成音節，漢語音節還得負載聲調。聲調是聲、韻母結合體的高低曲折類型，這種類型是一種抽象模式，必須靠聲韻實體的音值變化來體現。因此，它與韻母，尤其是韻腹的聯繫是顯而易見的。聲調的調值與韻母音值的密切關係，福州話

堪稱典型。升調、降升調和升降調都能影響元音的音質，使單元音複化，使半高半低的單元音或復元音變低變開，使低元音變後。〔註22〕其次是韻尾，韻尾輔音的失落，能影響到聲調模式。例如中古塞音韻尾的消亡，使入聲韻類的韻母結構發生變化，聲調調值也隨之改變。廣東莞城話有一種特殊的「變入」調，〔註23〕這種聲調發生在以半低元音［ɛ、œ、ɔ］為韻母的音節中。舌位較低的音節比舌位較高的音節發音音程較長，音程拖長勢必模糊塞音韻尾，消磨掉入聲韻類的特點，長期弱化韻尾導致塞音韻尾失落，閉音節變成了開音節，聲調調值也就發生了變化，成為˩224調。調值與有塞音韻尾的陰入調˧44和陽入調˩22都不一樣。聲母的性質與聲調的關係比較明顯，幾乎所有的漢語方言，聲調的陰陽都與聲母的清濁存在對應關係。廣州話的入聲不但以聲母的清濁分為陰陽兩類，而且陰入又以主要元音的短長分為上、下兩類。可見，在音節水平上，聲母、韻母、聲調存在相互影響、相互制約的關係。其中任一要素的變化，都會影響到其他要素，從而引起整個音節模式的變化。而不同的要素之間又存在相對穩固的聯繫，所有的要素都對其中任一要素進行制約，使整體模式具有相對穩定性。

　　音節一旦進入音群層次，由於每個音節在音群中所處的地位不同，相互關係就更加複雜。除了音節內聲韻調的相互作用，還有相鄰音節的相互作用；除了純語音因素的作用，還有規則結構、語義結構的交互作用；除了語言體系內部的因素作用，還有生態語言系統內多種因素的作用。就漢語生態結構內部來看，主要存在這幾個方面的聯繫。

（一）語音結構與規則結構的聯繫

　　處於語音結構最低層級的音素，一般不能直接進入音群層次，而需要按音素組合規則結合為音節。但是，獨自成音節的單元音或單輔音，能夠與其他音節構成音群。音群中的音節與音節首尾相接成線性排列，聲母總是與前一音節的韻尾或韻腹同時又與本音節的介音或韻腹相連，不能在其他位置出現。介音、韻腹、韻尾的前後，都有其他音素連接。除了音群開首和結尾的音素之外，任一音素都同時受到來自相鄰音素的前後作用。這樣，語音結構的演變就同語音規則相聯繫。福州話「棉袍」的音節結構是［mieŋ⁵²pɔ⁵²］，實際上讀的是

〔註22〕袁家驊等著《漢語方言概要》，文字改革出版社，1983年6月第2版，第286頁。
〔註23〕陳曉錦《廣東莞城話「變入」初析》，《中國語文》，1987年第1期，第34～35頁。

$[mie\eta^{52}m\mathfrak{o}^{52}]$。第二音節的 $[p\mathfrak{o}]$ 變為 $[m\mathfrak{o}]$，從音理上講是受前音節輔音韻尾的同化，但必須有語音強弱變化規則為條件。即第一音節偏重，第二音節偏輕，且第二音節重韻輕聲，上述變化才能實現。如果語音強弱變化規則不起作用，兩個連續的音節都強化重讀，那麼，即使相鄰音素在音理上具備相互同化或異化的條件，變化也不可能發生。如「房間」$[pu\eta^{44}ka\eta^{44}]$ 變 $[pu\eta^{44}\eta a\eta^{44}]$，但「糞坑」$[pu\eta^{44}k'a\eta^{44}]$ 卻不變。上述音變只是在兩個特定音節相連的環境中發生，一旦改變環境，「袍」$[p\mathfrak{o}^{52}]$ 依然維持原結構，「間」也不再讀 $[\eta a\eta^{44}]$。音節結構的重組和創新是一個長期積累逐步擴散的過程。例如長沙話裏「你」有 $[\eta i^{41}$、ni^{41}、$\eta i^{41}]$ 三種結構形式，重慶話裏「很」也有 $[x\varepsilon n^{42}$、xei^{42}、$x\varepsilon^{42}]$ 三種結構，這些音節在不同環境條件下大都能維持其結構模式，正是臨時音變逐步積累鞏固並且擴散的結果。山東金鄉話韻母的兒化能夠影響到聲母音值，[註24] 新出現的聲母相對於兒化構成新的語音結構，但這種新結構受語音發生規則的制約。例如，在聲母為舌尖前音條件下，兒化使聲母變為舌尖後音：（爪）子 $[ts\mathfrak{1}]$ →（爪）子兒 $[t\mathfrak{s}\mathfrak{d}]$，（瓜）瓤 $[z\tilde{a}]$ →（瓜）瓤兒 $[z\mathfrak{d}r]$。聲母 $[t-$、$t'-$、$n-]$ 在與開、合口呼韻母相拼的條件下，兒化使聲母變為 $[tr-$、$t'r-$、$nr-]$：刀 $[c\mathfrak{o}]$ →刀兒 $[tr\mathfrak{o}r]$，捺 $[na]$ →捺兒 $[nrar]$。金鄉話能改變聲母音值的兒化規則有五個條例，離開了這些規則，聲母就不發生變化。一定的語音體系總是按一定的規則構成的，一定的規則體系總是在一定的語音結構的發展變化中形成的。因而沒有脫離規則的結構，也沒有離開結構的規則。老澳門話的聲母系統中只有 $[k$、$k']$ 而無 $[kw$、$k'w]$ 聲母。[註25] 但由於廣州話的影響，澳門話裏原讀 $[k$、$k']$ 聲母的音節產生分化，某些見系合口字如「軍」、「瓜」等已如廣州話那樣讀為 $[kw\mathfrak{e}n]$、$[kwa]$。這樣，由於澳門話聲母結構的變化，就產生了以合口為條件的語音分化規則。中古見系合口字在 $[k$、$k']$ 聲母下很容易圓唇化，這種音變遂步擴散的結果，使 $[kw$、$k'w]$ 在聲母系統中的地位得到加強。在音群層次上，有時是某一種語音規則對語音結構起作用，有時是多種語音規則交相發生作用。福州話音節在音群層次上的變化，其複雜程度是漢語方言中僅見的，變韻規則、變調規則和輔音同化規則的作用能使音節中

〔註24〕馬風如《山東金鄉話兒化對聲母的影響》，《中國語文》，1984 年第 4 期，第 278 頁。

〔註25〕林柏松《近百年來澳門話語音的發展變化》，《中國語文》，1988 年第 4 期，第 274 ～280 頁。

的聲、韻、調發生很大的變化。例如：「汽車」[kʻei²¹³tsʻia⁴⁴] → [kʻi⁴⁴ia⁴⁴]，「杏花」[xaiŋ²⁴²xua⁴⁴]→ [xeiŋ⁴⁴ŋua⁴⁴]。

　　語音結構不僅與語音規則相聯繫，而且與語法規則、邏輯規則，甚至意向規則存在不同程度的聯繫。不過，與語法、邏輯、意向的聯繫，主要是在音群層次上。在現代漢語中，音節與音節的分層組合明顯地受一定語法關係支配。例如，「語言學家」，就是[˚y]與[₌ian]按並列關係首先組合，這個組合體與[₌ɕye]按偏正關係再組合，第二次組合體最後又與[₌tɕia]按偏正關係組合的結果。研究表明，語流中聲調的變化，也是在語法層次中逐級展開的。天津方言的連讀變調首先在語詞內部的各個音節之間進行，然後在語詞之間的各個音節之間進行，最後再到詞組之間進行。〔註26〕舟山方言兩個音節連讀，其聲調的變化受語詞內部的語法結構關係影響。有些調類組合相同的雙音節組，結構不同，連調形式往往不一樣。「陽入＋陰平」的雙音節組通常變調形式是[ʔʌ˧˩]，如「蜜蜂」[miəʔʌ˧ foŋ˧˩]，而述賓結構的連調式則是[ʔʌ˧]，如「值班」[dʑiəʔʌ˧ pɛ̃˧˩]。〔註27〕這表明語音的變化並非單純受語音規則節制。音節按語法規則分層組合，變調也隨語法層次逐級推進。語法規則間接地限定了聲調變化的範圍、方向和規模。[˚tsʻai]與[tianˉ]這兩個音節組合在一起，它的語義根據是「彩色影像的電視機」，而不是「彩色的電」。從語法角度看，「彩色電視機」和「彩色的電」都是符合語法規則的，它們都是偏正關係，但是「彩色」與「電」在語義上不存在組合的邏輯條件，而電視影像有黑白與彩色之分，「彩色」完全具備限定「電視機」的邏輯條件，它縮小了「電視機」的外延，從功能屬性方面增加了「電視機」的內含。正是邏輯規則的作用，才產生了「彩色」與「電視機」的組合。由於意向規則的進一步作用，「彩色電視機」以兩個音節作為支點，簡化為[˚tsʻai tianˉ]這個新的結構。這個新的語音形式的產生，既符合語法規則，同時又是邏輯規則和意向規則作用的結果。現代漢語在音群層次上，音節與音節的組合千變萬化。這些音節的組合體在遵從既定的語法規則前提下，具有相當的自由度和靈活性，自由度和靈活性的深層根源，就是意向規則的潛在作用。語詞的簡略，本是語言經濟性原則要求下的一種自調

〔註26〕譚馥《也談天津方言的連讀變調》，《中國語文》，1986 年第 6 期，第 447～450 頁。
〔註27〕方松熹《舟山方言兩字組的連讀變調》，《方言》，1987 年第 2 期，第 116～123 頁。

節手段。簡略的方式卻是語法、邏輯和意向規則結構共同作用下的選擇。例如：「彩色影像電視機」、「彩色電視機」、「彩電」都符合語法規則，都是偏正結構關係，其中最切合語義邏輯的是「彩色影像電視機」。「彩色電視機」在語義上有歧義，既可理解為「彩色的電視機」，也可理解為「能映現彩色影像的電視機」。「彩電」則必須對「彩色影像電視機」有基本認知的人才能明白無誤，否則，就如某些在「公共關係學」方面一無所知的人那樣，面對「公關」、「公關小姐」等語詞瞠目結舌，不知所云。一般說來，音節的簡略或組合既有一定的自由度和靈活性，簡略或組合的方式在理論上就不只一種。因此，「彩色影像電視機」按照意向規則就應有多個簡略式出現，如：「彩像機」、「彩影機」、「彩視機」、「影電機」、「色像機」等等，哪些語詞能夠通行無阻，那就不只是說話人的意向問題，這需要意向認同——社會意向來決定。社會意向與個人意向也是相互作用的，個人意向既可能代表或領導社會意向，也可能與社會意向背道而馳，這時個人意向就必須服從社會意向。1986 年 12 月 29 日 6 點 30 分，中央人民廣播電臺播發《人民日報》評論時念「違憲的行動」，7 點重播就改為「違背憲法的行動」。〔註28〕「違憲」顯然是根據「違法」的現成模式類推出的簡縮結構，但在社會意向認同之前，這種不靠「目治」只憑「耳聞」的音節組合結構很難在聽眾中一下子喚起與「違背憲法」這一語義內容的必然聯繫。不過，意向規則導引下生成的新結構一旦站穩腳跟，它反過來就限制了音節組合的自由度，而總是把類同的組合納入它的結構框架。如「試產」引來「試銷」，接著又是「試展」、「試演」甚至「試婚」；與「市政辦」（市人民政府辦公室）同類的簡略語也是一大串：工改辦、房改辦、復退辦、環保辦、城建辦等等。

現代漢語中雙音節和四音節佔優勢，三音節的組合也有相當的分量。三音節音段內部的語音結構形式一般是「1＋2」和「2＋1」兩種分組趨勢，而語法結構形式基本上與之對應。「1＋2」的音節組合與動賓結構協同，「2＋1」則與偏正結構同步。〔註29〕另一方面，語法結構與音節組合結構又互相制約。這從四音節音段縮減為三音節音段時表現出來。動賓搭配的語法結構使音節組合模

〔註28〕鄭林曦《聲調在普通話和拼音文字裏的功用》，《語文建設》，1987 年第 2 期，第 36 ～39 頁。

〔註29〕吳為善《現代漢語三音節組合規律初探》，《漢語學習》，1986 年第 5 期，第 1～2 頁。

式從「２＋２」趨變為「１＋２」。如「修建馬路」、「運輸糧食」、「收割麥子」壓縮為「修馬路」、「運糧食」、「收麥子」，而不是「修建路」、「運輸糧」、「收割麥」。以名詞為中心的偏正結構則使音節組合模式由「２＋２」趨變為「２＋１」。如「記錄卡片」、「防風眼鏡」、「長毛兔子」壓縮為「記錄卡」、「防風鏡」、「長毛兔」，而不是「錄卡片」、「風眼鏡」、「毛兔子」。反過來，音節的簡略或組合方式也制約著語法結構，同時進一步制約著深層語義結構。例如，「複印文件」、「選擇題目」、「籌備經費」，如果將前兩個音節壓縮為一個，那麼「印文件」、「選題目」、「籌經費」都是動賓結構；如果將後兩個音節壓縮為一個，則「複印件」、「選擇題」、「籌備費」為偏正結構。同時，兩種語法結構所包蘊的深層語義也就迥然不同了。

（二）語音結構與語義結構的聯繫

　　語音結構與語義結構是相互協同相互制約的。從宏觀看，漢語的一個音節通常總是對應著一個語素義，這就體現了語音與語義最根本的諧調關係。這種協同是矛盾中的協同，明顯的矛盾是漢語無論哪個方言，必定有一定數量的聯綿語詞和疊音語詞，少數的外來語詞甚至需要兩個以上的音節負載一個語素義。語義結構對語音結構的制約通常表現在音群層次上，「吃馬路」、「甜機器」完全符合語法規則，但是，［ ＿tʂʅ ］與［ ˚malu˚ ］、［ ＿tian ］與［ ＿tɕi tɕʻi˚ ］不能組合，因為語義結構不允許。語義通常依靠音節的組合結構來顯現，音節組合序列不同，語義也就有異。有個大家熟悉的例子：壺蓋上依南西北東次序排列「可以清心」四字，如按順時針方向讀，可以得到四個不同的組合序列：「可以清心」、「以清心可」、「清心可以」、「心可以清」。如按反時針方向讀，也能得到四個組合序列：「可清心以」、「心清以可」、「清以可心」、「以可心清」。中國古代的迴文詩、藏頭詩也是靠音節組合序列的變化來表達不同的語義內容。語音結構對語義的表達方式也有影響。某些既可用短語也可用語詞表達的語義內容，往往利用現成的語詞模式表達。如「將要作丈夫的未婚成年男子」是一個短語，佔用了十二個音節，而「未婚夫」只有三個音節，表達了同樣的語義內容。音節之間的組合方式反映了語義結構的邏輯聯繫。在語詞內部，如「槍支」、「紙張」、「房間」能組合，卻不能產生「槍塊」、「紙支」、「房顆」這樣的組合。「月」、「心」、「年」、「地」能分別與「亮」、「疼」、「輕」、「震」組合，卻不能與「綠」、「鹹」、「寬」、「飛」分別組合，就是因為音節的組合是同語義邏輯相聯繫的。

語音結構與語義結構的協同只是一個方面。另一方面，語音結構並不完全與語義同步對應。在語流中，［tʻuˀ］這個音節既負載「兔」的語義，也負載名詞語法意義，但現代漢語裏，一般由［tʻuˀ］和［ˀtsɿ］兩個音節來承擔，只表達語法意義的［ˀtsɿ］音節負載的是羨餘信息。像「動靜」、「好歹」、「國家」這類語詞，真正負載語義信息的只有「動」、「歹」、「國」，其餘的音節並不負載語義信息。這樣，一定語音結構中就出現了與語義不相干的純語音音節，這種音節只是為了保持雙音結構的模式而存在。更多的情形是，較少的音節組合負載了較多的語義內容。在北京的公共汽車上常聽到「一張西單」的說法，這種音節組合對應的完整語義格式應當是：施事——動作——數量——處所——受事，〔註30〕正常的音節序列就是「我買一張去西單的車票」，施事、動作及受事成分完全省略，「一張西單」承載了全部語義內容。這種語義與語音結構不對應的主要影響因素在於環境。有時是認知上的原因。《三國演義》裏曹操寫的「一合酥」，楊脩讀為「一人一口酥」。這種語義的超載情況在語言的羨美生態中是較為普遍的。「土地拍螞蚱——慌了神」，表層語義是土地神著慌，深層語義指人心神不寧。「東邊日出西邊雨，道是無晴卻有晴」表層語義是天氣半晴半雨，深層語義指看似無情卻有情。

語音與語義結構的相互協同相互制約關係最集中地體現在漢語同族語詞的生成發展方面。相同的語音變換模式對應著相當的義類，不同的義類語音變換模式不一樣。漫無規律的音轉勢必混淆義類的嚴整體系，因而語音的轉化受著一定義類的限制。義類中語義的系聯以一定的語音變化模式為依憑，因而新語義場的形成受語音轉變模式的制約。在古代漢語裏，通過音節內部聲母、主要元音或輔音韻尾的變換派生出的一群群同族語詞，形成一個個語義場。派生出的新語詞的語音結構與語義之間存在規律性的對應關係，同類的義類大體上對應著同類的語音轉化。音節內部不同的語音變換表示著不同的語義。嚴學宭先生指出古代漢語音節內部輔音聲母、主要元音和輔音韻尾有六種變換類型，上百個變換模式，統率著五千左右的語詞。〔註31〕這六個類型是：

1. 輔音聲母的變換，如：菡［*ɣam］—萏［*dam］；躞［*sjap］—蹀［*djap］；

〔註30〕唐苑《漢語語法的意合特點》，《邏輯與語言學習》，1988 年第 5 期，第 33～36 頁。
〔註31〕嚴學宭《論漢語同族詞內部屈折的變換模式》，《中國語文》，1979 年第 2 期，第 85 ～92 頁。

令〔*leŋ〕—命〔*mjeŋ〕。

2. 元音的變換，如癭（頸瘤）〔*ʔjeŋ〕—壅（壅塞）〔*ʔjuŋ〕；肯（著骨肉）〔*khoŋ〕—綮（中肯）〔*kheŋ〕；黵（大污）〔*tam〕—點（小黑）〔*təm〕。

3. 輔音韻尾的變換，如：咽〔*ʔin〕—噎〔*ʔit〕；林〔*ljəm〕—立〔*ljəp〕。

4. 元音伴隨輔音聲母變換，如：門〔*mən〕（《說文》：「聞也，從二戶，象形。」）—閑〔*ɣan〕（《說文》：「闌也。」）—闉〔*ʔjin〕（《說文》：「城內重門也。」）；㥮〔*khəm〕（《說文》：「憂困也。」）—惔〔*dam〕（《說文》：「憂也」。）

5. 元音伴隨輔音韻尾變換，如：刻〔*khək〕—鍥〔*khet〕；凶〔*xjuŋ〕—險〔*xjam〕；習〔*zjəp〕—俗〔*zjuk〕。

6. 輔音聲母併合輔音韻尾的變換，如：範〔*bjam〕—法〔*piap〕；填〔*din〕—窒〔*tit〕；跋〔*bat〕—蹋〔*dap〕。

顯然，語詞內部的語音結構中，如果聲調發生變換，語義也會作出相應的轉變。依靠聲調的變化來區分不同的語義，不只是古漢語，現代漢語也如此；不僅在相對穩定的語詞層次上是這樣，隨機組合的音節之間產生變調有時也能區別語義。試看舟山方言兩個音節連讀變調別義的例子：「神經」〔zoŋ tɕiŋ〕，如果是〔꜔꜒〕，指人和動物內傳達知覺的組織，如果是〔꜔꜕꜖〕，則指精神病；「印花」〔iŋhuo〕，如果是〔꜒꜕〕，指布上的花紋，如果是〔꜒꜕〕則指一種稅票；「領頭」〔liŋdai〕，如果是〔꜔꜒ ꜔꜖〕指衣服的領子，如果是〔꜔꜕ ꜔꜖〕指帶頭的人。〔註32〕

（三）語義結構與規則結構的聯繫

語義一方面按一定的規則整合，另一方面又打破舊的規則結構，生成新的規則。反過來，規則結構一方面制約語義，另一方面又被語義整合的新模式不斷修改、創造。與語義相關的規則網絡錯綜複雜，語義的整合既要遵循既定的語法框架，又要合於邏輯規則，還要受意向規則的導引。這些規則與語義交互作用的結果，使兩者永遠處於矛盾的統一之中。語義結構與語法結構的關係，是研究者們用力最勤的方面。研究表明，語義與語法處於相互矛盾相互協同的運動中，語法與語義相互對應是協同的結果，而語境不同或環境限制不嚴密的結構，相互總有多個選擇整合的方向。因此，同一的語法結構

〔註32〕方松熹《舟山方言兩字組的連讀變調》，《方言》，1987 年第 2 期，第 116～123 頁。

可以涵蓋多個語義結構，同一的語義內容也可以憑藉不同的語法結構表達。實際上，語義的變化遠比規則模式的演變要活躍得多，迅速得多。語義結構在言語運動中不斷建構又不斷解構，不斷探索、選擇與之最適合的語法格局，語法格局的不同，又對語義結構產生影響。同一的語義內容由於與之整合的語法結構不一樣，語義內容也就產生了微殊，如：1.「病治好了。」2.「病被治好了。」3.「把病治好了。」4.「治好了病。」第一句的「病」是邏輯賓語，代表受事，但語義重心不在「病」而在「好」。第二句加「被」，著意強調受事，語義重心前移。第三句隱含的邏輯主語一般應出現，「病」成了處置對象，因而語義重心實際上指向隱含的施事。第四句受事處於賓語位置，語義重心指向動作。同一語法結構可以涵蓋不同的語義結構，這就是通常所謂的多義或歧義結構。造成這種狀況的原因不只是語義結構與語法結構的單線作用，其中還有言語生態環境和人的因素的網絡作用。有的語法模式本身並不一定涵蓋多種語義結構，但與語義因素作用能擴大涵蓋面。如上例的「病治好了」是一種「名詞＋動詞＋形容詞＋時態詞」的語法模式，如果在這個框架內填上另外的語義內容，「雞吃光了」，這就產生兩種語義結構：「吃雞＋雞光了」；「雞吃＋吃光了」。顯然，這是因為模式裏名詞位置上出現的「雞」既可施事也可受事，這兩方面的語法意義與結構中其他項作用形成了兩種能被同一語法模式包容的語義結構。語詞在語段中所處的結構層次和語法意義的不同，是造成同一語法模式與多個語義結構對應的原因之一。在偏正結構中，這種情況尤為常見。例如：

1. 我們愛讀<u>雷鋒的詩</u>。
2. 罕見的秦朝小篆的殘碑。

例 1 里的「雷鋒」既可作介詞的賓語，也可充當施事者，因而劃線部分對應兩種語義結構：「關於雷鋒＋雷鋒的詩」，「雷鋒寫＋寫的詩」。例 2 的兩個定語與中心語在不同層次上的結合有選擇自由，與之對應的語義結構是「罕見的秦朝小篆＋殘碑」，「罕見的＋秦朝小篆的殘碑」。吳新華考察了這類偏正結構內部各項之間在語詞意義、語法意義、結構層次各方面的複雜關係，指出從語義和形式的關係看，有同形異構異義與同形異構近義兩種情況，某些結構在語法功能和語義基本相同的前提下，語法分析存在靈活性。〔註33〕這就表明，語法結構

〔註33〕吳新華《偏正結構歧義初探》，《青海省語言學會會刊》，1982 年創刊號，第 65～74

與語義結構之間的相互作用既是不平衡的，又是相互協同的。遵循既定語法規則的語句，除了結構關係的原因而外，有的仍然能夠涵蓋多個語義結構，學者們指出這是由於語詞的多義所造成。實際上，語詞多義只是形成多義結構的前提，真正促成多義結構的主要原因，是規則結構中處於高層次的意向規則的作用。這種意向既有約定性，又有隨機性。約定的意向以共同的社會文化習俗、心理結構為背景，隨機的意向以人群的思惟方向或突發的靈感為背景。1986 年9 月 3 日《文匯報》報導，作家張辛欣在鎮江恒順醬醋廠採訪時問女工：「你們愛吃醋嗎？」「我愛。」她又一字一頓地說：「是嗎？你們都愛吃醋？」女工們恍然大悟，連連搖頭。這裡的對話是以共同的社會習俗和心理結構為背景的。儘管如此，在隨機場合中由於思惟方向不重合，仍會發生誤解。這種多義結構顯然是以「醋」的「酸味佐料」和「嫉妒心」兩重語義為前提，而由意向規則導引所致。意向的隨機性能夠造成意念性很強的多義結構。把「維民所止」解為「雍正無頭」，把「明月有情還顧我，清風無意不留人」解為「思念明代，詆毀清朝」，顯見不是語詞意義本身提供的選擇，而是主觀意向的強作用。意向規則的強作用常常背離約定的背景或前提，造成獨特的語義結構。如果語法結構和語詞意義都不成為多義結構產生的前提，那麼，由於意向規則作用點的變化，語義重心也會發生變化。沈開木指出，一個「不」字句（「不」字除外）有多少個實質性成分，原則上就可以產生多少個前提。〔註 34〕在這種前提比較之下的語句，語義重心各不相同。我們認為前提產生是意向規則的作用，思惟的方向和作用點不同，語義重心也就不同。就「不」字句來說，在「不」字的否定範圍裏存在著一個或多個否定中心，有幾個否定中心，就可以作幾項變換，產生多個相應的前提，而充當中心的句法成分以及這些句法成分的數量的確定，帶有極大的意向性。假定「他不讚揚新選出的局領導」這個語句有一個否定中心，就可以作一項變換產生六個前提（除「不」而外語句有六個實質性成分）：

A. 變換後產生的、看作前提的語句

　　1. 別人讚揚新選出的局領導。

轉 35 頁。
〔註34〕沈開木《「不」字的否定範圍和否定中心的探索》，《中國語文》，1984 年第 6 期，第 404～412 頁。

2. 他批評新選出的局領導。

3. 他讚揚上次選出的局領導。

4. 他讚揚新任命的局領導。

5. 他讚揚新選出的處領導。

6. 他讚揚新選出的局職工代表。

B. 本句（劃線部分是否定中心）

1. <u>他</u>不讚揚新選出的局領導。

2. 他不<u>讚</u>揚新選出的局領導。

3. 他不讚揚<u>新</u>選出的局領導。

4. 他不讚揚新<u>選出</u>的局領導。

5. 他不讚揚新選出的<u>局</u>領導。

6. 他不讚揚新選出的局<u>領導</u>。

假定有兩個否定中心，就可以作兩項變換，產生 $C_n^2=C_6^2=15$ 個前提。從理論上講，一個「不」字句如果有 n 個實質性成分，那它的多義指數可以有：$n+C_n^2+C_n^3+\ldots+C_n^{n-1}$ 個。事實上言語活動中不可能出現這樣的極端現象。不過，同一語法結構竟能涵蓋如此之多有不同語義重心的語義結構，這一現象本身就揭示了語法結構與語義結構的嚴重不對稱而又高度協調的相互關係。語義反過來對語法結構具有一定的制約力。這表現在以下幾個方面：[註35]

1. 制約結構關係。「建設規模」和「建設國家」的結構模式都是「動＋名」，由於後項與「建設」之間的語義關係不同，其語法結構應分別是偏正關係和動賓關係。

2. 限定省略或隱含的句法成分。「經過一段時間的爬坡之後，又平平地駛了一段路，駕駛員才剎住車。」這個語句裏蒙後省的成分，由賓語「車」的出現而得以限定。「教師要成為學生的朋友，與學生的家庭聯繫，互相配合，共同做好教育學生的工作。」這個複句的前兩個分句的主語都是「教師」，第三、四兩個分句中的「互相」、「共同」這兩個狀語的意義限定了隱含的主語不是「教師」，而是「教師與學生的家庭」。

3. 制約句法成分的搭配。直接成分能否搭配有時取決於間接成分的意義，

〔註35〕胡正微《意義的語法作用和語法場的立體模式》，《語言教學與研究》，1986 年第 3 期，第 48～66 頁。

例如：「小王」與「不是人」一般不能搭配，但如果在「人」前面加上限定成分「美國」，則可搭配。同理，「克服」與「思想」不能直接搭配，在「思想」前面加修飾成分「錯誤」，則能搭配。

4. 制約結構的層次。就語法關係看，短語「光榮地當上了人民代表」有兩種可能性結構：

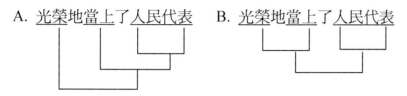

A. 光榮地當上了人民代表　　B. 光榮地當上了人民代表

動詞「當上」前邊可以搭配不同語義的狀語如「光榮」、「可恥」等等，但與賓語「人民代表」組合後，整個述賓結構的語義就嚴格地限定了狀語，狀語的語義必須與「人民代表」的語義相適應，而不能僅僅與「當上」相配。這就規定了短語的結構層次只能是 A。

5. 制約結構的轉換。例如，「他擦亮了槍」與「他吃夠了苦頭」，兩個語句的表層結構都合於「代詞＋動詞＋形容詞＋名詞」這一模式。由於補語「亮」在意義上與「槍」相聯繫，而「夠」卻與「他吃苦頭」相聯繫，這兩個語句分別具有的轉換能力也就不一樣。前者可以轉換為：

（1）他擦槍擦亮了。

（2）他擦槍槍亮了。

（3）槍被他擦亮了。

（4）槍他擦亮了。

後者可以轉換為：

（1）他吃苦頭吃夠了。

（2）苦頭他吃夠了。

（四）漢語生態結構的內部機制

漢語系統的語音結構、規則結構和語義結構的相互作用，相互協同，推動了漢語系統的發展變化。根據可以推測的語言發展史，原始漢語應當是一種富於形態變化的語言。到《詩經》時代，形態特徵已幾乎磨滅，漢語已經演化為一種主要依據詞序和虛詞來組織語義鏈的重意會的語言。現代漢語與《詩經》時代

的漢語相比，又有了很大差距。這些變化都是漢語系統內部的微小變化歷史積累的結果。在語言發展長河中，變化是不斷的，穩定是相對的，為什麼有的變化對語言格局影響不大，很快就被淘汰磨滅，而有的變化卻保持下來，對語言結構產生重要影響，甚至從根本上改變了語言的格局呢？這需要從兩個方面去考察。一個方面是語言外部，這包括考察特定語言所在的生態語言系統內部各層次以及其他的生態語言系統間相互作用產生的影響。另一方面是考察該語言系統本身。就語言本身來看，系統內部必有一定的機制，才能使自身相對穩定，才能應變和發展進化。漢語作為一個相對獨立的語言系統，具有如下特點：

1. 整體穩定　整體結構的穩定基於各個不同層次結構的穩定，層次的穩定基於各構成成分的協同。層次與層次之間的協同，從內部維繫著整體的穩定，整體與生態環境的協同，從外部保證了整體的穩定。

2. 動態相關　漢語無論整體系統、層次系統還是語言元素，都處於永恆的運動之中。一方面，系統整體與生態環境息息相關，相互作用，不斷從外界獲取能量信息以維持自身有序化；另一方面，系統內各層次、各元素相互協調，高層次與低層次信息互通，各元素信息互通，整個系統內形成信息的網絡通道。其中某個環節上信息的變化，會影響到其他環節上信息的分布。宏觀層次的信息會影響到微觀層次的信息，反之亦然。信息的流動變化及其在系統內的分布，決定結構的方式和與之相應的功能狀態。

3. 變化發展　漢語系統的整體穩定與變化發展是辯證統一的兩個方面。系統的穩定是變化中的穩定，發展中的穩定。漢語系統的發展也是在動態穩定的狀況下以漸變形式實現的。由於系統內部各層次、各元素之間相互作用相互聯繫的方式不一樣，必然形成不同的結構和功能。同一種結構會產生多種功能，同一功能也可能對應不同的結構。在多種結構、多種功能並存的複雜系統中，必然引起矛盾運動，從而改變著各種結構和元素在系統內的地位和所佔的比例，以求整體結構和功能達到最佳效應。系統內出現的矛盾即普利高津所謂的「漲落」。在系統穩定時，漲落被系統消除，在臨界點附近，微觀漲落會放大為巨漲落，引導系統走向新的有序。隨機的漲落提供系統演化的多個方向，而進化方向是由系統與環境相互選擇決定的。

漢語系統內部的協同作用，就是自組織、自調節機制。如果沒有自組織機制，漢語內部各元素各部分就無法產生有機聯繫，系統就不可能是一個統一

的、相對獨立的穩定整體。如果沒有自調節機制，元素與元素，層次與層次，元素、層次、系統之間的矛盾就會使系統瓦解，系統與環境也不可能保持正常的信息交換。漢語發展史上，語音結構內部的調節，在音群層次上出現的明顯變化就是單音節的自由度削弱，雙音節的約定性增強。在音節層次上，雖然聲母、韻母、聲調都在運動變化，但調節的重點是韻母。現代漢語方言的聲韻調系統各具面目，其中聲母和聲調的演變線索比較清晰，韻母系統的變化最為繁複。一個重要的生態學原因是因為韻母的構成最為複雜，它作為一個整體一方面與聲調、聲母相互作用，另一方面它內部的各元素也處於相互作用之中。語義系統的調節重點主要表現在語義場的分衍與擴展。一部分與逝去的社會生活聯繫密切的語義場解構或縮小了，而更多的與新的社會生活相聯繫的語義場又建構起來。構成這些新語義場總是儘量利用原有的基本語義單位。那些與古今社會生活中所共有的事物相聯繫的語義單位和語義場成為漢語語義總場的核心，是語義總場中穩固的成分。規則結構中的語法結構在邏輯結構和意向結構的交互作用下，主要依靠語詞出現的時空順序來組織語音、負載語義信息。由於意向規則的支配，漢語語義的表達一方面靠詞序的靈活處理來實現，另一方面又靠意會來體味。虛詞作為輔助性手段，雖然也有磨損和創新，但比起詞序來自由度要低得多。漢語的自調節機制還表現在子系統之間的相互作用上。由於語法形態的磨損，高低曲折被作為辨義的語音標記，這就產生了聲調系統。由於輔音韻尾的消亡，促使音群層次上單音節逐漸複音化。由於近代北方話聲、韻、調系統的大踏步簡化，兒化韻母與輕聲普遍出現。漢語系統為了維持系統內部的整體均衡穩定，不能不依靠自調節機制來不斷改變自身各部分的能量信息分布，不能不以加強某些環節的手段來補償磨損消蝕的環節。

　　漢語系統還需要依靠自調節機制維持系統與生態環境的相對穩定關係，這表現於系統對環境信息的甄別，吸收，處理和利用。它必須利用新的環境信息，增加自身的有序，消除無序，否則，系統就不能存在。由於漢語分布區域遼闊廣大，各漢語方言都有自己特定的環境，各方言系統吸收的環境信息不一樣，因而各個方言的生態結構及結構內部信息的分布情況也就不可能完全一致。系統與環境的關係也就需要具體分析，不能一概而論。

　　漢語系統的內部調節必然偏重於某些部分。就各個子系統而言，有的變化顯著，有的變化緩慢；有的結構關係簡單，有的卻很複雜。這是因為系統總是

追求整體功能的最優化。調節提供選擇機會，系統內部各子系統各元素也就在自調節過程中不斷選擇優化機會。漢語在生態環境中的自調節並不是消極地適應環境，而是主動地有目地選擇環境，同時，環境也在選擇語言。語言與環境的互動選擇決定系統進化的方向。漢語系統與其他任何語言系統一樣，在與環境的相互作用中協調各子系統的相互關係，使整體功能不斷趨於最優化。正是功能目的提供了語言系統選擇進化方向的標準和動力，功能目的也是系統自組織、自調節機制產生的源泉。

第二節　漢語系統的生態環境及其作用

　　漢語按地域分布分為三個生態類型，這三個類型既有共同之處，也有它們各自的特點。這些特色的形成，是各類型的方言系統在各不相同的環境裏逐漸變化發展的結果。只要地域殊異，就造成了時空間隔，同一語言就會在不同的時空座標中產生不同點。同是閩語，海南閩語、浙南閩語、潮汕閩語、臺灣閩語、新加坡閩語與福建本土的閩語就不一樣。同是福建境內的閩語，閩北話、閩東話、閩中話、閩南話也各不相同。同是閩南話，泉州、漳州、廈門三地的土話也存在明顯的區別。廈門話從同安話脫胎而來，可廈門話與同安話也有不少分歧。同是廈門話，火車站附近的廈門話與思明路一帶的廈門話本地人一下子就能區分出來。為什麼地域不同，同一語言就會千變萬化，面貌各異呢？

　　從根本上說，是由於環境信息分布不同，語言系統與環境發生作用的方式和信息流通量的差別，造成和積累了語言的變異。從宏觀來看，由於語言所處地域的不同，自然環境、社會環境、文化環境、人群環境也就易地而殊，不同的環境以不同的方式與語言系統相互作用，語言內部的調節方式、結構關係、以及語言自身的運動規律，自然也就不可能整齊劃一。在語言系統內部，層次越低，結構關係越緊密。例如音節的穩定性高於音群。在句法層次上，短語穩定性高於語句，語句高於句群。在生態語言系統內，各個層次對語言的作用力是不平衡的，越是作為語言系統的基礎的層次，對語言的影響愈小。如自然結構與文化結構相比，它對語言的作用力就顯然薄弱得多。語言系統內越是處於低層的結構，受生態環境的制約力愈小。例如，語音結構較難受到生態環境的直接影響，而語義結構受生態環境影響的機會就比較多一些。任何語言總得在

一定的地域發生和發展，完全不受環境影響的語言是不存在的。

　　漢語是一種古老的語言。它的起源時間和發祥地目前尚無法確定。1987 年 12 月 17 日《光明日報》報導，在河南舞陽賈湖新石器遺址出土的甲骨上有契刻符號。經碳 14 測定，這是一處距今 8000 年，相當於裴里崗文化時期的原始社會聚落遺址。這批契刻符號的形成年代早於安陽殷墟的甲骨卜辭 4000 多年，比西安半坡仰韶文化陶器上的刻畫符號和山東大汶口文化陶器上的文字早 2000 年。從部分契刻符號的形體看，與安陽殷墟甲骨卜辭字形近似。如果承認漢字的胚胎萌生於 8000 年以前，那就得承認那時的漢語已經是一種發達的語言，因為語言必須發展到一定的階段，才可能出現記錄語言的文字符號。遺憾的是，我們討論漢語存在的歷史生態環境，只能以非常晚近的已知材料作為出發點。

一、自然環境的作用

　　根據史籍記載以及地下出土文物的印證，距今約一萬年以前的黃河中游河谷地帶，就已經成為漢語廣泛流行的地域。這一地區已經發現了 400 多個仰韶文化的遺址，僅山西西南部就發現了六十多處。可見至少在公元前 4000 年以前，這一帶便存在著農耕的村落。遠古時代的黃河中游河谷，是處於汾河、渭河、涇河、洛河、沁河等大支流構成的水系之中的豐饒地區。那裡樹木繁茂，鳥獸成群，夏季雨水充沛，黃土高原土層深厚，既宜穴居，又宜農耕。《孟子·滕文公上》說：「當堯之時，天下猶未平。洪水橫流，泛濫於天下。草木暢茂，禽獸繁殖，五穀不登，禽獸逼人。獸蹄鳥跡之道交於中國。」這就是當時自然環境的一個寫照。漢人在生活和生產過程中，同這些自然條件發生了密切的關係，形成當時語義系統的一些特色。這在《詩經》語言裏有所反映。其中提到的河流名稱，除江、河而外，還有洧、淇、溱、汝、汾，渭、涇、漢、淮、洛、洽、豐、沔、泮等水名。描寫水貌及與水有關的語詞有瀰瀰、浼浼、汎汎、湯湯、滔滔、浮浮、湝湝、泱泱、洋洋、活活、濊濊、汜、渚、沚、濟、涘、沱、湄、洄、湄、泉、澤、池、漚、沼、深、清、淵、流、永、漣、淪、濫、潰、渙、汔、泄、灌、洞、濯、遊、澎、浸、減、潤、潦、注、沮洳等。水產魚類有魴、鰥、鯉、鱒、鱧、鰋、鼈、鮪、鱣、鰷、鱮、鯊。山名有猇、首、終南、歧、龜、蒙、泰等。各種樹木及與樹木有關的名稱有樊、楚、杞、桑、李、桃、檀、棘、棗、松、柏、

棠棣、樸、楸、梅、巢、樛、榛、栗、梴、橋、扶蘇、枝、椅、梓、楊、柳、梁、樞、榆、栲、杻、椒、杕、杜、栩、林、櫟、檖、權、枌、棲、株、檜、桷、柯、枸、楔、桐、樗、椓、楰、杝、杼、柚、棟、柞、樵，檉、椐、棫。詩中提到的野獸有馬、牛、羊、豕、豹、狼、鼠、狟、虎、狐、貉、貍、貓、鹿、兕、兔、蛇、貊、貔、熊、羆、象等二十多種。其中，牛又分特、犉、犧，羊又分羝、羜、羔，鹿又分麀、麋，豕又分豜、豵、豝，馬又分驪、騵、騏、駒、駟、騂、騅、駱、驒、騮、駰、駜、驔等等。鳥類有鵲、鶉、鴇、雎鳩、鸞、鷺、鴟鴞、雞、鴻、雁、鴐、鳲鳩、倉庚、鳩、鸛、脊令、燕、隼、鶴、烏、桑扈、鳶、鶯、鴛鴦、鷙、鷹、梟、鷮。如果沒有現實的物象，當時的語言裏絕不會出現這些語詞。時代不同，自然物象變異，語義系統的成分就可能改組。秦漢以降，中原的生態環境受到破壞，氣候和地貌的變化，使許多生物逐漸消亡。兕、熊、虎、象、豹、鹿等動物，黃河中游地區現已蕩然無存，羆這種動物已經絕滅，反映當時林木鳥獸一類概念的語詞，一部分已成為歷史。自然環境體現了語言存在條件的空間差別。漢語分化為幾個大的方言，地域的侷限是方言的一個主要成因。在貴州北部的一些山區，那兒的人活動範圍僅方圓幾十華里。他們的語義系統中反映山區物產的語詞豐富細緻，但關於水產的語詞則微乎其微。在華北平原，農產以小麥為主，那個地區關於小麥、麵粉及其加工系列、食品系列的語詞相當豐富。但是，另外一些地方，例如福建的長汀、壽寧，在這些方言裏，幾乎沒有跟小麥有關的方言語詞。〔註36〕方言語詞能夠體現環境的影響。例如壽寧地處山區，因之有一批反映山地形貌的語詞：層園（田地）、清漿層（爛泥田）、半塗沙層（沙地）、塗堆（小丘）、山崗（丘陵）、崗頂（山頂）、崗梁（山脊）、山陂（山坡）、岩頭（岩石）、塗沙（泥沙）、壙塵（灰塵）、塗（幹泥土）、塗漿（泥漿）、層睳（田埂）、壠（畦）。這裡以大米為主食，人們裁種水稻，隨之有一群與水稻有關的語詞：粟庭（曬穀坪）、種肥（施肥）、做層式（翻田）、細層（耙田）、掘園（挖地）、插層（插秧）、穬種（播秧）、割禾（割稻）、做粗（種地）、風搧（風車）、搧粟（揚場）、碓米（碾米）、薅層（耘田）、覆（培土）、鐮鍥（鐮刀）、秧栳（秧桶）、倉間（穀倉）、鍥銷（掛鐮刀器具）、粟（穀）、泛粟（秕穀）。地處水鄉的

〔註36〕長汀話有關材料根據蘭小玲口頭提供及其所著《長汀客話研究》，廈門大學中文系1982年8月油印本。壽寧話材料根據林寒生《壽寧話研究》，廈門大學，1982年8月油印本。

方言幾乎都有一套與當地水產品相對應的語義系統。可是海洋的水產與江河的水產不一樣，因而水產語義系統也就各具特色。如閩南話裏的水產語詞絕大部分就與海洋有關：扁魚（比目魚）、白魚（帶魚）、鰻魚（海鰻）、柔魚（魷魚）、鱲魚（鱠魚）、鯧魚（鏡魚）、白鯧、烏鯧、烏魚（黑魚）、鱗仔魚（彈塗魚）、鬼仔魚（河豚）、烏仔魚（鯔）、紅瓜魚（大黃魚）、蟳仔（梭子蟹）、槳（海龜）、鰲、饕鰲、沙蟟（蛤蜊）、蝦仔（蝦米）、蜅蛙（螃蟹）、蟳仔（海蟹）、白面魚、墨賊（墨魚）、大頭鰱（鱅）、蛇（水母）、鯡仔（鱷魚）、魟仔魚（魟魚）、麥芽膎（鹽漬小螺）、蟶（長方形薄殼蚌）。〔註37〕山西夏縣東滸村地處白沙河、馬道河和青龍河交匯區域，那裡長滿蘆葦及藤類植物。當地民諺說：「進了東滸村，葦毛飛滿身。」居民除農耕外，世代編織席子、簸箕為業。環境提供了生產的條件，也豐富了該地方言的語義內容。甚至在當地流行的行業隱語——延話中也有反映。如「本」（蓆子簸箕）、「蛇」（葦子）、「末子行」（水池）、「講本」（賣蓆子或簸箕）、「乃本」（買蓆子或簸箕）、「乃蛇」（買葦子）、「下本」（編蓆子或簸箕）。〔註38〕

漢語裏有不少成語與自然環境聯繫密切，可以說沒有特定的環境條件便不可能有相應的成語產生。例如，與山水相聯繫的：萬水千山、山窮水盡、山清水秀、氣壯山河、江河日下、川流不息、開門見山、水落石出、關山迢遞、窮山惡水、排山倒海。與天地相聯繫的：天造地設、開天闢地、地老天荒、驚天動地、石破天驚。與日、月、星、風、雨、雪等自然現象相聯繫的：日薄西山、日暮途窮、旭日東昇、風馳電掣、風平浪靜、風吹草動、風聲鶴唳、風起雲湧、風雲變幻、風調雨順、風雨飄搖、沐雨櫛風、餐風飲露、呼風喚雨、翻雲覆雨、雪上加霜、雪中送炭、水中撈月、日月如梭、星移斗轉。還有與其他自然景物相聯繫的，如：萬紫千紅、鳥語花香、百花齊放、窮鄉僻壤、指桑罵槐、投桃報李、粗枝大葉、海市蜃樓。有些成語與特定地域有直接聯繫：涇渭分明、中流砥柱、安如泰山、夜郎自大、黔驢技窮、郢書燕說、邯鄲學步、朝秦暮楚、蜀犬吠日、吳牛喘月、

〔註37〕依據廈門大學中國語言文學研究所漢語方言研究室編《普通話閩南方言詞典》，福建人民出版社，1982 年 10 月第 1 版、黃典誠《福建話中的上古漢語單詞殘餘》，《亞洲文化》第 5 期（1985 年 4 月）、《閩南單音語典》廈門大學中文系，1981 年 4 月油印本、《關於閩語的特點》廈門大學中文系，1983 年 7 月油印本。

〔註38〕潘家懿、趙宏因《一個特殊的隱語區》，《語文研究》，1986 年第 3 期，第 63～70 頁。

得隴望蜀、終南捷徑、東山再起、樂不思蜀。有些成語與特定自然物有直接關係，如與「竹」有關的成語：巧舌如簧、一箭雙雕、管中窺豹、得魚忘筌、功虧一簣、生花妙筆、濫竽充數、鱗次櫛比、罄竹難書、胸有成竹。

　　地名與自然環境的關係密切。漢語裏有相當數量的地名是與特定環境相聯繫的，例如：山東梁山、福建晉江、河南唐河、河北唐山、四川涪陵、廣西河池、山西沁水、湖北洪湖、新疆石河子、內蒙河口、甘肅天水、雲南東川、貴州赤水、江蘇鎮江、浙江鎮海、安徽淮南、江西九江、湖南韶山、寧夏銀川，都是以當地的地理特徵來命名的。有的地名與植物有關，如：湖南桃源、吉林樺甸、陝西榆林、浙江桐鄉、青海玉樹、廣西桂林、四川攀枝花、山東棗莊、天津楊柳青。有的地名與動物有關，如：湖北鶴峰、江西鷹潭、浙江象山、安徽蚌埠、陝西寶雞、河南鹿邑、黑龍江虎林。陳正祥先生提供的臺灣地名資料，更有力地表明了自然環境與漢語地名的內在邏輯聯繫和歷史淵源關係。〔註 39〕臺灣以地理形勢而得名的，如鳳山、日月潭。鳳山因其地有一山丘，形似展翼欲飛之鳳；日月潭則因兩潭相連形似日月。另有鹿耳門、龜山嶼、鯤身、鶯歌石、牛桃灣、月眉等，皆屬此類。還有以本地的自然物產為地名的。這些地名顯示了人類社會對自然環境的依賴與重視，同時也表明了自然生態系統裏的植物動物是產生豐富語詞概念的重要現實依據。以植物特產命名的如：蘆竹、麥僚、柳營、新竹、桃園、楊梅、芎林、莿桐、杉林、鳥松、竹崎、芎蕉坪、赤柯坪、楝梛、苦苓、茄苳、紅葉谷、檨子林等等。以動物特產命名的如：鹿港、鹿埔、鹿野、牛埔、牛稠等。陳先生指出，地理因素之影響地名，可在東臺縱谷和海岸山脈東側找到極好的證據。這一狹長地帶的許多地名，幾乎有一個固定的公式，即高處有某某山，山坡流著同名的溪，則溪口必有同名的小村。如紅葉山、紅葉溪、紅葉村，八里灣山、八里灣溪、八里灣村。雲林縣海岸多沙丘，風大時沙灰飛揚，其地則有名叫「飛沙」和「頂飛沙」的村落。臺灣多崁，分布於河岸或溪谷中，其地也以「崁」命名，以「崁」字起首者有 49 個之多。山地和丘陵多小坳谷，稱為「坑」，其地則以「坑」命名。全省地名含「坑」字者共有 262 個。

〔註 39〕陳正祥《中國文化地理》，生活・讀書・新知三聯書店，1983 年 12 月第 1 版，第210～234 頁。

在方言諺語中，自然的各種因素也具有相當強的滲透力。貴州的「天無三日晴，地無三尺平」，新疆的「早穿皮襖午穿紗，圍住火爐吃西瓜」，直接體現了地形氣候與方言諺語的密切關係。自然氣象的變化，是方言諺語內容的一個主要方面，如四川的「天黃雨，地黃晴；山霧雨，河霧晴」；福建的「颱風不轉南，還有颱風來」；江西的「五月南風下大雨，六月南風飄飄晴」；雲南的「濃霧毒日頭」；浙江的「五月裏有迷霧，行船勿問路」。自然氣象的變化與各地的地理形勢相關，這就使諺語也具有地方色彩。時令與物產，在各地方言諺語裏也有不同的表現。如廣東「正月松二月杉，三月種竹滿條生」；江蘇「正月螺，二月蚌」；吉林「三月三，油麻菜」；山東「三月三，小麥大麥沒了磚」；四川「三月寒，麥枉然」。浙江「七月半姜，八月半芋」；四川「七月半，好種蒜；八月中，栽大蔥」；廣東「七月蛇攔路，八月蛇上樹」。我國農村傳統的「九九歌」，把時令、環境、人事串聯在一起，反映了言語與環境的密切關係。下面是北京、江蘇，四川三地的「九九歌」。〔註40〕

北京：一九二九不出手，三九四九冰上走，五九六九隔河看柳，七九河開，八九雁來，九九加一九，遍地耕牛走。

江蘇：一九二九，背起糞簍，三九四九，拾糞老漢沿路走，五九六九，排泥挖溝，七九六十三，家家把種揀，八九七十二，修車裝板兒，九九八十一，犁耙一齊出。

四川，一九二九，懷中插手，三九四九，凍死老狗，五九六九，沿河看柳，七九八九，登門訪友，九九八十一，莊稼老漢田中立。

看來，自然環境通過人群心理結構的中介作用，對語義系統的構成有一定的影響。自然條件的這種作用，使漢語各方言的語詞、短語各具特色。這些富有特色的語詞、短語反過來又作用於人群的心理結構，使各方言區的人們具有自己的思惟定勢、語言習慣和言語審美標準，促成各方言獨具的語言風格和語言傳統。

二、社會環境的作用

漢人居住的中原地區處於這樣的地理環境之中，在它的北面是蒙古高原，那裏缺少像黃河流域那樣縱橫發達的水系和豐厚的土層，而且氣候嚴寒，不利

〔註40〕本段文字的大部分諺語引自李孟北《諺語歇後語淺注》，雲南人民出版社，1980年8月第1版，第525～575頁。

於農耕的發展。西面是新疆的戈壁和沙漠，阿爾泰山、天山、帕米爾高原擋住了西去的通道。西南面是世界屋脊青藏高原，而南面和東面則是浩翰的太平洋。在秦漢以前，漢人的社會基本上以黃河中下游為主要的分布區域。中原地區是漢人的政治經濟中心，也是漢語存在的主要社會環境。從遠古氏族部落直到封建社會時期，漢人不是以游牧為主，而是定居農耕。農業經濟的分散形式，奠定了地域方言產生的必然社會基礎。從社會經濟形式的角度推測，漢語地域方言遠在氏族部落時期就應已存在。當然，方言的形成絕不只是社會經濟這一種因素的作用。有的所謂方言，或許原本是一種異族語言。《左傳‧襄公十四年》記載戎子駒支「我諸戎飲食衣服不與華同，贄幣不通，言語不達」這段話，暗示漢語諸方言並不完全是同一母語分化的結果。但是，這並不否定社會經濟形式是方言形成的基本原因之一。語言是社會聯繫的紐帶，分散定居使紐帶關係脆弱，社會一旦分化或分裂，同一種語言由於環境條件變異，也就走上各自發展的道路。一種方言一旦與特定社會締結了較為牢固的關係，它就與這個社會、這個社會特有的文化、以及這個社會賴以存在的自然環境，構成了一個生態系。吳語、粵語和閩語就是如此。社會經濟形式的變化，不僅可能導致語言分化，而且也可能促使語言融合和通語的產生。通語其實是不同社會相互作用的折衷產物。不同的社會集團因為政治、經濟、文化或其他原因必須互通信息，而各自的方言又難以勝任，這就必得以某個政治經濟強大的社會集團所用的方言，作為通語的藍本。春秋時期的雅言，其實就是以周都一帶方言為基礎的通語，這是由於春秋時期各個社會獨立體之間政治關係複雜，經濟聯繫密切，文化交流頻繁等社會原因促成的。

政治因素對漢語的變化有一定的影響。據《左傳‧文公十三年》記載，春秋時，秦、晉還是兩種有相當差異的方言，而在西漢揚雄的《方言》裏，往往秦晉連稱，這意味著這兩種方言的差別已大大減少。從春秋到西漢，中國社會的政治體制發生了巨大變化，從奴隸制末期過渡到封建割據，再進一步發展為秦漢的封建大一統的中央集權體制。集中統一的政治因素加速了秦晉方言融合的進程。誠然，國家的政體的統一併不一定意味著方言差別的消磨，但這一因素對方言之間的關係必然產生影響則是無疑的。

政治因素還影響到語詞和語法格式的復現率以及語言風格的變化。五十年代初，國家積極進行經濟建設，努力倡導新的社會風氣。當時有關生產建設的

語詞、問候性語詞流行廣，復現率高。而舊社會的一些常用語詞卻很少出現。最有代表性的是「老爺」、「少爺」、「小姐」、「太太」、「老闆」、「老總」、「舵爺」幾乎絕跡。「先生」的使用範圍受到限制，教書的人很少稱「先生」而代之以「老師」的稱呼，「先生」則逐漸用來專指有一定社會地位的民主人士、統戰對象。「同志」的復現率極大，幾乎可以用來指一切人，不論年齡和性別。60年代有部影片裏一位解放軍指揮員稱帶路的牧羊人為「老大爺」，牧羊人說：「別看我老，可我還是個民兵哩。」那位指揮員說：「老同志，有你的！」這組鏡頭反映了四十年代後期到五十年代前期的真實語言情況。當時部隊文風純正，語言簡潔明快，這跟延安整風中毛澤東同志提倡反對「黨八股」有關。部隊的這種風氣在進城以後帶到地方，對各地方言，尤其是對北方話影響較大。就會議語言來看，五十年代會議用語比較簡明樸素，重點突出，沒有套語。演講性語言語句較短，富有感染力。這種語言風格與當時的政治風氣密切相關。毛澤東同志一九五四年九月十五日在中華人民共和國第一屆全國人民代表大會第一次會議上的開幕詞，堪稱那一時期會議語言的代表性佳作。這篇講話稿用語準確精練，氣勢充沛，感染力極強，全文僅 721 字。開首只用「各位代表」四字，沒有分別針對各個階級、階層、各個領域、各種身份代表的特別稱謂，更沒有在中心語前邊冠以修飾性長定語。這種簡潔的稱呼，是民主團結政治的一個投影，體現了民族大家庭裏各民族、各階級、階層、各領域、各行業、各種身份代表一律平等的主人翁地位。文章以呼語「我們的偉大的祖國萬歲」作為結語，是切合講話稿「為建設一個偉大的社會主義國家而奮鬥」的題旨的。這篇稿子警句迭出，意味雋永。如「我們的事業是正義的。正義的事業是任何敵人也攻不破的。」「我們正在前進。」「我們正在做我們的前人從來沒有做過的極其光榮偉大的事業。」「我們的目的一定要達到。」「我們的目的一定能夠達到。」這幾個簡短有力的語句，不僅常常被稱引援用，而且其中的語法格式如「正在做……從來沒有做過的……」，「一定要……，一定能……」被書面語和講演語廣泛推廣。像「……是正義的，正義的是……的」這種帶修辭性的語法格式，也被政論文體廣泛應用。簡明生動，成為一代文風。這種語言風格上行下效。不能不承認，政治環境的影響是語言風格變化的原因之一。五十年代後期，政治上的浮誇風影響到語言，曾一度出現極度空泛的誇張句式。「人有多大膽，地有多大產。」「紅苕衛星飛上天，一顆更比一顆甜。」「我騎

豬兒你騎象，咱們高矮都一樣。」「文化大革命」出現了許多新語詞，在整整十年間，許多城市的街道名和人名也出現一律的現象。街道名以「反修路」、「反帝路」、「人民路」、「紅旗路」、「紅星路」、「紅衛路」為最常見，人名以「反修」、「防修」、「衛東」、「向陽」、「×紅」、「×軍」、「×偉」為最多。由於政治環境的作用，「錢浩梁」須去「錢」稱「浩亮」，「李永修」、「王耀祖」也須改稱「李反修」、「王文革」。會議發言穿靴戴帽，對聽眾的稱呼分層次分等級區別不同身份，中心語前邊一般附加修飾語。例如，在群眾大會上主持者常以這樣的套語開始：「廣大的工人階級同志們，廣大的貧下中農同志們，廣大的人民解放軍指戰員同志們，廣大的革命造反派同志們，一切決心和資產階級反動路線徹底決裂的革命幹部同志們，一切要革命的同志們：首先，讓我們敬祝我們心中最紅最紅的紅太陽、我們最最敬愛的偉大導師、偉大領袖、偉大統帥、偉大舵手毛主席萬壽無疆！萬壽無疆！萬壽無疆！」稿末的呼語通常有十數條之多。在書面語中，「千鈞霹靂開新宇，萬里東風掃殘雲」，「沉舟側畔千帆過，病樹前頭萬木春」，「東風萬里，紅旗飄揚」，「紅日東升，霞光萬道」，「回首過去……，瞻望未來……」，「物價穩定，市場繁榮」，這些本來很有生氣的語句，變成了空洞蒼白的套語。不僅如此，這樣的文章還互相抄襲。「小報抄大報，大報抄梁效。」「天下文章一大抄」就是當時書面語言現實的反映。由於堅持以階級鬥爭為綱，強調政治鬥爭，這種政治因素使得那一時期的語言一度盛行這幾種語法格式，如：：「不是……，就是……」。「不是我活，就是你死。」「不是造反派，就是保皇派。」「不……，就……」。「××不投降，就叫他滅亡。」「××不坦白交代，就只有死路一條。」「為……，就……」。毛澤東同志在《為人民服務》一文中說：「為人民利益而死，就比泰山還重。」這個格式在「文革」中卻常被作為一種戰鬥口號來使用，如「為×××而戰，完蛋就完蛋！」「為保衛××××，掉腦袋就掉腦袋。」「在……下」這個格式重複出現，形成一種書面套語。如「在毛主席、黨中央的英明領導下，在省革委的正確領導下，在地、市革委的關懷下，在廠革委的直接領導下……」。「寧要……，不要……」。「寧要社會主義的晚點，不要資本主義的正點」，「寧要社會主義的草，不要修正主義的苗」。一些色彩強烈的政治性語詞復現率加大，如：：「正告」、「警告」、「通令」、「責令」、「打翻」、「打擊」、「揪鬥」、「批鬥」、「砸爛」、「橫掃」、「敲碎」、「搗毀」、「誓死」、「誓將」、「保衛」、「捍衛」、「主

義」、「思想」、「爬蟲」、「頭頭」、「走資派」等等。「紅」與「黑」的構詞能力增強。如「紅寶書」、「紅五類」、「紅衛兵」、「紅海洋」、「紅十月」、「紅袖章」、「黑幫」、「黑會」、「黑高參」「黑九類」、「黑材料」等等。「們」在書面語中與人名直接結合表複數用於貶義，相當於「那幫人，那一夥人」一類的意思。如「文革」初期北京群眾組織印的小報以「周揚們」代指所謂「四條漢子」。〔註41〕四川瀘州某群眾組織小報以「王茂聚們」代指當時宜賓地革委的負責人王茂聚、郭林川等人。

社會環境的變化也影響到語音的變化。文革初期北京紅衛兵南下串聯，他們常在群眾集會或街頭發表演講，當時在四川瀘州的大中學生裏，文革常用語詞的讀音首先發生變化。如：覺悟〔tɕyə〕→〔tɕye〕，學生〔ɕyə〕→〔ɕye〕，國家〔kue〕→〔kuo〕，被打翻在地〔pi〕→〔pəi〕，上街遊行〔kai〕→〔tɕiai〕，階級鬥爭〔kai〕→〔tɕiai〕，大批判〔p'əi〕→〔p'i〕，牛鬼蛇神〔səi〕→〔se〕，社會主義〔səi〕→〔se〕。二十年過去了。如今三十歲以下的人，「階級」的「階」不讀〔kai〕而讀〔tɕiai〕或〔tɕie〕，「批判」的「批」不讀〔p'əi〕而讀〔p'i〕，但「一大批」的「批」仍讀〔p'əi〕。〔註42〕而「覺」、「學」、「國」、「被」、「街」、「蛇」、「社」等仍保持兩讀。長期以來，由於社會價值體系中知識分子地位很低，民族的文化素質低下，社會性誤讀對語音也有一定影響。在瀘州話中，絕大多數人已將姓氏用字「任」的陽平調讀為去聲，「華」的去聲調讀為陽平，三十歲以下的人讀「解」〔ɕian˩〕為〔˥tɕian〕。相當多的人把「蹈」的上聲調讀為去聲，把「誘」的去聲調讀為上聲，「談」的陽平讀為去聲，「剁」、「跺」的去聲調讀為上聲，「拗口」的「拗」讀為上聲，「寧可」的「寧」讀作陽平，「呆板」的「呆」讀作〔˩tai〕，「句讀」的「讀」讀作〔tuˌ〕。哲學、宗教等作為社會的上層結構，對語言的影響主要表現在語義方面，漢語裏有相當數量的宗教專用語詞。有一部分已凝為固定的短語結構。如：「恒河沙數」、「天花亂墜」、「功德無量」、「回頭是岸」、「四大皆空」、「不二法門」、「大徹大悟」、「大千世界」等。另一些則與宗教因素相關，如：「暮鼓晨鐘」、「佛口蛇心」、「道貌岸然」、「禍福

〔註41〕筆者按：這是「文革」初期強加給周揚、夏衍、陽翰笙、田漢四位同志的蔑稱。
〔註42〕這是避諱的心理的作用。因為瀘州話「批」、「屄」本不同音。前者讀〔˩p'əi〕，後者讀〔˩p'i〕。如果在「一大批」、「一小批」之類的言語環境中讀「批」為〔˩p'i〕，容易引起誤解。

相依」、「在劫難逃」、「借花獻佛」、「聚沙成塔」、「泥多佛大」、「靈丹妙藥」、「洗心革面」、「脫胎換骨」、「僧多粥少」、「當一天和尚撞一天鐘」、「平時不燒香，急時抱佛腳」等等。不僅如此，宗教還反映在人名用字上。如受道家薰陶的人，往往在名字裏用「清」、「道」、「靜」、「玄」、「真」、「玉」「虛」、「機」等字眼兒。而虔信佛教的人則常用「智」、「慧」、「圓」、「覺」、「通」、「悟」、「明」、「空」等字眼兒。呂叔湘先生在《南北朝人名與佛教》（《中國語文》1988年第4期）一文中舉出當時人名與佛教有關的語詞凡41條之多。以宗教語命名的寺廟、名山以及寺觀中的聯語，更是蔚為大觀，它們被吸收進全民語言，給漢語語義系統增添了新的內容。

　　由於不同社會集團經濟利益、政治要求的差異，必然使語言的社會生態形式複雜化。階級習慣語，社團慣用語的產生，就是不同社會環境作用的結果。不同社會集團使用本集團成員內部通行的慣用語，一方面削弱了各社會集團共用的通語，使通語的流通領域受到限制；另一方面又給通語的發展提供養料。社會制度複雜，社會集團眾多，階級等級懸殊的社會裏，由於不同集團政治經濟利益的矛盾更加複雜更加尖銳，行話、隱語的發生和流行更為普遍。舊中國處於半封建半殖民地的政體之下，各種黨派、幫會、商團、盜夥、行會都盛行隱語、行話。層次不同領域有異的幫會團夥，有不同的隱語、行話。盜匪與商販用語有別，江洋大盜與小偷的黑話相異，大商行與小商販的行話不同。任何社會都可能產生行話。社會制度先進，社會矛盾緩和的社會，階級慣用語大為減少，但只要社會分工存在，行話就難以滅絕。

　　生產社會化程度越高，分工愈細的社會裏，可能出現兩個極端：一是通語的普及程度很高。因為全社會如果不掌握通語，就無法密切協同，實現高度的生產社會化；再是專用語的領域和層次更為細密。由於社會分工的專門化程度愈高，從事不同專業的人就必須掌握整套本門專業的特有語詞。在農業社會裏，絕大多數人從事同一種專業，專用語較少出現。工業社會分工較細，不同專業有一定數量的專用語。現代化社會的發展，將會不斷出現新的專業門類，專用語在不同領域不同層次的存在，將使語言社會生態的發展轉入一個新的方向。

三、文化環境的作用

　　語言與文化的關係近年來逐步受到語言學界的重視，但對兩者的關係還缺

乏深入的研究。由於對文化這一概念存在不同的理解，加之對語言起源問題的研究未能取得最終的突破，因而對這一問題存在不同的學術見解是合乎常理的。按照生態語言系統理論，文化是以社會存在為基礎的，而語言又是以文化為背景的，因之，語言不能脫離人類社會，也不能先於人類社會而存在。語言是文化之中特化的部分，它也不能脫離文化，也不能先於文化而存在。這樣一來，就與現行觀點背道而馳。權威理論認為，語言是和人類一起產生的。這是一種科學推斷，或者說是一種科學假設。科學推斷最終靠科學的發展來加以證明。對此筆者無意妄評。至於談到語言與文化的關係，長期以來比較一致的觀點是，語言是文化產生和發展的前提，沒有語言，也就談不上文化。近來有一種看法認為：「語言的產生意味著燦爛多姿的人類文化的誕生，文化和語言可以說是共生的。」「語言是文化的產生和發展的關鍵，文化的發展也促使語言更加豐富和細密。」〔註43〕兩者「共生」的觀點比傳統看法進了一步，但同時又認為「語言是文化的產生和發展的關鍵」，似乎又有把語言視為文化前提的意味。文化比語言古老得多，一個社會可能沒有語言，但不可能沒有文化，文化是一種比語言更為廣泛的維繫社會的體系。語言是文化發展到一定階段的產物，猶如文字是語言發展到一定階段的產物一樣。不過，文化的發展遠非導致語言發生的唯一原因，深刻的外部原因來自人類與自然環境的相互作用和人群在社會裏的相互作用。人類自身在與外部環境相互作用中的生物進化積累，是語言發生的內部動因。語言與文化相互影響相互作用，兩者之間存在有機聯繫，但並不存在決定論關係。生態語言系統內各層次之間，一方面相互協調保持系統的整體性，另一方面又相互作用存在互動選擇關係。語言與文化的相互關係也是如此，不但文化促進或阻礙語言的發生發展，語言促進或阻礙文化的變化發展，而且文化在運動中選擇語言，語言也在運動中選擇文化。

　　漢族文化與漢語在漫長的發展過程中相互影響相互作用，在互動選擇過程中締結了較為穩定的內部聯繫。因此，漢族文化因素對漢語的影響不容忽視。我在第二章裏提到文化環境，並從物質文化、思惟、觀念、習俗等幾個方面對文化給予語言的影響進行了粗淺的考察，指出從思惟特點來看，漢語是一種重意會、重辯證邏輯的語言，概念之間的辯證邏輯聯繫代替了相當部分的形態聯

〔註43〕周振鶴、游汝傑著《方言與中國文化》，上海人民出版社，1986 年 10 月第 1 版，
　　　　第 1～2 頁。

繫。因此，從宏觀看，思惟這一文化因子，在上古漢語形態消亡過程中曾起過一定的作用。在文學語言的發展進程中，意念聯繫使言語成分之間的語法關係淡化，如溫庭筠的《商山早行》：「雞聲茅店月，人跡板橋霜」，我們沒法確定各個言語單位之間的語法關係，但是靠著思惟意念的聯繫，它的語義境界是可感知的。思惟意念作為漢族文化的一種特殊因子，還可能使語法關係發生多向分化。如「雲衣竹帶；海帽江襪」，可以理解為「雲彩那麼漂亮的衣服，竹竿那樣細長的帶子，海洋那樣博大的帽子，江河那樣透明的襪子」，也可理解為「以雲為衣，以竹為帶；以海作帽，以江代襪」。語法關係之所以能作多向理解，正是因為語詞之間沒有語法形態標誌，只能憑思惟意念組織語義。現代作家王蒙的《春之聲》裏有這麼一段：

> 自由市場。百貨公司。香港電子石英表。豫劇片《卷席筒》。羊肉泡饃。醪糟蛋花。三接頭皮鞋。三片瓦帽子。包產到組。收購大蔥。中醫治癌。差額選舉。結婚筵席……

這段文字的理解，也只能靠思惟意念的組接。思惟意念組接的依據是言語出現的時空順序，言語組接的時空順序反過來揭示了漢語語句意念組合的特點。

漢語語詞也有相當的數量是靠意念組合的。這種意念，既合於邏輯規則，也合於漢人的文化傳統。例如「琢磨」，從表義來說，無論「琢磨」或「磨琢」都是合於邏輯的。但是，《詩經·衛風·淇奧》裏說：「如切如磋，如琢如磨。」當人們把「琢」和「磨」組合為語詞之際，在意念上很自然地把「琢」置於「磨」之前，這就是文化傳統的力量。同理，「泰斗」不說「斗泰」，是因為《新唐書·韓愈傳贊》說：「自愈沒，其言大行，學者仰之如泰山北斗云。」「豐沛」不說「沛豐」，是因為宋玉《高唐賦》有「東西施翼，猗狔豐沛」的名句。一般地說，漢語裏凡與一定歷史階段的特定文化相聯繫的語詞和短語，它們的結構關係或語素排列次序都是由文化因素制約的。例如，習慣上稱「山水」，除了文學作品裏的特殊需要而顛掉次序之外，平時口語裏沒聽說「水山」，這或許有發音生理方面的原因，不過恐怕與古人的觀念不無關係。漢人從遠古以來就具有陰陽觀念，到文王演為《周易》，完成了一套陰陽變化的理論。山勢凸，為陽，水處凹，為陰。古人以陽為尊，陰為卑，所以稱「山水」。乾坤、天地、上下、男女、明暗、向背、日月、表裏、奇偶、夫妻，都屬同類。陰陽觀念反映在構造語詞方面的例子，如稱「日」為「太陽」，「月」為「太陰」。這種觀念體現在方言語詞

上，有程度不等的差別，北方型方言裏的「日頭」，極少數地點沒有陰陽的區分，如太原稱為「陽婆爺」，絕大多數方言的說法都把「日」視為陽性。如「老爺兒」、「爺爺兒」、「日頭爺」、「前天爺」、「佛爺兒」。把月視為陰性，如「月奶奶」、「明奶奶」、「老母亮兒」、「老母地兒」、「老母兒」、「月老娘」。閩方言稱「月娘」、「月二奶」。但河北有「月光爺兒」、「後天爺」的說法。可見觀念對語詞的影響是不平衡的。有的地點名稱也體現了陰陽觀念，如：洛水之北稱「洛陽」，衡山之南稱「衡陽」，華山之北為「華陰」，長江之南為「江陰」，漢水之北為「漢陽」，貴山之南為「貴陽」。與「陰」、「陽」有關的語詞如：「陰雲」、「陰沉」、「陰鬱」、「陰森」、「陰險」、「陰暗」、「陰謀」、「陰冷」、「陰溝」、「陰宅」、「陰間」、「陰曆」、「陰文」、「陰花兒」、「陰格兒」、「陰氣」、「陰聲」、「陰調」、「陰極」、「陰離子」、「陽光」、「陽春」、「陽溝」、「陽宅」、「陽世」、「陽曆」、「陽文」、「陽九」、「陽雀」、「陽臺」、「陽氣」、「陽聲」、「陽調」、「陽極」、「陽離子」、「陰陽人」（兩性人）、「陰陽怪氣」、「不陰不陽」、「陰錯陽差」、「陰陽顛倒」、「陰陽造化」、「陽奉陰違」、「陽關大道」等等。

儒家中庸思想對漢語的語法格式和構詞方式也有程度不同的影響。現代漢語裏有「不……，不……」，「既不……，也不……」的語法格式。常用的短語如：「不男不女」、「不左不右」、「不偏不倚」、「不上不下」、「不前不後」、「不輕不重」、「不長不短」、「不好不壞」、「不大不小」等等。像「非驢非馬」也屬這種格式。漢語雙音複合語詞中，有一部分是由語義相反或相對的語素組合而成的。這種語詞的產生，是言語活動中兩個語義相反或相對的單音語詞長期連用所致。但發生這種現象必定有其深層的思想基礎。我們認為儒家折衷求同的中庸觀念是這種構詞方式出現的文化背景。古漢語如：「緩急」、「異同」、「禍福」、「善惡」、「長短」、「得失」、「利害」、「人物」、「兄弟」等在特定語境中，都會脫落其中一個語素義而突出另一個語素義。折衷的構詞方式導致其中一個語義的一邊倒，這無疑增強了語詞應付環境的能力，同時也體現了語詞形式與語詞內容的辯證統一關係。現代漢語裏，這種語義一邊倒的趨向逐步穩定化。例如「國家」即「國」，「動靜」即「動」，「褒貶」即「貶」。

漢人很早就具有辯證觀念，這從老子的「福兮禍之所倚，禍兮福之所伏」這句名言得到印證。道家學派的樸素辯證法思想與古代漢語裏同一語詞具有兩種相反語義的現象應當有一致的內在聯繫。東晉郭璞《爾雅》注說：「以徂

為存，猶以亂為治，以曩為曏，以故為今，此皆詁訓義有反覆旁通，美惡不嫌同名。」這正是老子「有無相生，難易相成，長短相形，高下相傾」的辯證思想。事物本來是在矛盾中辯證統一的，語義的變化也是如此。兩種相反的語義由同一語詞來承擔，既有它的文化背景，也有它的歷史依據。例如「祝」，甲文作，像人跪在神前張口訴說的樣子。張口訴說既可能求福，也可能祈神降禍於他人。《莊子・天地》：「請祝聖人，使聖人壽。」「祝」是「求福」；《世說新語・賢媛》：「漢成帝幸趙飛燕，飛燕讒班婕妤祝詛，於是考問。」「祝」是「詛咒」。現代漢語裏「前」、「後」兩個語詞都分別承擔了相反的兩種語義。「前天」、「前事」裏的「前」，含「已過去」的意思；「前景」、「前程」裏的「前」，含「未來」的意思。「後天」、「後事」裏的「後」，含「未來」的意思；「會後休息」、「放學後回到家」裏的「後」，含「已過去」的意思。這種看來矛盾的現象，應當有其文化方面的原因。

　　從進入階級社會始，人就處於一定的社會等級之中。長期的封建社會完善並強化了等級制度。這種等級制度有其相應的觀念體系。等級制度與等級觀念構成了等級文化。這種文化對漢語語義系統和語詞內語素的排列次序都有一定的影響。古代官制是等級制度最集中的體現，時代和地域不同，官制不一，官職名稱有異，這就構成漢語語義系統中的職官子系統，漢語因而具有一定數量的表示職官名稱的語詞、據《禮記・曲禮下》記載，商代設左、右二相、六太（太宰、太宗、太史、太祝、太士、太卜）、五官（司徒、司馬、司空、司士、司寇）、六府（司土，司木、司水、司草、司器、司貨）、六工（土工、金工、石工、木工、獸工、草工）等職，等級分化還不大，官名也較少。春秋戰國時期，各國官制不一，等級相同的官稱謂不同。如執掌文武權力的最高長官，齊、趙等國文曰相，武曰將。宋國文曰太宰，武曰大司馬。楚國文曰令尹，武曰上柱國。秦國文曰庶長，武曰大良造。秦統一中國後，官制漸趨細密，等級分化更厲害，官名繁多。同一官職由於朝代或帝王更替，名稱有數種。與官制相關的品、階、勳、爵，構成了官僚集團內部森嚴的等級。這樣，上有帝王，次有官僚，下有庶民。官有品階，民亦有等級。老百姓以其從事的職業，在社會上的名望和經濟實力，決定社會地位的等第。在封建社會裏，最低等的是喪失人身權利的奴僕，最上等的是讀書人，因為讀書是做官的進身之階。所謂「天有

十日，人有十等」，「萬般皆下品，唯有讀書高」正是等級觀念的反映。不僅男人有等級，女人也有等級。帝王的配偶有嚴格的等級差別，周朝天子有後六宮、三夫人、九嬪、二十七世婦、八十一御妻。清廷皇帝妻妾有皇后、妃、嬪、貴人、常在，答應等級別。等級觀念對語素的排列次序具有一定的制約力。例如：老少、師生、師徒、君臣、將士、父母、父子、祖孫、母女、兄弟、長幼、姐妹、夫妻、高低、厚薄、長短、遠近、大小、好壞、正副、上下，男女，公私、國家、官兵、內外、親疏、城鄉、工農、左右、中外、賢愚、前後、起落、陞降、美醜、肥瘦、人馬、手腳、衣裳、冠帶、指戰員、幹群關係、黨政軍民、工農兵學商，都不能隨意顛倒語素次序。等級觀念還影響到語句排列的順序。現代漢語書面語總是把「在黨的英明領導下」，「在黨和國家領導人的關懷下」，「在祖國的懷抱裏」，「在優越的社會主義制度下」這一類短語作為前置成分以示強調或尊重。如果需要同時提到不同層次不同部門的各方面因素，總是由高到低，由親到疏進行語句安排。

不同時代，不同地域，不同環境裏出現的顏色語詞，代表著人們不同的觀念。「紅色」在國際上是交通部門標誌危險的信號，但在漢人看來，卻是喜慶的顏色。當了模範要戴紅花，結婚要置辦大紅錦被，要貼「紅雙喜」，過節要掛紅燈，連鞭炮外邊也糊上紅紙。50 年代以來，「紅」有了「革命」的意思，「又紅又專」是指「思想革命，技術精湛」。由於革命觀念的影響，「紅軍」、「紅星」、「紅五月」、「紅色專家」都不能離開文化背景來理解。「軍隊」、「星」、「專家」都不與顏色範疇裏的「紅色」發生直接關係，「五月」是時間概念，更無所謂紅黃藍白。同理，「白軍」、「白區」、「白專道路」也是一定文化觀念的產物。60 年代中期，由於觀念的偏激，相應產生的「紅寶書」、「紅衛兵」、「紅海洋」、「紅色風暴」，已經脫離了革命的正常軌道，只能在當時的文化背景中來理解。顏色語詞與文化觀念的這種微妙關係，具有深厚的歷史淵源。漢人這種看待顏色的眼光背後隱藏著的等級觀念，使漢語中有些顏色語詞帶有尊卑或褒貶色彩。例如，自唐高祖武德初年始，黃色成為帝王專用之色。以「黃」為語素構造的語詞有一部分與王室有關：「黃榜」、「黃門」、「黃袍」、「黃屋」、「黃曆」、「黃鉞」、「黃闈」、「黃錢」、「黃圖」、「黃麾」、「黃敕」。白色為平民服用之色，以「白」為語素的語詞，有些含有卑微的意義：「白衣」、「白身」、「白丁」、「白屋」。在

現代漢語普通話裏，「黃」已褪去了昔日的「尊榮」，甚至與色情聯繫起來，如「掃黃」、「黃色書刊」裏的「黃」，就是「淫穢」的意思。在四川話裏，「黃」是「外行、不熟練」的意思，如「黃渾子」、「黃手黃腳」。

文化因素的變化一般會引起語言的變化。例如「墓」，商代指沒有土堆的葬地。《禮記・檀弓》：「孔子曰：『古者墓而不墳』」鄭注：「古謂殷時也。」大概殷代的喪葬制度是墓地不聚土為墳，所以《方言》卷十三說：「凡葬而無墳謂之墓。」後代喪葬制度改變，逐漸聚土為墳。《禮記・王制》說：「庶人不封不樹。」鄭注：「封謂聚土為墳。」看來墓地墳起是由統治階級興起的，周代庶人尚且不封不樹。《說文》：「墓，丘也。」東漢時，墓地墳起，「墓」與「丘」近義了。語詞的意義隨著喪葬制度的變化而發生變化。

又如，自春秋以來，「右」為「上」，「左」為「下」，故有「右族」、「右姓」、「右職」、「右戚」、「左道」、「左計」、「左戚」、「左遷」等語詞。但 50 年代以來，隨著革命觀念的深入，「右」的「顯貴、重要」義已喪失，逐漸產生了「反動保守」的意義，「左」的「卑下」義喪失，產生了「革命、進步」的語義。隨之出現了「右翼」、「右派」、「右傾」、「極右」、「反右」、「左翼」、「左派」、「左傾」、「支左」、「極『左』」等語詞。

在通常情況下，語言的變化總是滯後於文化的變化發展。地名就是語詞里保持舊文化比較頑固的部分。陳建民、陳章太兩位先生曾指出過一些「名」不符「實」的語言現象。〔註44〕如北京的「天橋」沒有橋樑，「王府井」沒一口井，「米市大街」沒有米市。街名反映的物質文化消失了，但文化的蹤跡仍可到語詞裏去追尋。書不用竹簡捲起來，但人們仍然說「開卷有益」。十六兩一市斤改為十進制了，還是說「半斤八兩」。古代的「竽」究竟什麼樣兒，許多人都不得而知，但還是說「濫竽充數」。現在流通的都是紙幣和合金鋁幣，而形容大把花錢仍說「揮金（銅）如土」。今天馬在城市裏已不再是主要交通工具了，許多城市裏都有禁止牲畜進城的木牌，但形容熱鬧繁華的市容老愛用「車水馬龍」。實際上，漢語裏的成語、諺語，保持舊文化的程度比地名厲害得多。有時候，文化會促使語詞改頭換面。例如四川大學某教員宿舍叫「濤鄰村」，而人們稱其為

〔註44〕陳建民、陳章太《從我國語言實際出發研究社會語言學》，《中國語文》，1988 年第
　　　 2 期，第 113～120 頁。

「桃林村」。〔註45〕這大概是一般人不懂得「與薛濤為鄰」的文化意義，而以一種淺近的文化去取代它了。南宋朱熹在福建漳州芝山上建的「仰止亭」被當地人稱為「鳥鼠亭」，〔註46〕也是用諧音的辦法將語詞加以改造，用一種通俗的文化取代較古的文化。這種現象可以認為是新起的文化推動語詞發生變化。

　　語言從文化中獨立出來，它就有了自主權。文化雖然影響語言，但不能決定語言。語言對文化有重要作用，但同樣不能決定文化。它們之間既有複雜的聯繫又有自己的結構模式和運動規律。特定文化和特定語言同處於一個生態系中是選擇的結果，是生存目的的相互驅動。誰也無法提出漢文化包圍之下的人們只能唯一地決定地使用漢語，而不會使用其他語言的理由。固然很難找到文化型式變化引起語言型式變化的例子，同樣難於找到語言型式變化引起文化型式變化的範例。甲語言或方言在異地代替了乙語言或方言，隨之帶去了與甲語言密切相關的文化。這就容易造成錯覺，以為甲語言的入主改變了與乙語言相關的文化型式。這其實是一個生存競爭問題，後一種文化的遷移或消失只能證明競爭的失利而不是文化型式的改變。文化與語言重組的情況也是競爭選擇的結果。滿族和回族人放棄本族語使用漢語卻保持自己的文化型式，究竟能持續多長時間，很難預測。假定有一天他們放棄了本族文化接受漢文化，這也不能說是漢語改變了他們原有的文化。文化與語言的相互選擇並不等於文化或語言型式的改變。但我們不能因此就認為語言與文化的發展是互不相干的兩條平行線。它們是生態語言系統中相互關聯相互作用而處於不同層次的相對獨立的系統。

四、人群環境的作用

　　不同民族的人群的融合，必然帶來文化的融合和語言的融合。過去認為語言應當是純語言的觀念已經動搖，事實是任何語言必然是歷史融合的結果。如果在一種語言裏沒有摻入其他任何語言的因素，這才是令人不可思議的。漢民族在歷史上是若干民族的融合體，漢語也具有若干綜合性特點。換句話說，漢語中各種新成分的產生和發展，和人群環境的運動變化有著密切關係。

　　漢語裏並存的「主語＋動詞謂語＋賓語」和「主語＋賓語＋動詞謂語」兩種語序代表著兩種來源。前者是苗瑤語、侗臺語的特點，後者是藏緬語的語序。如

〔註45〕張永言《關於詞的「內部形式」》，《語言研究》，1981 年第 1 期，第 9～14 頁。
〔註46〕周辨明、黃典誠《語言學概論》，福建教育出版社，1985 年 8 月第 1 版，第 57 頁。

果從發生學角度看，漢語不可能兼有兩種特徵。從民族居住區域的毗鄰以及民族接觸的歷史看，不能排除人群環境的變化給漢語語序帶來的影響，漢語在宏觀上所處的人群環境，主要是南北兩方面的兄弟民族，而北方民族在中古以後對漢語的影響似乎超過了南方。現代漢語雖然以「主謂賓」語序為常例，但也常用前置詞「把」將賓語提前。在先秦漢語中，不是用前置詞，而是用後置詞「是」、「之」。這種變化，是中古以後的事。白居易《賣炭翁》「手把文書口稱敕」裏的「把」還是動詞，蘇軾《飲湖上初晴後雨》「欲把西湖比西子」裏的「把」已經是貨真價實的前置詞了。在宋代，北方女真民族與漢族的接觸日趨頻繁，女真語用後置詞「𢁘」[ba]，「𠬝」[bə] 等處置賓語，我們很難說女真語的處置成分對漢語毫無影響。漢語裏作為動詞的「把」後跟直接名詞賓語，女真語的 [ba] 既然是處置名詞賓語的語法成分，漢語也就可能利用自身的現成格局吸收兄弟民族語言的養分，形成新的語法格局。橋本先生考察了漢語被動式的歷史發展，他指出，北方漢語被動式在上古時期之後發展了一種被害式的被動與使動兼用的格局。〔註47〕書面語常用的「被」實質上是一個特殊的及物動詞，它是由「遭受」義發展而來的帶點不愉快色彩的被動標誌。而口語裏常用的「叫」、「讓」是由使動動詞發展而來的前置詞。考慮到歷史上北方漢人與滿、蒙等兄弟民族的長期接觸，而這些兄弟民族語言又都把使動標誌當作被動標誌，我們認為北方漢語的使動—被動兼用格局的形成不能置這一點於不顧。

　　不同民族的人群的相互接觸，不但能提供語法模式的借鑒，還有利於語音成分的吸收。漢語兒化韻的形成，有一個發生發展的過程。它何以在差不多相同的歷史時期內僅在北方話區域流行呢？從語言方面看，北方漢語自身在歷史上就已逐步具備了產生兒化的條件，南方的吳、閩、粵語的語音格局則無法容納 [ɚ] 這個音節。從歷史上人群環境的變化著眼，這個 [ɚ] 很可能與北方兄弟民族的語音特點有關。俞敏先生認為，「最自然的解釋是這些地方用『兒化韻』的習慣是清初駐防旗人帶過去的。」「所以凡有駐防旗兵的方言就有兒化韻。」〔註48〕南方方言除了語音上的原因而外，太平軍自廣西起，橫掃廣東、湖南、湖北、江西、安徽、福建、浙江的駐防旗兵，把他們帶去的兒化韻痕跡

〔註47〕〔日〕橋本萬太郎《漢語被動式的歷史・區域發展》，《中國語文》，1987 年第 1 期，第 36〜49 頁。
〔註48〕俞敏《駐防旗人和方言的兒化韻》，《中國語文》，1987 年第 5 期，第 346〜351 頁。

蕩滌無餘，這樣就形成今天兒化僅在北方流行的局面。俞先生的話是有道理的。漢語的兒音節早已存在，但它要把很多韻母化掉，總得有個觸發點，還得有個過程。拿俞先生所舉的〔-au〕韻來講，四川人至今仍管盛得冒尖的一碗飯叫「帽兒頭」，「兒」自成音節，念陰平，還沒聽人念為兒化韻的。就是說，在有些語詞裏，〔-au〕韻的兒化還不能貫徹到底。俞先生的一位合江同事說「貓兒」為〔mɐr˥〕，合江眼下乃敝鄉瀘州治下，據我所知，現在瀘州也罷，合江也罷，念〔mɐr˥〕或念〔mau˥ɚ˩〕悉聽尊便，愛怎樣念就怎樣念，這也是〔-au〕韻兒化未能貫徹到底的例子。在重慶，「女娃兒」、「男娃兒」、「幺妹兒」算是徹底兒化了。在瀘州，「女娃兒」、「男娃兒」的「兒」自成音節，念陰平，「幺妹兒」要嘛兒化，要嘛就乾脆不帶兒尾。但重慶「崽兒」裏的「兒」仍是一個音節，沒兒化。四川這比北京兒化更急進的地方尚且如此，清初旗人的兒化在南方方言裏還未及生根，就遇到太平天國的革命風暴，其結果自不難想見了。

　　不同人群對漢語的影響，最明顯的表現是通過語詞的借用豐富漢語的語彙。在新疆伊犁哈薩克自治州的塔城，通行哈薩克語、俄羅斯語和漢語。在這種人群雜處的環境裏，漢語本來並不缺乏的語詞，也從他族借過來。借自哈語的如：如蠻 jaman（壞）、如依勞 jaylaw（牧場）、克米孜 ķemez（馬奶）、皮牙子 piyaz（洋蔥）、巴郎子 bala（孩子）、色衣爾 seyer（奶牛）。借自俄語的如：列巴 хлеб（麵包）、馬辛那 машина（汽車）。一些漢語沒有的語詞也吸收過來，如哈薩克語的「科根」kθgên（縛羊羔的扣環），俄語的「馬勞日那」мароженое（冰琪淋）、「伏特加」водка（伏特酒）。〔註49〕

　　人群的分合往往導致語言的統一或分化已是盡人皆知的事實，而人群的雜處所造成的語言變異尚未引起足夠的重視。比較極端的例子是我們已經提到的混合語問題。假如漢人不是置於俄羅斯民族的人群環境中，就不會出現既可稱為俄語方言又被叫做漢語方言的東干語。人群雜處造成的環境變異，對任何漢語方言都會造成選擇壓力。我國古代人群分布相對穩定，如果沒有較大的社會動亂，人群環境一般變化不大。現代社會比較開放，人群流向和居處情況愈來愈複雜。60 年代以來，不少新區或新興的工業城市人口組成發生了重大變化，

〔註49〕李紹年《淺談塔城地區語言的相互影響》，《民族語文》，1988 年第 5 期，第 67～68 頁。

這勢必影響到語言的變化及語言的選擇。在福建三明市，上海人不少，但市內通用普通話，三明本地的土話和上海話都未能左右局面。在新疆，人口成分更為複雜，各地方言沒有一種上升為地區通語，也沒有發現漢語與維吾爾語融合的新語言，倒是普通話流行全區。在廈門，一直是廈門話執牛耳。福建省內移居廈門的人一般會自覺學會廈門話。省外遷居廈門的人近年越來越多，他們一般在家庭內部用本方言，在社會上用普通話，從而形成普通話與廈門話並存的局面，但廈門話占著明顯的優勢。在四川瀘州，六十年代由北京內遷的上萬名工人及其家屬聚居在長江南岸的工業區，他們操北京話，但他們的子女一般會當地土話。瀘州市區在長江北岸，就目前情況看，瀘州話對這個北京話區的影響正不斷增強。另外，在四川的渡口市，在深圳，人口成分的變化都給語言形成選擇壓力。使用某種語言的人數的多少，體現該語言生命力的強弱。人群因素影響到語言的宏觀分布。

人群環境的複雜化，使語言生存競爭趨於激烈，從而引起語言功能的消長，並且關係到語言的存亡。在廣西七百弄鄉，漢族、壯族、瑤族形成一個複雜的人群環境，人們在交際中必須視具體的人群環境使用不同的語言。據調查，〔註50〕相同民族的人交際，都使用本族語。漢、壯、瑤三個民族的人在一起交談則使用漢語。漢與壯、漢與瑤、壯與瑤分別交際，前兩者使用漢語，後者使用壯語。這三種語言在如此複雜的人群環境裏，社會功能產生分化而表現出明顯的差距（見表 4.7）。這就意味著語言生命力的強弱變化與人群環境的各種構成因素密切相關。從生態學的觀點看，漢語的發展也是人群環境對語言的選擇。回顧歷史，長江以南的廣大區域曾是古百越所在地。過去我們只注意到北方民族的壓力迫使漢人南遷造成漢語南方各方言的社會原因，而忽略了在複雜的人群環境裏所進行的競爭選擇使漢語在南方不致湮沒而得以發展的生態學原因。

表4.7　漢、壯和布語在七百弄的社會功能分布

社會場合	漢　語	壯　語	布努語
家庭	＋	＋	＋

〔註50〕張偉《七百弄鄉雙語現象初探》，《中央民族學院學報》，1987 年第 2 期，第 57～62轉 9 頁。

集市貿易	＋	＋	－
醫院	＋	＋	＋
郵電所	＋	＋	－
商店	＋	＋	－
鄉政府	＋	＋	＋
各種會議	＋	－	－
中學課堂	＋	－	－
小學課堂（二年級前）	＋	＋	＋
小學課堂（二年級後）	＋	－	－
親友交談	＋	＋	＋
宗教活動	＋	＋	＋
宣讀各類文件	＋	－	－
口頭文學	＋	＋	＋
廣播	＋	－	－
電視、電影	＋	－	－
個人書信	＋	－	－
各類文件	＋	－	－
各種書籍	＋	－	－

本表錄自張偉《七百弄雙語現象初探》一文之表二。

　　我在討論語言的自為環境系統時，從人的意向、人格、性別、年齡、角色、情感、情境、心理八個方面對語言的影響，進行了初步的考察，這對漢語是完全適用的。但目前由於在各方面的研究都還很不夠，所以只能就一些零星的材料談談。80 年代初，北京的一些學者開始進行社會調查，他們獲得的初步結果，表明人群環境的有關特點對漢語確實存在不同程度的影響。任何地域居住的人群，總是分為不同的時代層。家族在一定地域定居愈久的，愈能代表該地語言的傳統。後起的人群總是或多或少帶有外來語言的特點，由此形成同一語言或方言的老派新派之別。就北京話而言，老派保留的土話土音比新派多一些〔註51〕。新派把「我們」說為「姆末」的，占調查總人數的 26.5～30，5%，說「肥皂」為「胰子」的，占 26～52.7%，說「且」為「從」的，占 13.2～33.3%。說「什麼的」為「伍的」占 28.9～33.3%。而老派占的比例則分別為 64～68.7%、58.2～65.6%、50.2～65.6%、58.2～59.3%。普通話說「今天」，很多人以為這

〔註51〕胡明揚《北京話初探》，商務印書館，1987 年 1 月第 1 版，第 29～73 頁。

就是北京話的說法，其實，這種看法不確切。根據調查，新派說「今天」的，占調查總人數的 52.7～69.6%，而老派只占 37.5～39.6%。但老派說「今兒個」的卻占 52.9～68.7%。這樣不難發現，時代層次不同的人群，往往與語言中語詞的歷史層次有關。可以認為，「今兒個」是「北京味兒」較濃的說法，「今天」是較新的說法。而且這個「新」體現了普通話對北京話的規範力量。在語音方面，老派讀「論」（「論斤賣」、「怎麼論」）為［lin˜］的百分比也高於新派，讀「比」為［˙pʻi］的百分比更明顯比新派高，這可以看出土音總是老派保持較多。但是當一種新的語音動向出現時，影響這種變化的不再是新老派之分，而是人群的年齡、性別、文化等因素。對北京市合口呼零聲母語音情況的調查表明，〔註52〕老年人讀唇齒音的比例數最低，其次是中年人，青年人的比例數最高，約是老年人的兩倍。城區青年發唇齒音的比例達 82.77%，城區老年人發唇齒音的比例數為 54.5%，與青年人存在明顯的分歧。就性別看，城區中年女性讀唇齒音的比例為 70.4%，遠遠超過中年男性（44.91%）。一般人的印象以為讀唇齒音的多是青年知識女性，而調查表明青年男性讀唇齒音的比例高達 83.65%，比青年女性的 81.48%還高。老年女性比例數較低，僅 39.39%，甚至低於老年男性（43.29%）。就文化程度看，文化水平高的讀唇齒音比例數高，文化水平低的讀唇齒音的比例數低。這樣看來，新的語音變化總是容易在年紀輕、文化高的人群中發生，而年紀大、文化低的人群一般與較為古舊的語音有更多的聯繫。

　　人群心理是影響語言的重要因素，而不同人群的心理又有不同的背景。心理各異，語言表現就可能不一樣。例如，不同地域的人群對同一物體稱說的差異，往往體現了不同的審美要求。一種搔癢的竹耙，河南有的地方叫「老頭樂」或「老人樂」，取名的心理，側重於它的功能效果；膠東叫「孝順」，是代子女為老人盡孝的，這是一種倫理觀念的反映；杭州叫美人爪，側重於形象審美。由於現代社會節奏加快，求新求異的心理越來越影響到語言。近年來所謂名詞大爆炸，各種新概念新術語花樣翻新，正是求新求異心理的語言表現。50 年代前期，受蘇聯影響，不少人給自己的孩子命名用「維奇」、「洛夫」、「卡婭」、「尼

〔註52〕沈炯《北京話合口呼零聲母的語音分歧》，《中國語文》，1987 年第 5 期，第 352～362 頁。

娜」，這多少有點求新、模仿的心理驅動。目前有一種復歸傳統的趨向，多年來幾乎不用的稱謂語詞，「老闆」、「經理」、「老太爺」、「夫人」、「少爺」、「小姐」、「公子」自不必說，連古漢語裏的「令尊」、「令堂」、「家嚴」、「家慈」、「令郎」、「令媛」、「賤內」、「犬子」，也有抬頭的趨勢。究其原因，大概是社會經濟活動日益頻繁，交際應酬廣度和深度加大，而模仿外語的「密司」、「密司特」、「女士」、「男士」應用的範圍和層次都受到侷限，通常口語流行的「伯父」、「伯母」、「叔叔」、「阿姨」在很多場合又不適用，而古稱謂系統既完善又文雅，能夠體現使用者的氣度和學識。少數人一使用，一部分人，尤其是青年人覺得很新奇，便跟著仿傚。近年來南北交流逐步擴大，一向自尊心很強的北京人，隨著華僑、港商的北上和粵語電視錄像的播映，覺得粵語很新奇，便跟著仿傚。一些年輕人甚至認為北方話土氣，南方話洋氣，留心學習粵語語調和某些語音特點。

　　社會背景異常，容易產生超常心理。中國古來就是禮義之邦，傳統文化重視語言的婉曲，協調人際關係講究措辭，不喜歡走極端。但是「文革」期間，整個社會崇尚鬥爭，擴大矛盾，慣於將瑣碎小事上綱上線，對人對事無所不用其極，這就形成了社會性的超常心理。這種心理在語言上的表現，就是流行用偏激的語詞和類同的句式。需要肯定的內容喜歡用一長串同等成分加以強調，需要否定的內容則加上一長串貶義語詞。文革中一度流行全國的「四個『偉大』」，「四個『念念不忘』」，「五『不怕』」，以及強加給劉少奇同志的「三個『大』」，都是超常心理在語詞和語法上的表現。大字報和群眾組織小報上，像「×××是一個頭上生瘡、腳底流膿，當面是人，背後是鬼，好話說盡，壞事做絕的反革命兩面派」，「×××是一個地地道道的反黨反社會主義的反革命惡棍」，「大野心家、大陰謀家、大投機家×××是一顆埋藏得很深的定時炸彈」之類的語句，比比皆是。就連一般的油印傳單，也經常用相同成分重複的形式，採用強度很大的語詞，如「××告急！××告急！××告急！」「十萬火急！十萬火急！十萬火急！」「罪該萬死！罪該萬死！」「血戰到底！血戰到底！」至於「反動透頂」、「頑固不化」、「十惡不赦」、「狼心狗肺」、「砸爛狗頭」、「打進十八層地獄，永世不得翻身」、「批倒批臭」、「鬥垮鬥臭」、「打翻在地，再踏上一隻腳」等語句，都用來針對革命幹部或觀點異己的群眾。超常心理還表現為罵人語詞的惡性發展。罵人語詞任何語言都存在，漢語講究含蓄，不喜歡刻露，罵人一般也比較隱晦。如《史

記‧項羽本紀》：「說者曰：『人言楚人沐猴而冠耳，果然！』項王聞之，烹說者。」這種惹來殺身之禍的罵辭，其實不過借喻而已，並未直罵。但是「文革」期間，罵人豈止直罵，不唯用語刻毒污穢，而且直欲罵殺而後快。罵人語詞大致有兩個方面的內容，一是關於性的語詞。「性」在中國是諱言的隱秘，而罵人者專挑最隱秘、最骯髒的語詞。一是有關政治的語詞。罵人看對象。如果對解放前有過一段政治歷史的人，常用「反動官僚」、「偽兵痞」、「反革命」罵人。對解放前經濟地位稍好一點的人，則罵人家是「反動資本家」、「漏劃地主」、「吸血鬼」、「害人精」。對解放後政治運動中有缺點的人，罵為「老右派」、「老右傾」、「漏網右派」、「三反分子」。對黨員幹部，罵為「投機分子」、「反革命修正主義分子」、「蛻化變質分子」、「變節分子」、「小爬蟲」、「政治騙子」。對領導幹部，罵為「死不悔改的走資派」、「黑線人物」、「黑後臺」、「黑靠山」。對女同志，則罵為「政治娼妓」、「政治破鞋」、「反革命臭婆娘」。更有甚者，把性關係和政治關係胡扯在一起，以求罵人罵得最髒最狠最毒。這種語言現象，已經完全喪失常態，是一種病態的超常心理的表現。

　　人群環境是語言系統與自在環境之間的中介層次，所有自然的、社會的、文化的因子，通過它而作用於語言。它自身也能動地與語言和自在環境相互影響。人群環境與語言的作用方式，除了以不同性質，人數不一的集團方式而外，個人經常地直接地與它相互作用。特定的集團、特定的個人，有時能深刻地影響語言。俞敏先生說：「我剛到上海聽見的第一句吳語是『自來水關關』，既不用『把』，更不用『將』！這句『賓動』結構的真正上海話反襯出個人影響群眾的力量有時候兒可是大的了不得。」〔註53〕毛澤東同志的「將革命進行到底」這句名言，在上海引起的言語效應竟然會產生不用前置詞的賓動結構，這倒是個很有興味兒的語言生態現象。

第三節　漢語系統的生態特徵

　　漢語在特定的生態環境中，形成了與世界上其他語言不盡相同的特色。這些特色是千百年來環境與語言相互選擇的結果。這種選擇永遠沒有完結，由於生態環境在變化，漢語自身也在運動，環境不斷向語言挑戰，語言通過人群的

〔註53〕俞敏《駐防旗人和方言的兒化韻》，《中國語文》，1987 年第 5 期，第 346～351 頁。

作用也在不斷地改變環境。漢語與環境總是在這種相互矛盾，相互促進的過程中進化，形成新的生態特徵。大約在一萬年前，漢語就已經是發達的語言。有的學者根據殷墟甲骨文構擬的商代音系有成系統的複輔音聲母，倘若事實果真如此，那就表明漢語與環境的相互選擇曾經歷過一次質變過程。漢語經過漫長的進化，到《詩經》時代，複輔音已基本上分化為單輔音，這就奠定了漢語不同於其他語言的根本基石。這樣，我們就可以由此出發來討論它的生態特徵。

一、單音語素

　　任何語言都是語音和語義的結合體按一定規則的組合。音、義結合的基本形式是一種語言最根本的特徵。漢語自周秦以來聲母系統單輔音化之後，就從根本上避免了長串輔音的組合，而成為以元音為支柱的音節組合體系。漢藏語系各親屬語言原本都有繁多的複輔音聲母，後來都不同程度地朝單輔音方向分化。漢語聲母系統的單輔音格局是比較典型的。但在先秦漢語裏，卻保留著漢語複輔音聲母的一些殘餘信息。例如「晾」、「涼」、「諒」從「京」聲，「懍」、「凜」、「檁」從「稟」聲，[k-]、[p-] 與 [l-] 互諧。《說文》「掄」[l-] 讀若「屯」[t-]，「覼」[l-] 讀若「池」[d-]。《爾雅·釋器》：「不律謂之筆。」《儀禮·大射》鄭注：「狸之言不來也。」「不律」和「不來」可能是 [pl-] 的遺跡。《史記·宋微子世家》：「景公頭曼。」《漢書·古今人表》作「宋景公兜欒。」「曼」、「欒」異文，「蠻」、「欒」都從「䜌」得聲，故「欒」可作「曼」。「䜌」可能古讀 [ml-]。複輔音的分化一般以元音為依託，看來，輔音與元音共成音節的格局，遠在聲母單輔音化之前就已形成。上古漢語形態的萎縮，可能是複輔音分化的內部原因。社會環境和文化環境的進化，是單輔音化的外部原因。一個複輔音分化為若干個單輔音，就產生了更多的單個音節。單音節的增多，對內作為形態退化的補償，對外可以適應社會表意複雜化的要求。例如：「令」、「命」本為一體，甲文作令，像人坐於屋中，會發號令之意。金文往往增加「口」作「命」，突出用嘴巴發號令的意思。後來，由於複輔音分化，「令」保持了 [l-]，「命」保持了 [m-]，由一個複輔音音節裂變為兩個單輔音音節。語法功能也就隨之分化，「令」為動詞，「命」為名詞。《孟子·離婁上》「既不能令，又不受命」是其證。音節的裂變，不但導致語法功能的分工，而且語義也隨之分道發展。「令」後來孳出「善」義，於是又有了形容詞的語

法功能。「令」又可借指發號令的人，於是又相應地具有名詞的語法功能。「命」後來又有「生命」、「命運」等意義。複輔音的分化使漢語以單輔音充當聲母的音節數目大大增加，語法功能分化愈趨細密，語義結構更加紛繁複雜，反過來加速形態消亡。可以認為，《詩經》時期的單輔音聲母系統，基本上已經形成。但單音節的成倍增長帶來較多的同音機會，聲調的辨義作用應當是與複輔音分化的進程同時存在的一個重要方面。這樣，由單輔音聲母和以元音為核心的韻母，再加上以高低曲折辨義的聲調，就構成了漢語語音的基石。上古語義的演化，往往伴隨著音節的裂變而分道進行，因而語義的單元——語素義與單音節有著密切的關係。也許在造詞之初就是一個音節與一種語義內容相聯繫，也可能是好幾個音節組成的系列與一種語義內容相聯繫。不管怎樣，後來都向著單個音節與語素義相對應的趨向發展。從殷墟甲骨卜辭看來，漢語的單音節與語素義對應的格局已告形成。從那時候起，單音節之間的組合開始出現某些約定的端倪，如在甲骨卜辭裏，干支、職官、人名、地名，往往由兩個單音節結合在一起共同表達。不過，這種情況還遠未成為漢語的主要趨向。因此，說商代漢語的根本特徵是以單音節為表意的基本語音形式，不會有太多的人持異議。在稍後的《詩經》裏，出現了一定數量的疊音語詞和聯綿詞，諸子散文裏，也有不少單音語詞兩兩組合表達同一語義。有的學者據此否認先秦漢語的單音節性質，認為先秦漢語和現代漢語都以雙音節為表意的基本語音形式，這不切合漢語的實際情況。直到漢代，漢語音節在言語過程中的兩兩組合關係都還很不穩定。古漢語也好，現代漢語也好，無論它們在語流中的基本組合形式是雙音節、三音節還是四音節，都沒能改變語素義與單個音節基本對應的格局。音節與音節的組合形式確實影響到語義。例如：「骨」和「肉」分別代表不同的概念，一旦組合起來結成穩固的聯繫，就表示「至親」的意義，不再是「骨」或「肉」本來的意義了。但這並不意味著漢語語素義與單音節的對應格局有所改變。「骨」、「肉」沒有因為「骨肉」具有新義而喪失其語音與語義的聯繫。這反而證明「骨肉」無論語音形式還是語義內容都是以「骨」和「肉」為基礎的。［ˉku］和［zəuˉ］組成［ˉkuzəuˉ］，「骨」和「肉」的密不可分合符邏輯地推衍出血緣的親屬關係。雙音語詞是以單音語素為結構材料的，三音節、四音節語詞等等，尋根究底，都以單音語素為材料。古今漢語裏都有一小部分單純的複音語詞，這些語詞是兩個或更多的音節與語素義對應，但這種情況不是

漢語的通例。而且，如果對這些語詞作進一步的研究，就會發現它們大多仍以
單音語素為其存在的基石。疊音語詞無論是語音的自然重疊還是複合，都必須
以單音語素為條件。聯綿詞也並非從來就是兩個音節與一個語素義對應。有的
學者認為，漢語既然可以採取音節重疊的方式來造詞，自然也可以採取在音節
重疊的基礎上改變其中一個音節的聲母或韻母的方式（即部分重疊）來造詞。
先秦漢語中的疊音詞、雙聲疊韻的聯綿詞就都是這種音變造詞方式在雙音詞
中的推廣。〔註54〕但是音節的部分重疊並不是聯綿字的唯一來源，殷煥先先生
指出：「同源並列構詞」是雙聲聯綿字的重要來源。而且，古漢語聯綿字的上
下字並非不容分割，它們作為獨立語素既可單獨進入言語，又可分別重疊，還
可易位。例如，《詩·大雅·桑柔》「捋採其劉」毛傳：「劉，爆爍而希也。」
《爾雅·釋詁》：「毗劉，暴樂也。」顯見「劉」為「毗劉」之單獨使用。《楚
辭·九章·惜誦》「壹心而不豫兮」王注：「豫，猶豫也。」「豫」也能夠單用。
「委佗」，《鄘風·君子偕老》作「委委佗佗」，「苾芬」，《小雅·信南山》作「苾
苾芬芬」。「濛涒」可作「涒濛」，「莽沆」可作「沆莽」。〔註55〕嚴學宭先生指
出有的聯綿字是合同義或反義語素而成的，如「貪婪」、「斑斕」、「依違」。也
有一部分是「合二字為一詞，兩聲共一韻」的聯綿字，如「夒蹶」、「菡萏」。
〔註56〕這種不可分訓的聯綿字在兩漢辭賦裏出現較多，它代表著漢語發展的一
種新動向。但是複音語素傾向始終未能動搖漢語單音語素的基礎。在現代漢語
中，多音節與語素義的對應方式實際上成了漢語吸收外來語詞的一種生態對
策。

二、結構段

　　單音節與語素義相對應的根本特徵，決定了漢語言語功能結構段以單音語
素為基礎的特點。由於這一特點，給詞的界說帶來不少困難，以至有人認為漢
語壓根兒就沒有詞。詞不是傳統概念。所謂詞只是近代仿傚西方語法體系的產
物。傳統只有「字」的概念。但所謂「字」正是由單音語素充當的「詞」，當

〔註54〕馬真《先秦複音詞初探》，《北京大學學報》，1981 年第 1 期，第 77 頁。

〔註55〕殷煥先《聯綿字的性質、分類及上下兩字的分合》，《山東大學文科論文集刊》，1979
　　　　年第 2 期。

〔註56〕嚴學宭《論漢語同族詞內部屈折的變換模式》，《中國語文》，1979 年第 2 期，第 85
　　　　～92 頁。

然不是西方語言裏那種有形態變化的詞，我們稱之為「詞語」或「語詞」。廣義的「語詞」不只包括詞，還包括短語。短語是詞和語句的中介形式，在結構上比詞鬆散而語法功能基本上相當於詞。從功能角度看，把詞和短語視為同級功能結構段是合適的。這樣，漢語言語功能結構段有語素、語詞、語句三級。漢語的詞沒有形態特徵，沒有標誌詞的語音形式，因而漢語實詞之間的組合主要靠詞序和虛詞，其次靠語義之間的邏輯和意念聯繫。語句之間的組合雖然也靠虛詞和語序，但主要靠語義之間的邏輯聯繫和意向規則。漢語音節具有獨立的意義，相互組合不受形態限制，因而具有相當的自由度。言語活動中音節相互組合的形式也就有創造變化的餘地。不過，由於單音語素受到社會環境的巨大壓力——越來越多的複雜概念需要表達，而漢語的單音節不可能無限制地膨脹，不同語素義與同音音節的結合也增加了辨義的困難，這樣，先秦漢語裏的雙音節化勢頭必然有增無已。現代漢語裏，比較自由的單音語素越來越少，有的語素完全喪失了在言語過程中的獨立性。如「偉」、「跡」、「輝」、「惑」。有的則自由度受到明顯削弱，如「學」、「理」、「明」、「友」。現代漢語的詞不僅雙音節，三音節、四音節也為數不少。像「閉路電視直視下經皮骨折內固定術」竟有十五個音節，這種情況是現實存在的。

漢語的詞有自己的特點，它不像印歐系語言的詞以構詞特徵作為特定詞類的形式標誌，而詞形變化又與語句結構相聯繫。漢語詞的實質是語素之間語法關係和語義關係的雙重約定。這種約定關係限制了語素的自由度，使構成詞的語素不能獨立參加語句的組合，而詞則成了現代漢語語句組合的主要材料。但是，以為現代漢語中複音詞的大量湧現已經改變了漢語單音語素性質的看法，同樣是把漢語的詞與印歐系語言的詞不恰當攀比造成的誤解。印歐系語言的詞在語音上表現為長短不等的音位系列，絕大多數詞都有由詞幹和專門表示語法意義的附加成分構成，詞的語音形式經過曲折變化表現為不同的形態。漢語沒有形態標記，絕大多數詞都由有獨立意義的語素結合而成，少數詞綴（如「老-」、「-子」），也是語義虛化產生的。複音詞裏的語素是可分析的，它們絕大多數都保持著自己的意義，複音詞內部語素之間的意義聯繫，往往體現詞的理據。有一部分詞的意義就是語素義的疊加，如「幽靜」、「莊嚴」、「深遠」。有一部分語素，既可作為複音詞的構成材料，還可以語素資格直接進入語句。普通話裏有「洗洗澡」、「睡睡覺」、「洗了一個痛快澡」、「睡了一個舒服覺」之

類的說法，我們很難認為「澡」、「覺」是「洗澡」、「睡覺」的構成成分。「可不可以」、「負不負責」裏的第一個「可」、「負」顯然是直接進入語句的語素。四川話有這種說法：「高不高興？高興不要高過了頭！」語句中的第一個「高」和最末一個「高」，也很難認為是詞。漢語裏常常有那麼一些詞，在人們認為需要的時候，以獨立的語素形式出現在語句中，並不會造成意義理解的障礙。如「鞠一個躬」、「帶個頭」、「操操心」之類，這種情況下，「鞠」、「躬」「帶」、「頭」、「操」、「心」都是直接進入語句的獨立結構單位，「鞠」、「躬」不成詞，只能認為是語素直接組句。不但一般的詞，聯綿字也可以拆開。「滑天下之大稽」似乎已經是成語，「荒唐」也可以強調一下，變成「荒天下之大唐」。〔註57〕口語裏常聽到「他不怕什麼玻不玻璃，照樣天天打赤腳」，「好容易有個機會散散心，逍逍遙」。我們不認為現代漢語分拆開的聯綿字的兩個音節有什麼意義，這種情形只能看作某些語法格式的類化或推廣。但是，上述現象表明漢語單音語素不僅是構詞的最小語法單位，而且還是直接構成短語或語句的語法單位。因此，漢語結構段最基礎的層級應當是語素層。這不但因為古代漢語是以單音語素作為詞的形式構造語句，而且因為在現代漢語裏，一部分單音語素繼續以詞的形式參加語句組合，一部分成為固定短語或其他短語的構成成分，一小部分直接進入語句，而大部分則是複音詞的成素。為了對這些現象作出古今一致的比較全面的合理說明，應當承認單音語素是漢語最基本的功能結構段。

　　以單音語素為基點，在語義邏輯允許的前提下，音節可以自由組合為結構段。組合後的結構段又可以與另外的單音語素或結構段組成新的結構段。這種由小到大，層層外推的結構組合，可以根據表意需要而自由伸縮。啟功先生以「北京師範大學學報」為例，他說，從上往下看，北方的京，師的模範，大（高級）的學校，學術的報。從下往上看，什麼報？學術的報；哪裏的學報？大學的；什麼性質的大學？師範性的；哪地方的？北京的。層層套疊，「報」是最下的基礎。至於像慈禧太后的諡號，就有點意念性了，人們想在「后」的前邊加多少語素都可以：「孝欽慈禧端祐康怡昭豫莊誠壽恭欽獻崇熙配天興聖顯皇后」。〔註58〕漢語言語組合一方面遵循一定的語法格式，另一方面又非常重視內在意念的把

〔註57〕梁羽生《幻劍靈旗》（上）海峽文藝出版社，1985 年 3 月第 1 版，第 64 頁。

〔註58〕啟功《文言文中「句」、「詞」的一些現象》，《北京師範大學學報》（社科版），1987 年第 5 期，第 12～13 頁。

握和語用環境的要求。「你吃盤子我吃碗」、「兩斤一塊錢」這樣的語句，完全可以說為「你用盤子盛東西吃，我用碗盛東西吃」，「一塊錢兩斤」，要說它們按照什麼語法格式我看很難，這只能承認漢語的言語結構段確實有相當的自由度。對這類語句，無論是組合還是理解，都需要更多的意念把握和環境提示。

三、位定與位移

　　漢語的單音語素特徵有力地影響到各級言語結構段的生成，而言語結構段的層疊組合，既需要遵守一定的規則，又具有相當的自由度，這就使漢語言語成分在語流中表現為既有定位，也可移位的生態特徵。漢語沒有形態，不得不更多地依靠語序的變化來進行組合。在殷代甲骨文中，雖然已經初步形成了一個由介詞、連詞、助詞和語氣詞組成的虛詞系統，但介詞中的「於」、「乎」、「才」、「從」、「至」等正處於動詞向介詞的過渡階段，對語序起主要作用的虛詞是「叀」（甫）。因而甲骨文時代單音語素的組合自由度更大些。另一方面，語序變化無形式標記必然帶來理解的困難，這就使得言語成分出現的位置逐步相對穩定。卜辭裏名詞主語與謂語動詞的相對位置已有前後的定位，如「帝令雨」（前 1‧50‧1）、「王入於商」（前 2‧1‧1）。副詞一般在謂語動詞之前，如「甲戌不其易（暘）日」（粹 607）、「辛巳雨，壬午亦雨」（前 3‧19‧3），也可在全句之前，如「叀王往伐邛──勿佳王往伐邛」（前 4‧31‧3）。不僅語句成分有了相對穩定的位置，語素與語素之間也產生了相對穩定的位置關係。如殷人用來紀日的干支，天干一定位於地支之前，甲子、乙丑、丙寅等。表方國則「方」一定後置：鬼方、人方、夷方、亘方。稱謂名則表身份的語素前置：父甲、母辛、兄庚、子丁。漢語隨著形態的逐步消亡，各種語句成分與一定語序位置和虛詞的關係愈來愈密切。到《左傳》時期，漢語語序的特點已非常明顯。主語一般置於謂語之前，隨機抽樣的統計結果表明，《左傳》「主語＋謂語動詞」與「主語＋謂語動詞＋賓語」這類語句，約占統計總數的 65%，有 35%的動詞謂語為連動、並列、狀動、動補結構。定語一般在中心詞之前，狀語一般在謂語中心詞之前，「主語＋謂語動詞＋賓語＋補語」的基本格局已經形成。〔註 59〕當然，這並不意味著《左傳》的語句清一色

〔註 59〕何樂士《〈左傳〉的單句和複句初探》，程湘清主編《先秦漢語研究》，山東教育出版社，1982 年 9 月第 1 版，第 143～271 頁。

地符合這個基本格局。漢語語序的有規律性與靈活性的協調配合，在《左傳》裏就有所體現。所謂有規律性，是指語序的普遍現象，即特定語句成分在語流中佔有相對穩定的位置。例如，上述一般陳述句的主謂賓補格局，還有否定句賓語前後置有分化的格局，疑問句賓語大部分前置的格局，都是有規律性的體現。一般認為《左傳》增添後置助詞「是」、「之」、「實」、「焉」將賓語前置是特殊語序，其實這只不過與現代漢語相較而言，在《左傳》時代還是合於規律的正常語序。《左傳》裏確實有很特殊的語序，例如《僖公十五年》：「先君之敗德，及可數乎？」洪亮吉《春秋左傳詁》說：「『及可數乎』猶言『數可及乎』，蓋倒字法也。」這不但與《左傳》的一般語序格局相悖，漢語裏也實在難於見到這種語序。如果洪亮吉說得不錯，那應當是語用層面的問題。照這樣的「倒字法」，語義關係和語法關係完全兩樣，純粹是意向規則作用的結果。又如《昭公十九年》：「諺所謂『室於怒市於色』者，楚之謂矣。」杜預注：「猶人忿於室家而作色於市人。」這樣看來，《戰國策‧韓策二》：「怒於室者色於市」應當是正常語序了。這類異於正常語序的特殊現象體現了語序靈活性的一面。在這種情況下，某些語句成分在言語流中的位置有測不准特點。語句成分的定位，加強了語言的語法系統性和可理解度；語言成分的移位，則破壞既存語法系統的完整格局並探索語法系統進化的新途徑。兩者相互矛盾相互協同，推動漢語語序的發展變化。

　　由於言語成分的移位給解讀言語內容帶來困難，自然有必要探究其形成的具體原因。古人對漢語語序的研究，保存在大量的訓詁材料中。例如《公羊傳》和《穀梁傳》對《春秋》特殊語序的訓釋，就有助於我們對先秦漢語言語成分移位現象的理解。〔註60〕《春秋》通例，數詞作定語位於中心詞之前，但如下語句就與常例不大一樣：「僖公十六年，隕石於宋五。是月，六鶂退飛過宋都。」後文既有「六鶂」，則前文應為「五石」。《穀梁傳》訓曰「故五石六鶂之辭不設，則王道不亢矣。」可見「石……五」即「五石」移位後的異常語序。對這一異序現象《公羊傳》的解釋：「曷為先言隕而後言石？隕石記聞，聞其磌然，視之則石，察之則五……曷為先言六而後言鶂？六鶂退飛記見也。視之則六，察之則鶂，徐而察之則退飛。」人們對於事物感知的時間順序和

〔註60〕朱永平《試析〈公羊傳〉〈穀梁傳〉對語序的訓釋》，《陝西師範大學學報》（哲社版），1987 年第 3 期，第 113～120 頁。

對事物認識的漸進過程，是鋪排語句的一條思惟線索。漢語語句內容的鋪排，通常舊信息在前，新信息在後，古今一體。僅此而論，《公羊傳》的解釋不是沒有道理的。但是，思惟習慣是否大到足以改變語法格局的地步，這很難說。就「隕石於宋五」來看，基本語義不變，可能的語序有：

　A. 隕五石於宋

　B. 五石隕於宋

　C. 隕石五於宋

《春秋》如果遵守語法常例，A、B兩式都適用，如果側重表明事件的客觀順序過程，C式可供選擇。捨棄A、B、C而不用卻將「五」置於句末，既打破了「數詞＋中心語」的語法格式，限定成分遠離中心語又不合於漢語組句常規，從而易於引起歧解。此句就可理解為「從天上掉石頭到宋國五次」。我認為，「五」之所以破例後置，主要是意向原則作用的結果，意在強調隕石的數目。而漢語單音語素的本質特徵，為意向的實現提供了可能。

漢語聯合結構內部的構成成分易位，一般不會引起基本語義和語法格局的顯著變化，在語序選擇上有一定靈活性。但是，在特定生態環境內，即使語法格局不變，聯合結構內部構成成分的易位，輕則感情色彩會發生變化，重則連基本語義內容也會不同。《春秋》：「僖公二年，虞師晉師滅夏陽」，「桓公二年，宋督弒其君與夷及其大夫孔父。」《公羊傳》訓曰：「虞，微國也。曷為序乎大國之上？使虞首惡也。」《穀梁傳》訓曰：「孔父先死，其曰『及』何也？書尊及卑，春秋之義也。」這兩例表明，聯合結構內構成成分孰先孰後，體現了尊卑名分或褒貶色彩。晉雖大國而虞假其道，故夏陽被滅虞為首惡。孔父雖先死而與夷為國君，君臣尊卑不能無別。意向凝成的觀念，在一定範圍內限制了語序的靈活度。這裡「虞師晉師」，「與夷及其大夫孔父」均不能易位，易位則褒貶尊卑顛倒。至於曾國藩上書以「屢敗屢戰」易「屢戰屢敗」，不但語用效果相反，其實語義已根本不同了。當我們注意到意向原則能夠使漢語語序靈活性增強的同時，我們也注意到意念一旦形成定勢，就會對語序產生強制性的作用。現代漢語裏，官兵、國家、男女、父兄、語文、科技、工農、人民、眼睛、翅膀，是不能顛倒的。30年代都稱「農工」，不叫「工農」，孫中山先生的三大政策就是「聯俄、聯共、扶助農工」，那也是農本思想對語序強制作用的結果。

現代漢語語詞複音化表明單音語素的自由度削弱，而在語流中相對位置的穩定度增強。單音語素在語流中，有不同的生態形式。

A. 自由式。如「山」、「人」、「學」、「跑」等，它們可以自成語詞，也可以同其他語素組合成語詞。無論單用還是組合成語詞，它們在語句或語詞中的位置都不固定。

B. 中介式。這是自由與穩定之間的中介形態。可分為兩種情況：a. 不能自成語詞，但能自由與其他語素組合，在語詞內的位置不固定。如「言」——「語言」、「言語」、「大言不慚」、「人微言輕」；b. 自成語詞，但在語流中位置相對固定。如虛化的「把」、「從」、「在」，與名詞或名詞性成分構成短語，位置總是在前。虛化的「的」、「地」，位置總在修飾語或限定語與中心語之間。

C. 穩定式。虛化的「老」、「阿」和「子」、「頭」，它們不能自成語詞，只能與其他語素組合成語詞。「老」、「阿」只能前置，「子」、「頭」只能後置。這種情況在現代漢語中並不多見。

中介式的 a 類情況最為普遍，屬 A 式的單音語素也為數不少，這體現了現代漢語以單音語素為基石，語素組合的合規律性與靈活性相結合的特點。我們曾經討論過單音語素直接進入言語流的情況，這類單音語素有的既可單獨成語詞，又可與其他語素結合成語詞，還可在語句中保持語素形式，且在語句和語詞裏位置也不固定。如「能」——「他能縫衣」，「你挺能」（自成語詞）；「才能」，「能夠」（構成雙音語詞）；「能不能夠一塊兒去」（保持語素形式）。這種情況可以歸入 A 式，是漢語單音語素性質在語序層次上最充分的表現。

語詞複音化削弱了單音語素在語句層次上的自由度，因而語句成分的定位或移位，主要表現為複音語詞或短語的相互位置變化，而不像古漢語那樣主要表現為單音語素之間的位置變化，現代漢語裏主語和謂語，述語和賓語，修飾或限定語與中心語的相對位置，前者一般在前，後者一般在後。就陳述句來說，語句成分之間的相對位置是「主＋謂＋賓＋補」，這樣的模式體現了漢語句法對語序穩定性的依賴性質。與穩定性對立的方面，就是語句成分的移位，移位破壞了既定模式，體現了現代漢語句法的靈活性。呂叔湘先生對此曾專文予以討論，〔註61〕陸儉明先生對口語裏的易位現象也曾作過專題研

〔註61〕呂叔湘《漢語句法的靈活性》，《中國語文》，1986 年第 1 期，第 1～9 頁。

究。〔註62〕呂先生討論移位，共舉了 35 例（第〔27〕有 4 例）。發生位移的成分，有 4 例是單音語詞，9 例是雙音語詞（第〔29〕至〔32〕例是雙音詞與短語互易位置，計作雙音詞移位），1 例是三音節語詞，其餘 21 例都是短語，這體現了現代漢語句法成分移位與古代漢語不同的特色。陸先生指出了與常規語序相反的易位現象。主要有：

1. 主語與謂語之間的易位現象；

2. 狀語和中心語之間的易位現象；

3. 述語和賓語之間的易位現象；

4. 複謂結構組成成分之間的易位現象。

現代漢語語句成分位置的靈活變化，當然不止這些。呂先生文章就舉出了應該是定語的語詞跑到狀語位置上（如：我們路上整整走了一個月），應該做狀語的語詞又放到定語位置上（如：花冤枉錢）的例子。甚至介詞賓語也能與主語互換位置。如：「對於工作，他是越多越好，越難越好」（對於他，工作是越多越好，越難越好）。漢語語句成分位置的靈活，並不意味著語句成分無定位。如果真的語無倫次，那就會不知所云，無法實現交際功能。靈活的移位是與通常的定位相互協同、相互補充的一種生態手段。在同一語句裏，發生位移的成分往往限制在最低限度，這個限度就是不影響語句意義的理解。儘管漢語語詞沒有形態標誌，但是當一個語句內有限的成分移動位置而其他成分恪守常位時，發生位移的成分也就易於識別，而且往往成為該語句語義表達重心移動的標誌。

〔註62〕陸儉明《漢語口語句法裏的易位現象》，《中國語文》，1980 年第 1 期，第 28～41 頁。

第五章 漢語的生態類型

第一節 自然生態

　　自然生態環境是造成漢語生態變體的基本原因，但不是全部原因。漢語異地發展的分歧，體現著不同語言集團所處社會結構、文化結構的差異，同時也體現著不同語言集團的人們在觀念、心理、語言習慣、語言風格等等方面的個性發展。所有這些差異的形成，都有一個發生發展的運動過程，因此漢語的自然生態是歷時和共時，時間和空間雙重座標下的語言存在形式。我們已經討論過，所謂方言，並不是全民語言的地方變體，現代漢語方言是古代漢語語言實體在不同地域歷史發展的產物，也可能從來就有不同的源頭。不論何種情況，它們都是漢語的一種生態變體。漢語是一個抽象的概念，它是由許多生態變體具體體現的。我們可以說北京話是漢語，上海話是漢語，但不能說漢語就是北京話或上海話。從生態學觀點看來，無論北京話或上海話都是漢語在不同的生態環境內的自然存在形式，亦即漢語的自然生態變體。漢語單音語素在進入言語流之前，只是言語的備用材料。單音語素相互形成的凝固結構，在靜態條件下也只是言語的備用材料。我們認為這樣的靜態單位是語言系統到言語系統這個區間存在的中介形式。這種形式是生態環境與語言相互作用產生的，是不同語言集團內部認同而且經過長期歷史積累的結果。當它們呈動態時，與具體的生態環境產生相互

作用，是言語的構成成分；當它們呈靜態時，存在於社會記憶庫中，與特定生態條件保持自然聯繫。我們把這些脫離具體生態環境而又與特定生態條件有著自然聯繫的靜態單位，稱為言語的自然生態形式，簡稱自然生態。

在討論漢語言語的結構段時，從功能觀點出發，我們把短語與語詞視為同級結構段，但是，考慮到短語在生態形式上有其獨具的特點，漢語言語的自然生態應當包括語素生態、語詞生態和短語生態。語句是由加入語流的言語材料隨機組合的，它的生態形式變化多端。已經凝固的語句，如警句、名言等，其實相當於複雜化的短語。單音語素不論在北方型、中介型或南方型方言裏都可以直接進入語流參加組合，雖然組合形式不盡相同，其自然生態形式卻無分南北，大體一致。這樣，能夠體現方言類型差別的，首先是語詞生態，其次是短語生態。

一、語詞生態

語詞是一定的語音與一定的語義成素相互凝成的整體，語詞整體與一定生態因素的結合，就體現為語詞的生態形式。語詞呈靜態時，總與一定的生態因素有比較密切的聯繫。與地域因素關係密切的，稱為地域生態；與社群因素關係密切的，稱為社群生態；與文化因素關係密切的，稱為文化生態；與心理聯繫密切的，稱為心理生態。心理有多種類型，據此又可能分出更多的言語生態形式。現代漢語方言眾多，語詞的生態形式各有特點。對語詞生態的比較和考察可以有不同的角度和方式。按照前文對現代漢語生態類型的劃分，我選取了瀋陽、北京、瀘州、長沙、南昌、梅縣、蘇州、廈門、廣州九個方言點的一些在生態特徵上比較有代表性的語詞，作如下初步考察。〔註1〕瀋陽等三個點為北方型方言的代表，長沙等三個點為中介型方言的代表。蘇州等三個點為南方型方言的代表。

（一）語素位置

語素在語詞裏的位置，體現了語詞內部元素的聯繫方式。內部聯繫方式不

〔註1〕材料主要取自北京大學中文系語言學教研室編《漢語方言詞彙》，文字改革出版社，1964 年 5 月第 1 版。瀘州方言材料由筆者提供。廈門話材料參考廈門大學中國語言文學研究所漢語方言研究室編《普通話閩南方言詞典》，福建人民出版社，1982 年 10 月第 1 版。

同，外部表現形式就不一樣。漢語語詞內部的語素原則上是比較自由的，但是有些本來自由的語素，由於外部生態條件的限定或內部聯繫的凝固，變得不自由了。從某些自由語素固定下來的位置，有時能窺見方言生態類型的差異。例如，學者們一向關注的動物雌雄的語詞表達方式，普通話裏「要緊」、「弟兄」、「乾麵」、「乾菜」、「乾魚」、「客人」、「灰塵」、「夜宵」、「擁擠」、「喜歡」、「熱鬧」等語詞，在各方言裏語素的不同次序，對於漢語語詞生態特點的認識，能夠提供有益的啟示。

表5.1　語素位置的生態類型差異

方言點＼例詞序號	1	2	3	4	5	6
瀋陽	牤子	女牛	公雞	母雞	喜歡	熱鬧
北京	公牛	母牛	公雞	母雞	喜歡	熱鬧
瀘州	牯牛、公牛	母牛	雞公、公雞、叫雞	雞母、雞婆、母雞	歡喜、喜歡	鬧熱、熱鬧
長沙	牛公子、牯子	牛婆子	雞公子	雞婆子	喜歡	熱鬧
南昌	牛牯、公牛	母牛	雞公、樣雞	雞婆	歡喜	鬧熱、熱鬧
梅縣	牛牯	牛嫲	雞公	雞嫲、雞嫄	歡喜	鬧熱
蘇州	雄牛	雌牛	雄雞	雌雞	歡喜	鬧熱、鬧猛、熱鬧
廈門	牛公	牛母	雞角、雞公	雞賴、雞母	歡喜	鬧熱
廣州	牛公	牛乸	雞公、生雞	雞乸、雞項	歡喜	熱鬧、旺

表5.1列舉了「公牛」、「母牛」、「公雞」、「母雞」、「喜歡」、「熱鬧」六個語詞，可以看出某些趨向。表示動物性別的語素，在北方型方言裏，一般前置，而南方型方言正相反。在中介型方言裏，兩種情況並存，甚至兩種情況在同一方言裏出現。從生態學角度看，這體現了漢語方言之間在生存形式上相互區別的生態特徵。這種特徵表徵著漢語在遼闊廣大、複雜多變的環境中，與各自不同的生態條件相互作用，一方面獨立發展著各自的特點，另一方面在宏觀上形成類型化趨勢。例如，區分雄雌，瀋陽、北京、瀘州都用「公」、「母」，但瀋陽表動物雌性又用「女」，瀘州表雄雌還用「牯」、「叫」與「婆」，這體現了共性之外的個性。廈門、廣州表雄雌的語素後置是基本趨勢，但廣州有「生雞」的說法，似乎北方

型方言的語素前置更具有生態優勢。同時，廈門與廣州又以「角」、「賴」、「姆」、「項」等語素自成特色。漢語方言的類型化步伐並非整齊劃一，這從語素位置在某些方言裏的變化，多少可以看出一點眉目。例如，屬北方型方言的瀘州話裏，「雞公」、「雞母」、「雞婆」的說法遠比「公雞」、「母雞」廣泛，而南方型方言的蘇州話卻「雌」、「雄」前置，完全北方化了。這並不表明生態類型不存在，恰好表明生態類型是一種動態的演變趨勢而不是人為的僵死模板。心理動詞「喜歡」、狀況形容詞「熱鬧」，在九種方言裏形成三種趨勢。廣州話的「熱鬧」或許是從普通話引進的。而蘇州話、瀘州話兩種說法並存，則是南方型與中介型之間，以及北方型與中介型之間生態類型運動漂移的表現。比較典型的是中介型的三個方言點對「熱鬧」的不同說法。長沙位於湖南東北部，湖南的北面和西面都是北方方言，長沙說「熱鬧」，完全北方化。與長沙緯度差不多的南昌，它所在的江西省西北面是北方言區，東北面是吳語區，東南面是閩語區，南面是粵語區，南昌既說「鬧熱」也說「熱鬧」，南北特點兼有，是道地的中介型。梅縣客話處於粵、閩語的包圍之中，說「鬧熱」倒是標準的南方化。可見，在中介型方言內部，也存在南北之間的極端情況和過渡情況。因此，方言生態類型之間沒有絕對不可逾越的界限。

（二）代詞系統

表 5.2　代詞的生態類型差異

方言點	瀋陽	北京	瀘州	長沙	南昌	梅縣	蘇州	廈門	廣州
單　稱	他	他	訥	他	佢	佢	俚	伊	佢
複　稱	他們	他們	訥們	他們	佢個裏	佢兜人	俚篤	個	佢哋

表 5.2 僅列舉了第三人稱代詞系統。在中介型方言的南昌話裏，第一、二人稱複數除本方言的「我個裏」、「你個裏」的說法外，還有後起的「我們」、「你們」的說法，與第三人稱複數「佢個裏」相對應的新說法是「佢們」。就以這九個方言點的第三人稱代詞系統而論，漢語代詞系統明顯包括兩大體系：這就是以「們」為後綴的北方型體系和非「們」後綴的南方型體系。南北兩大體系之間的交融在南昌話裏不過是近幾十年來的事。北方型方言裏的「們」，是一個較能產的詞綴，它不僅附著在單稱代詞後構成複稱，而且還能與名詞性語素結合表複數。南方型方言裏的「篤」、「哋」與中介型方言裏的「個裏」、

「兜人」在功能上都屬同一類詞綴，它們不跟名詞性語素結合。值得注意的是廈門話，它不是靠附加詞綴，而是以語音形式的變化來表示複數的語法意義。這種情況如果不是歷史上特殊的生態環境影響所致，就可能是一種古老的語言化石。

（三）語詞音節

語詞的複音化是普遍的趨勢。南方型方言由於保留的古語成分較多，所以單音節語詞相對豐富一些。但是，複音化的發展是不平衡的，有的語詞在南方型方言裏已經複音化，在北方型方言裏仍保持單音語素特點，反之亦然。相同意義的語詞在不同方言裏音節數目的多少是隨機分布的。但單音節或複音節語詞在常用語詞中所佔比例的大小，影響到各方言的宏觀面貌。方言不論南北還是中介型，都可能在某些具體語詞的單音或複音形式上，顯得保守或先進，但宏觀上完全可能表現為方言整體的類型化運動。只有對相當數量的常用語詞在不同方言裏單音與複音所佔的比例進行詳細統計與考察，才可能對各方言語詞生態的發展趨勢作出正確估量。表 5.3 僅舉出了幾個名詞作為象徵性的例子，這些例子表明某些語詞的保持單音或發生複音化，在宏觀上似乎多少帶有類型化趨勢。北方方言語詞的複音化現象最為普遍，它可能採用與南方方言完全不同的語素組合，也可能有某些語素與其他方言一致。南方方言某些語詞在北方尚未複音化時，已形成類型化趨勢，例如，北方說「雷」，廈門說「雷公」，潮州、福州、陽江也稱「雷公」，甚至梅縣也有此說法。又如，北方說「床」，廈門、福州、潮州、溫州都說「眠床」。但是，南方話領導複音化潮流的情況畢竟較少。而中介型方言的語詞先於南北方言複音化的情況也不多，所謂類型，也只是相對於南北方言的過渡狀況，因為它實在是南北方語詞複音化浪潮交相衝擊的對象。

表 5.3　語詞音節的生態類型差異

音節類型／方言點	北方複音類型化		南方複音類型化		南北方複音分別類型化		中介方言複音類型化	
瀋陽	長蟲	大雁	雷	閃	夜貓子	開水	蝦	泥
北京	長蟲	大雁	雷	閃	夜貓子	開水	蝦	泥
瀘州	蛇	雁鵝	雷	忽閃	鬼叮姑兒	開水	蝦子	泥巴

長沙	蛇	大雁	雷	閃	貓頭鷹	開水	蝦婆子	泥巴
南昌	蛇	雁	雷	霍閃	貓頭鷹	開水	蝦子	泥巴
梅縣	蛇	雁鵝	雷（公）	$niap^{21}lan^2$	貓頭鷹、大目狗項	滾水	蝦	泥
蘇州	蛇	雁鵝	雷	霍險	貓頭鷹	滾水、開水	蝦	爛泥
廈門	蛇	雁	雷公	閃爁	貓頭鷹、姑黃	滾水	蝦	塗
廣州	蛇	雁	雷	閃電	貓頭鷹	滾水	蝦	泥

（四）自然差異

　　語詞生態有的體現了其流行區域的自然生態環境的差異。例如，北方叫「黃瓜」，潮州叫「弔瓜」，梅縣叫「弔瓜子」。叫「黃瓜」的地區，黃瓜不一定在瓜棚上，叫「弔瓜」的地方，某個歷史時期瓜兒可能懸在離開地面的地方。瀘州叫「黃瓜」，黃瓜躺在地裏，沒有棚架。那兒有一種「弔蘭花」，花形似蘭，必須懸附在樹上才能生長。語詞本身就透露了事物存在的某些自然環境信息。「青蛙」，長沙、蘇州、廣州又叫「田雞」，廈門、潮州又稱為「水雞」。稱「青蛙」為「田雞」或「水雞」的地區一定有水系分布。瀘州管「青蛙」叫「渠貓兒」。實際上那兒池塘、水田、水溝裏都有青蛙。可以推斷，在某個歷史時期當地的水溝水渠是青蛙的主要活動區。在缺水的旱地裏，有一種小青蛙，被稱為「乾渠貓兒」。語詞本身就反映了相關事物存在的環境特點。表 5.4 舉的例子，是南北氣候差異在語詞上的反映。北方冰、雪、霜分得很清楚，這是因為水的不同形態在北方氣候條件下能夠充分展現。南方氣溫高，就福建境內來說，三明市以南，就很難見到霜雪了。所以，廣州、梅縣管「冰」為「雪」，廈門管「冰」為「霜」，固然體現了這些地方的人群思惟方式的特點，同時也不難看出南北方某些語詞的語義泛化與特化的根源在於氣候條件的差異。

表 5.4　語詞生態的自然差異

方言點	例　詞	
瀋陽	冰	冰果兒
北京	冰	冰棍兒
瀘州	冰	冰糕
長沙	冰	冰棒

南昌	冰	冰棒
梅縣	雪	雪基
蘇州	冰	棒冰
廈門	霜	霜條
廣州	雪	雪條

（五）社會差異

1988 年 1 月 25 日上海《新民晚報》刊出《費解的稱呼》一文，該文說，「文革」期間對身份不明的人不敢稱「同志」而出現稱教授為「師傅」的情況，這是由於「工人階級必須領導一切」口號下，工人師傅稱謂地位上升而取代其他尊稱造成的怪現象。不稱「同志」的結果還導致一些新稱謂結構的產生。如上海稱「某某勒爺爺」，「勒」是「伊勒」（他的）的簡化，用以表明人與人的親近關係但又與自己本身的區別。稱呼的費解，是由於社會情況有了改變。社會變異不僅影響人的稱謂，而且影響語詞生態。從歷時看，正是因為社會變異才造成了語詞的積累，不同歷史時代的語詞共存，使漢語語彙變得十分豐富。從共時看，不同地域的社會差異是形成方言語詞生態特點的原因之一。福建閩南話稱「職業」、「行業」為「頭路」，臺灣閩南話則稱為「經紀」。大陸上沒有「經紀」、「經紀人」之類的說法，是因為社會經濟形式不同導致語詞生態形式的迴別。近年來由於經濟領域的改革，已經產生了相應的語詞，如北京話把有正式職業而又外出撈好處的行為叫「走穴」，從中充作媒介的經紀人叫「穴頭」。這種經紀人，臺灣閩南話謂之「牽猴」，而福建閩南話稱為「九八人」。社會的開放程度，也會影響語詞生態。例如，過去流行一種用手拉的人力車，大概與東洋鄰國有關。在地域分布上，由北而南，空間距離越遙遠，這種社會影響愈淡薄，這從語詞生態反映出來。距東洋較近的瀋陽和北京都稱這種人力車為「洋車」，注重車的來源；瀘州、南昌稱為「黃包車」，注重車的形制；長沙、廣州的說法很籠統。廈門謂之「牽車」，福州叫「抬車」，潮州叫「手車」，注重拉車的方式。造詞著眼點的不同，與社會生活方式和外來影響不無聯繫。水泥這種東西是舶來品，各地稱說的差異也與社會生產的發展程度和對外開放程度有關。社會生產發達的上海、廣州，其開放程度也高。上海叫「水門汀」，廣州叫「士敏土」，譯的漢音雖不同，都源於英語的 cement。在北方型方言和中介型方言裏，大多以「洋」為限定性語素構詞，而南方一些方言不用「洋」而用「紅

毛」表徵事物的來源，是沿海與內地對外族入侵者的社會關係不同的表現。由
於歷史和社會原因，南方漢語裏的借詞，與東南亞諸語言及英語有關，東北方
言裏的借詞，與俄語、日語有關。社會因素作用有時能使語詞宏觀上顯出整齊
的格局。

表 5.5　語詞生態的社會差異

方言點	例　　　詞	
瀋陽	洋灰	拐棍兒
北京	洋灰	拐棍兒
瀘州	水泥	拐棍
長沙	洋泥	拐棍
南昌	洋泥	拐棍
梅縣	紅毛灰	kat⁴子棍
蘇州	水泥、水門汀	拐杖
廈門	紅毛灰、番仔灰、埧塗	拐杖、士的（英語 stick）
廣州	紅毛尼、土敏土	洞葛（馬來語 tongkat）

（六）文化層差異

　　任何語言都是歷史的積累，因此共時層面上包含著不同歷史時期的文化層
次。就福建泉州話來看，其語彙中保持的古語詞至少包括上古和中古兩大層次。
茲舉例如下：〔註2〕呼「口」曰「喙」。《左傳·昭公四年》：「深目而猴喙。」《釋
文》：「喙，口也。」呼「粥」曰「糜」。《禮記·月令》：「行糜粥飲食」。《釋文》：
「粥之稠者曰糜。」呼「殺」曰「夷」。《左傳·隱公六年》：「芟夷蘊崇之」注云：
「夷，殺也。」「剃髮」曰「髡」。《周禮·秋官·掌戮》：「髡者使守積」注云：
「王之同族不宮之者，但髡頭而已。」《說文》：「髡，鬀髮也。」另如呼「惡」
曰「否」，「米湯」曰「飲」，「均衡」曰「滕」，呼「乾」曰「凋」，「濕潤」曰「淫」，
呼「夜」曰「冥」，「泥土」曰「塗」，等等，都是泉州語詞中保持的上古文化層。
體現中古文化層的語詞為數更多。僅《世說新語》與今泉州話相合的語詞，就有
百餘條。〔註3〕僅舉數例：《世說·賞譽》：「向見阿瓜，故自未易有。」梁劉孝標

〔註2〕黃典誠《晉唐古語在泉州》，《泉州文史》，1983 年第八期，第 113～117 頁。
〔註3〕王建設《〈世說新語〉泉州話證》，廈門大學中文系，1988 年 5 月油印本。

· 284 ·

注：「王珣小字法護，而此言阿瓜，未為可解，倘小名有兩耳。」今泉州小孩除正名而外，家里人往往用「×瓜」稱呼，表示親暱疼愛。常用的稱呼有「阿瓜」、「大瓜」、「小瓜」，「闇瓜」、「戇瓜」。《世說》之「阿瓜」，當如是解。今之閩人，正是魏晉時期南下的漢人後裔，閩地歷史上的閉塞，為保持魏晉文化層提供了優良條件。又如《賢媛》：「斫諸屋柱，悉割半為薪，剉諸薦以為馬草。」楊牧之、胡友鳴《世說新語》選譯本第 289 頁釋「剉」為「損傷」，誤。《集韻》：「祖臥切，斫也。」泉州話「剉」讀 [tsʻoˀ]，義為「砍」、「剁」。《敦煌變文‧韓朋賦》：「乃見韓朋，剉草飼馬」可證。不同方言對同一事物的指稱，有時在宏觀上表現為不同文化層次的生態類型。例如，北方型方言說「米湯」，這是非常晚近的說法，南方型方言大都說「飲」，這是較古的文化保留。《論語‧雍也》：「子曰：『賢哉回也！一簞食，一瓢飲，在陋巷，人不堪其憂，回也不改其樂。賢哉回也！』」這個「飲」，通常解釋為「飲料」，不確切，應當是「米湯」。中介型方言既說「米湯」，也有說「飲湯」的，它處於晚近文化與古老文化的過渡階段，這就表現為不同文化層次的三種語詞生態類型。某些語詞獨具特色大抵有其特殊的文化淵源。例如南方說的「巷」或「巷子」，北京、瀋陽卻說「胡同」，這是從蒙語 gudum 改造來的漢語聯綿詞，用兩個音節聯綴共同表達一個語義。這種比較特殊的生態形式在漢語中形成了一種獨特的文化層。北方的「胡同」與南方的「巷」，既是晚近文化與古老文化的反映，也是外來文化與傳統文化的對立，它們在語詞生態上的類型化是顯而易見的。

表 5.6　語詞生態的文化層差異

方言點	例　　　　詞		
瀋陽	米湯	晚	胡同
北京	米湯	晚	胡同
瀘州	米湯	晏	巷巷兒、巷子
長沙	米湯	晏	巷子
南昌	飲湯	晚	巷（子）
梅縣	飲	遲	巷子
蘇州	粥湯、飲湯	晏	巷、弄堂
廈門	飲、飲漿	晏	巷仔
廣州	飲	晏	巷

（七）習俗差異

方言語詞不同程度地反映其流行區域的風俗習慣。有的風俗習慣源遠流長，長盛不衰，有的則因時代變遷而改變或消失，但它的痕跡有時會從語詞生態上顯露出來。四川瀘州有個慣用語叫「占顝頭」，「顝頭」意為「便宜」、「好處」，這其實是引申義，本義當地人也弄不清楚了。這個「顝」，在《廣韻》平聲之韻，去其切，釋義為：「方相。《說文》曰，醜也，今逐疫有顝頭。」《集韻》平聲之韻「丘其切，《說文》，醜也，今逐疫有顝頭。顝頭，方相也。或作魌，通作顝。」同小韻「顝」：「大頭也，一曰頭不正。」舊俗，出喪時以麵粉作鬼頭撒於道，人撿食之，謂能避邪。此俗今已無存，但從語詞生態可以推知舊俗。反過來，習俗的因素也影響到語詞生態。北京話的「便道」就是普通話的「人行道」，這種人行道的鋪設，各地習俗不同。瀘州老市區，從前多木結構泥壁房屋，一底一樓，樓簷向外約寬三尺餘，簷下以石條鋪人行道，道寬恰與簷等，高約一尺，成石階。階，瀘州稱為「坎」，故「人行道」瀘州叫做「街簷坎」。廣州的人行道與廈門同樣，廈門稱為「五骹忌」，是馬來語借詞，不必論。廣州稱為「騎樓底」，樓蓋在人行道上，人行道恰在樓底，故名。臺灣也有此種建制，臺灣閩南話稱為「亭仔骹」。因人行道上每隔一定距離都有磚石結構的柱子支撐道上之樓層，其狀類亭有頂無牆。瀘州與廣州對「人行道」的稱說各異主要是建造人行道有不同的傳統習慣。廣州與臺灣人行道建制一樣，稱說不一，主要是人群著眼點的差異。

指稱同類事物而語詞生態各具特點，原因是多方面的，但其中必有一種因素起主導作用。習俗不僅對語詞的結構、形式、乃至讀音等微觀方面產生影響，在宏觀上各方言語詞也可能因習俗差異呈現為不同的生態類型。例如，普通話的「正房」，在北京又稱「堂屋」，而且北方型方言和中介型方言大都稱為「堂屋」，在語詞生態上自然形成一個類型。南方型方言大都稱「廳」，也構成一個生態類型。這種宏觀類型的分別與各方言區域正房的傳統建築形制和用途有關。語詞生態形式的類同並不表徵習俗的完全一致。例如北京的「堂屋」與瀘州的「堂屋」習俗背景就有差異。北京的堂屋是指四合院裏坐北朝南的正房，所以也叫「北房」。瀘州的院子一般無圍牆成長方形布局，長方形的兩條短邊為廂房，一條長邊為正房，稱為堂屋。堂屋的方位由迷信職業者勘定，不一定南向，堂屋對面是院門，院門兩邊各有房間，中間的空地為天井，院門一閉，

就成為一個完全封閉的世界。梅縣的「廳」與廣州的「廳」也有差異。在功能上，梅縣的廳主要用於待客而廣州的廳兼為祈神之所。但是這些差異不妨礙語詞宏觀上的類型化。過去北方的廁所大都用茅草或秸杆蓋頂，而南方大都露天作坑，這種習俗在農村依然存在。語詞受其影響，構詞語素分化為以「茅」和以「坑」為特徵的兩大類型。這兩大類型裏，習俗的微殊也影響到語詞的生態形式。瀋陽的廁所形制似樓，稱「茅樓兒」；瀘州的廁所形制如一般房屋，稱「茅房」；南昌的廁所形制如篷，稱「茅篷子」。同是作坑為廁，梅縣用缸貯糞，稱「糞缸」或「屎缸」。廣州、蘇州就地挖坑，不用瓦缸，稱為「屎坑」。廈門的廁所露天用石作坑，坑周圍用石築矮牆，至今農村仍如此形制，稱「礐廁」、「屎礐間」。《說文》釋「礐」為「石聲」，其命名蓋以鑿石為廁必作聲，後以「礐」代「石」，「礐廁」亦即「石廁」了。由北而南，廁所形制由繁趨簡，語詞的成素與形式隨之變異。習俗對語詞生態的影響，是無庸置疑的。這種習俗的變化，潛藏著自然條件的因素。北方寒冷，南方炎熱，廁所繁簡各得其宜。

表 5.7　語詞生態的習俗差異

方言點	例　詞		
瀋陽	上屋、正房	便所、茅樓儿	痰筒
北京	堂屋、正房、北房	茅房	痰筒
瀘州	堂屋	茅房、茅司	痰盂
長沙	堂屋	茅司	痰盂
南昌	堂屋	茅篷子	痰盂子
梅縣	客廳	屎缸、糞缸	痰筒
蘇州	中間、坐起	屎坑	痰盂罐
廈門	廳	礐廁、屎礐間	痰罐
廣州	（神）廳	屎坑	痰罐

（八）心理差異

人群心理的作用能產生與同一基本語義相應的多個不同言語形式變體。心理結構並不僅限於「諱」、「敬」、「貶」等幾種類型。人群的各種心理對語言的影響是多方面的。這裡僅從以下幾個方面加以初步考察。

1. 類聚與類分心理

人們觀察事物，給事物命名，總是把一些特徵相似或相關的東西作為同類

看待。有些地域的人群，概念區分比較細緻，而有些地域則相反。同一地域的人群有時某些概念區分細緻，而另一些概念卻顯得粗疏。概念區分的精粗體現人群鑑定事物類別的不同心理。我把涵蓋域較寬，能包容較多特徵的歸類心理，稱為類聚心理。例如，成都、重慶、瀘州以及河南洛陽、河北涉縣等地，「鼻子」不但指五官之一的呼吸器官，還指這種器官的分泌物——鼻涕。瀘州把「乳房」和「乳汁」都叫「奶奶」〔ᵕnai ᵕnai〕，「蜻蜓」和小孩兒頭上的「朝天辮兒」都叫「叮叮貓兒」或「螞螞叮兒」，前者是因兩種事物有相關聯繫，後者是因兩種事物有相似關係而異物同名的。涵蓋域較窄，特徵包含較單純的分類心理，稱為類分心理。社會交際要求降低解碼失誤率是類分心理產生的動因。這種心理對語詞生態的作用由來已久，《詩經》裏已經出現了區分細緻的各種馬的名稱。今江蘇邳縣，較之北京以「公」、「母」區分動物雄雌，就顯得十分細緻，同一基本語義的語素，生態形式多樣，各種語素有特定的結合對象：騍馬、騬馬，叫驢、草驢，牸牛、牯牛，牯子水牛、姅子水牛，羯羊、水羊，豮豬、豚豬，牙狗、母狗，公雞、母雞，鳴鴨、草鴨。〔註4〕瀘州的「包子」，指有餡兒的麵製品，但餡兒的種類不同，所以又細分為肉包子，菜包子、豆沙包子、糖包子。菜餡兒種類不同，菜包子又有青菜包子、白菜包子、韭菜包子等叫法。糖餡兒原料不同，又有白糖包子、水糖包子之分。類分心理和類聚心理使方言語詞變得豐富多彩，共時平面上各漢語方言點的人們類分和類聚心理的差異，有時使某些語詞的生態形式在宏觀上呈類型化。例如，「肥」、「胖」概念劃分的精粗，就是一個典型的例子。梅縣、廈門、廣州、陽江、潮州、福州以及河南的鄭州，不論人畜都用「肥」，這是類聚心理的影響。這種心理影響語詞生態的另一表現形式是，不論人畜都用「胖」，如河北石家莊、正定、淶源就是如此。北京、濟南、西安、成都、瀘州、揚州、南昌，以「胖」指人，以「肥」指人以外的動物，這是類分心理的表現。類分心理影響語詞生態的另一表現是，瀋陽用「胖」、溫州用「種」指人和不用作肉食的動物，以「肥」專指用作肉食的動物和肉類；昆明、合肥、長沙用「胖」指人，用「壯」指不用作肉食的動物，用「肥」指用作肉食的動物和肉類。這樣，由於不同方言點人群類分或類聚心理的差異，宏觀上形成了三種語詞生態類型：A 型，只有一種語詞生態；B 型，有兩種相

〔註4〕賀巍《漢語方言同義詞略說》，《中國語文》，1986 年第 1 期，第 32 頁。

互區別的語詞生態；C型，有三種相互區別的語詞生態。

表5.8A　語詞生態的類聚與類分心理差異

方言點	例　　詞	
瀋陽	胖	胖、肥
北京	胖	肥
瀘州	胖	肥
長沙	胖	壯、肥
南昌	胖	肥
梅縣	肥	肥
蘇州	胖	壯
廈門	肥	肥
廣州	肥	肥

2. 類比心理

　　類比心理常常是給新事物命名的心理學依據。人們對一種新事物的認識，總是拿它同已有的舊事物或自己頭腦裏的現成經驗模式相類比。由於對新事物觀察的側重點不同，或人群經驗模式的多樣性，對同一事物不同時代不同地域不同人群的叫法也就可能不一樣。例如，荸薺是一種莎草科水生植物，原產印度，球莖扁圓形，成熟後表皮呈深褐色。李時珍《本草綱目》記作「烏芋」，可見明朝人給它命名時，是以「芋」作為類比標準的。荸薺形似芋頭，色烏黑，故名「烏芋」。同樣的荸薺，蘇州稱為「地栗」，那是以栗子作為比較標準了；瀘州稱為「慈姑兒」，這是把我國土產的一種澤瀉科植物與荸薺歸為同類了。因這種澤瀉科植物也是球莖、味甜，顏色形狀與荸薺極為相似；廣州稱為「馬蹄」，合肥稱「蒲球」，純以外形相似而起名；福州稱「尾梨」，像帶尾的梨子，既照顧到形狀又注意到味兒，卻置顏色於不顧。觀察和命名的角度雖不完全一致，而類比的心理狀態卻是顯而易見的。在類比心理影響下，某些語詞在宏觀上表現出類型化趨向。例如，一種原產南美洲的茄科植物的漿果，各方言區人們主要以土產的茄子和柿子作為類比標準。以茄子相比並的人們注重外形特點，以柿子作為比較標準的人們還兼顧漿果的顏色。這樣，語詞在生態形式上分為兩大類型。瀋陽、北京、濟南、西安、廈門都以「柿」為語素構詞；廣州、福州、潮州、蘇州、梅縣、瀘州、長沙、南昌都以「茄」為語素構詞。其間還有一個中介型，成都、合

肥、揚州等地把「柿」和「茄」分別作為構詞語素的兩種情況並存。普通話稱為「馬鈴薯」的東西亦非國粹，這是一種原產南美洲的多年生茄科植物，各方言點的人群給它命名的類比標準通常有四種：豆、蛋、芋、薯。北方多稱「豆」，南方多稱「薯」，介於南北之間的人們多以「芋」為構詞語素。這在宏觀上自然形成三種語詞生態類型。

表 5.8B　語詞生態的類比心理差異

方言點	例　　　詞	
瀋陽	洋柿子	土豆兒
北京	西紅柿	土豆兒
瀘州	番茄	洋芋、土豆兒
長沙	番茄、洋茄子	洋芋頭
南昌	番茄	洋芋、馬鈴薯
梅縣	番茄	荷蘭薯
蘇州	番茄	洋山芋、洋芋艿
廈門	臭柿子	番仔番薯
廣州	番茄	荷蘭薯、薯仔

3. 功能心理

給事物命名常會注意到它的功能。叫「飯館」或「餐廳」是因為那兒是吃飯用餐的處所，叫「旅店」或「賓館」也是因為它能夠供旅客或賓客休息。有時候，對同一事物各方言都從功能角度給它命名。例如，北京叫「撣布」的東西，是用來擦拭家具用品的。瀋陽叫「撣布」也叫「抹布」，瀘州叫「抹桌帕」，長沙、南昌叫「抹布」，梅縣叫「宜桌帕」，蘇州叫「揩布」，廈門叫「桌布」，廣州叫「抹撣布」。用來刷牙的工具，瀋陽、北京、瀘州叫「牙刷兒」，長沙、蘇州叫「牙刷」，南昌叫「牙刷子」，梅縣既叫「牙刷」也叫「牙擦」，廈門叫「齒撤」，廣州叫「牙擦」。「益母草」、「健兒靈」、「維生素」、「消炎片」、「止痛散」等等語詞，都把功能作為選擇構詞材料的重要原則。一種含氟化物的軟膏，專治皮膚病，能給患者減輕痛苦，由於「氟」、「膚」音近，就名之為「膚輕鬆軟膏」，突出了事物的功能。稱說同一事物由於功能心理的微妙差異，有時各方言反映這一事物的語詞可能呈現類型化趨勢。如上舉擦拭家具的布頭，稱為「撣布」和「抹布」，顯示其功能適應範圍較廣，不僅能擦桌面，還可用來擦其他東

西。而稱為「抹桌帕」、「宜桌帕」、「抹臺布」、「桌布」，則表明其功能主要是用來擦拭桌面的。這種心理的微妙差異反映在語詞上，自然就呈現出類型化趨勢。一種用人力驅動的交通工具，對其功能實現方式的心理意識不同，語詞形式就有差異。瀋陽、北京、濟南、西安等地，稱為「自行車」，其心理基礎是以為這種交通工具能自動。長沙、南昌、蘇州稱為「腳踏車」，梅縣稱為「腳車」，廈門稱為「骹踏車」，其心理意識則認為這種車須用腳踏才能行駛。

　　廣州、陽江、昆明等地稱為「單車」，大概認為這種車只供一個人使用吧。總之，對事物功能的心理意識差別，有可能影響到語詞生態類型的分野。

表 5.8C　語詞生態的功能心理差異

方言點	例　　詞	
瀋陽	捵布	自行車
北京	捵布、抹布	自行車
瀘州	抹桌帕	洋馬兒
長沙	抹布	腳踏車
南昌	抹布	腳踏車
梅縣	宜桌帕	腳車
蘇州	揩布	腳踏車
廈門	桌布	骹踏車
廣州	抹抬布	單車

4. 忌諱心理

　　各種語言都不同程度地體現了特定人群的忌諱心理。漢語在這方面有自己的特點。厭惡某些事物或現象本是人的正常心理，由厭惡而不願訴諸言語，但又不得不訴諸言語，這就得尋找新的表現方式。由於各方言點的人群風俗習慣不完全一致，同操一種方言的不同語言集團忌諱不一，漢語語詞生態受其影響就顯得紛然雜陳。如講漢語的回民忌說「豬」及其同音的語詞，稱「豬」為「黑貨」、「黑滾」、「黑牲口」，姓「朱」則改稱姓「黑」，這是以色彩語詞替代避諱。瀘州把凝成凍的家畜、家禽的血稱為「旺子」，因瀘州話「血」、「削」同音，所以用與削（削減）反義的「旺」來取代「血」。忌諱說「蛋」南北皆同。瀋陽、北京稱「雞子兒」，廣州、梅縣稱「雞春」，廈門、福州稱「雞卵」，這是換個近義說法避諱。瀘州並不忌諱說「蛋」，說「雞蛋」天經地義，但說「雞卵」則等

於侮辱人。不同方言點的人忌諱心理是既有定勢，也有定向的。因此，心理定勢或定向相一致的操不同方言的人群，他們選擇避諱的構詞材料和方式有可能類似，從而在宏觀上使語詞生態類型化。例如，關於「豬舌」的避諱說法，大致有這樣兩類：取其形象，如「口條」、「門槍」；取與「舌」同音之「折」的反義語詞，如「招財」、「賺頭兒」、「豬脷」。語詞在生態上形成三種類型：A. 不避諱。瀋陽、西安稱「豬舌頭」，廈門、福州、潮州稱「豬舌」。B. 取形象造詞避音。北京、濟南、揚州、長沙、昆明稱「口條」。C. 取積極意義造詞避音。廣州、陽江稱「豬脷」、梅縣稱「豬脷錢」。

表 5.8D　語詞生態的忌諱心理差異

方言點	例　　詞	
瀋陽	豬舌頭	醋、忌諱
北京	口條	醋、忌諱
瀘州	賺頭兒、脷子	醋
長沙	口條、豬舌子	醋
南昌	招財	醋
梅縣	豬脷錢	醋
蘇州	門槍	醋、酸醋
廈門	豬舌	醋
廣州	豬脷	醋

（九）審美差異

語詞生態有的體現了不同語言集團或不同地域人群的審美差異。同一方言指稱同一事物往往有不同說法。潮州稱黃花魚為「黃脊魚」、「金龍魚」。福州稱蚯蚓為「猴蚓」、「地龍」，這是人群審美角度不同造成的語詞生態差別。人們對事物命名，一方面總是習慣於尋找特定事物與其他事物相區別的特徵，這只是為便於記憶和避免混淆；另一方面又總是希望稱說富於美感。由於不同的歷史時期不同人群審美標準的不同，同一語義就可能出現多個與之相應的語詞形式，習慣上稱為同義詞。同義詞並不完全由審美因素所致，但審美因素往往能導致同義或近義語詞並存。一個語詞，基本語義不變，它的表達形式可以按不同的審美標準加以選擇。「橄欖」、「銀杏」、「山楂」為什麼有的方言稱之為「青果」、「白果」、「紅果」呢？那是因為事物的色彩被作為構詞因

素能夠適合特定人群的羨美心理。人群審美標準不同，構詞材料的選擇就會有差異。因避諱而把「豬」說成「黑貨」，這在好些地方都難以流行，除了風俗原因而外，黑色很難在漢人的心理上喚起美感。「文革」中把一切敵視的事物或現象都以「黑」為修飾性語素構造新詞，就從一個角度揭示了時下漢人對黑色的心理評價。倒是「紅」啦，「金」啦，不少的人都愛聽。「獎金」謂之「紅包」，「贏利」謂之「紅利」，分發贏利謂之「分紅」，受重用的人謂之「紅人」，全發酵茶謂之「紅茶」，「杏李」謂之「紅李」，「高粱」謂之「紅糧」，粗製的蔗糖謂之「紅糖」，「甘薯」謂之「紅薯」，六十歲以上的人逝世謂之「紅喪」，「杜鵑花」謂之「映山紅」，「茄子」謂之「紅皮菜」，「南瓜」謂之「金瓜」，「山橘」謂之「金豆」，有黃色斑紋的龜謂之「金龜」，「錦雞」謂之「金雞」，鯽魚演變的觀賞魚類謂之「金魚」，黃色的星謂之「金星」，女人小腳謂之「金蓮」，黃色的字謂之「金字」，「黃花菜」謂之「金針菜」，忍冬謂之「金銀花」，骨灰罐謂之「金斗」。〔註5〕我認為事物本身的色彩只是一個引發因素，人群的羨美心理對語詞的構造起著主導作用。「金蓮」、「金斗」、「紅喪」、「紅人」這些語詞與色彩本身並無直接關係卻以「金」、「紅」為構詞語素，足見這是特定人群在心理上對某些色彩的審美評價較高的緣故。哪怕只用一個語詞指稱某種事物，這個語詞也可能帶有審美傾向。例如徐州話稱「癩痢頭」為「梅花禿兒」，稱「茶葉末兒」為「滿天星」，稱「哄得人團團轉的甜言蜜語」為「陀螺密」。〔註6〕這樣的形象性沒有審美意識參與是不可能的。各方言裏指稱某種事物的語詞，有時會因審美標準的接近而發生類型化傾向。例如，一種生活在房簷或牆角的蜥蜴，北方型方言多以「虎」、「馬」命其名，南方型方言多以「蛇」、「蟮」取其稱。若以外形論，此種蜥蜴實在與虎、馬、蛇、蟮並無相似之處。我認為這是審美標準的差異。再進一步探究，南北審美標準的分野各以自然生態條件為背景。北方盛產馬，歷史上亦盛產虎，至今東北仍有虎；南方氣候濕潤炎熱，盛產蛇，又多水田，盛產蟮（鱔）。「虎」、「馬」與「蛇」、「蟮」又各有中心，這就是北方的「虎」中心和南方的「蛇」中心。南北系統犬牙交錯的態勢在長沙和南昌話裏反映出來，這就成為中介型方言

〔註5〕「紅皮菜」、「金斗」是臺灣閩南話的說法。「紅糧」、「紅喪」是瀘州話的說法。
〔註6〕李申《徐州方言志》，語文出版社，1985年12月第1版，第141頁、第153頁。

裏「虎」、「蛇」並存的格局。

表 5.9　語詞生態的審美差異

方言點	例　　詞		
瀋陽	馬舌子	嘮嗑	倭瓜
北京	蝎了虎子	聊天兒、侃大山	南瓜
瀘州	爬壁虎兒	擺龍門陣	南瓜
長沙	壁虎子	談粟売、扯談	南瓜
南昌	壁蛇子	談天	北瓜
梅縣	簷蛇子	經講、講牙談	南瓜
蘇州	壁虎子	講張	南瓜
廈門	蟮虫	拍嘴鼓、講暢	金瓜
廣州	簷蛇	打牙較、傾偈	金瓜

又如普通話的「閒談」，在北方型方言裏，審美意向偏於空靈，以「天」、「大山」、「龍門陣」等與言談無關的抽象成分來組構語詞。南方型方言審美意向比較著實，以「牙」、「嘴」等與講話有關的成分來組構語詞。但是審美標準審美意向對於不同的語詞組構有著不同的形式表現，而且這種標準和意向本身也在變化。因此，研究不同歷史時期方言區人群的文化史，研究人群審美價值標準的變化規律，對語詞生態的歷史形成原因和語詞的斷代研究，都不失為一條可行的途徑。

二、短語生態

漢語語詞和短語在言語功能上處於同級水平，我們把它們視為同一的功能結構段。但是考慮到兩者在形式上的差別，我們又把它們分為兩種生態類型。這不僅為著討論的方便，而且意味著不同生態類型的言語單位可能處於同級功能水平，這也正是漢語言語運動的實際情況。在現代漢語裏，有的單音語素可以直接進入語流與其他言語成分組合，也可以與其他語素構成語詞再與另外的言語成分組合，還可以由單音節語詞直接充當語句。處於不同層次的語言成分由於與不同條件一起可能構成的生態位多少不一樣，它們在功能上的差別是存在的。這種在功能上形成的等級差別，就是理論功能級。理論功能級表示特定語言成分與特定環境相互作用的做功水平，而不標示其實際做功的大

小。不論處於同一層次還是不同層次的語言成分，佔有較多生態位的做功能力就較強。因此，作為同級結構段的言語單位，實際做功能力不可能整齊劃一。短語在語流中其功能一般與語詞相當，但不可能完全一致，這與它們各自佔有的生態位的多少有關。漢語的一個語詞可以充當語句，一個短語也可以充當語句，而語句通常總是語詞和短語的組合。一般地說，短語既是語詞的集合，又是語句的雛形，既是單音語詞到複音語詞的中介，又是語詞到語句的中介。語詞到短語，短語到語句，這三種生態形式是明顯存在的，但其間沒有截然的界限。短語與語句大致可以根據生態環境條件加以區別，而語詞與短語的過渡形態即使靠生態環境也不易劃出明確的界限。這是因為，語素與語素在凝結為語詞的過渡階段中，是以短語形式存在的，什麼算是已經凝結的語詞，什麼算是不太穩固的短語，沒有也不可能有人為的標準。說藥名的「紅花」是語詞，「紅顏色花」的「紅花」是短語；「人造絲」是語詞，「人造革」是短語，未免人為的氣味兒太濃重了。說「鞠躬」、「負責」是語詞，「鞠一個躬」、「負不了責」是短語是可以的，但非藥名的「紅花」與「人造革」又可與「鞠躬」、「負責」歸為同類了。我們認為相當一部分短語或語詞之間本來就沒有非此即彼的界限，但語詞與短語又是宏觀上相互區別的兩種生態類型，這是語言單位相互聯繫相互區別的客觀實際情況。任何事物的過渡形態都有亦此亦彼的特徵，因此，語詞與短語之間的過渡形式不能典型地代表短語。比較典型的短語，應當是相對穩定的語詞集合體。一般認為的短語，泛指不同結構關係的詞組。言語流中臨時組合的詞組，是固定詞組的後備隊。而固定詞組與一定生態條件締結了較為穩固的聯繫，正是我們所要討論的短語生態。我們所謂的短語生態，不僅包括固定詞組及其生態條件的聯繫，而且包括以語句形式存在的傳統諺語、歇後語、俗語、格言、警句等與特定生態條件的聯繫。這些固定化的語詞集合體雖然以語句形式存在，可在言語流中實際上已降格為短語。研究短語的生存形式與生態條件的相互聯繫，是從一個新的角度考察漢語，這需要豐富的材料作為基礎。遺憾的是，目前還不具備這個條件。儘管公開出版的成語、諺語、歇後語辭典已經不少，但所收詞條的時空背景大都缺乏交待，而這正是它們得以存在的根本條件。絕大部分成語有史籍為證，而俗語、諺語、歇後語則大多口耳相傳，經典無據。這類沒有文字形式作為穩定手段的活的短語，能夠頑強

地生存下來，必有生態學上的原因，它們應當是短語生態研究的重點。可惜眼下很難看到具有明確時空背景的系統資料，這就使得全面地進行考察幾乎是不可能的事情。儘管如此，根據已有條件，我提出了如下初步的考察方向。

（一）短語生態的自然差異

同樣的語義，在不同的方言裏有不同的說法，這種現象除了體現於方言語詞而外，短語也有不同程度的體現。造成差異的多種因素中，自然生態環境是一個重要方面。跳河自殺，上海叫「跳黃浦」。〔註7〕瀘州叫「跳大河」，自然背景是明顯的。黃浦江在上海境內，而瀘州在長江與沱江交匯處。瀘州管長江叫「大河」，管沱江叫「小河」。兩地說法雖不同，都以同類事物取譬，屬同一類型的言語生態。這事扯到那事上，上海叫「冬瓜纏辣茄門裏」，瀘州叫「牛胯扯馬胯」，雖然都與當地的自然條件相聯繫，但著眼點已不同了，上海話以植物作比，瀘州話拿動物取譬，這在言語生態上分屬不同類型。不同地域方言的短語總是有一些地方色彩，而地方色彩首先體現在自然差異上。如「景山辦事，後門進貨」、「西山溝的財主，窯（搖）頭」、「二閘翻船，浪催的」等短語，非北京莫屬。〔註8〕「松樵鈸倒，橫山」、「後門山做大雨，流（劉）厝」、「燒稈壘炰番薯，大熟」，這只能是閩東北的壽寧話。〔註9〕「藍田壩的金雞，喊得叫」、「館驛嘴的鐵石板，幫硬」、「小米灘趕船，要上浪（當）」，必定是瀘州話。這是因為上列短語都各與特定的地理環境相聯繫。「景山」、「西山溝」、「二閘」都是北京地名；「橫山」、「劉厝」、「大熟」也都是壽寧地名；而「藍田壩」、「館驛嘴」、「小米灘」則是瀘州的地理名稱。這類短語如果與特定自然條件的聯繫中斷，語義就會變得不可理解，從而對短語的生存構成威脅。由於地理條件的空間限制，這類短語流傳的區域難以拓展，所佔的生態位有限，因而功能系數是不會太高的。實際上，「橫山」是壽寧縣竹管壟鄉的一個小地方，「劉厝」是鳳陽鄉的一個小村，「大熟」只是大安鄉的一個地名，與這些地名相關的短語，無論在使用人口及頻率還是流行地域及運用層次方面，其侷限性是可想而知的。所舉

〔註7〕 本節上海話短語材料引自許寶華、湯珍珠、錢乃榮《上海方言的熟語》，連載於《方言》，1985 年第 2 期，第 146～158 頁，第 3 期，第 232～238 頁，第 4 期，第 314～316 頁。

〔註8〕 北京話材料引自陳子實主編《北平諧後語辭典》，臺灣大中國圖書公司，1981 年 4 月再版。

〔註9〕 壽寧話材料引自林寒生《壽寧話研究》，廈門大學中文系，1982 年 8 月油印本。

瀘州話的三條短語，「藍田壩」、「館驛嘴」、「小米灘」作為地名雖仍存在，但自然條件與短語的語義內容聯繫中斷，亦即短語語義內容已經不能反映自然物象之間的相互關係，這些短語也就瀕臨消亡的邊緣了。例如：小米灘從前是長江裏的一堆亂石，水勢洶湧，擺渡的小木船經過那兒波浪幾與船齊，說「小米灘趕船，要上浪」是適合當時的自然條件的。但後來亂石炸平，水勢平穩，過渡都乘機動船，小木船已不再用來擺渡了。這條短語在當地也只有五十歲以上的人才能理解，三十歲左右的人根本不懂，而這已就意味著其末路不遠了。不同方言的短語與類同的自然條件相聯繫，有可能在宏觀上表現出類型化傾向。例如：

A 組

　　長治　春霧風，夏霧熱，秋霧連陰冬霧雪。〔註10〕

　　瀘州　春霧雨，夏霧熱，秋霧涼風冬霧雪。

　　壽寧　春霧晴，夏霧雨，秋霧風，冬霧雪。

B 組

　　徐州　八月十五雲遮月，正月十五雪打燈。〔註11〕

　　壽寧　雲遮中秋月，雨打上元燈。

　　泉州　雨沃上元燈，日曝清明種。〔註12〕

C 組

　　瀘州　嘴巴兒幫硬，屁眼兒撈松。

　　上海　嘴硬骨頭酥。

　　泉州　嘴硬腳川軟。

短語生態的類型化是衝破空間侷限的一種生存手段。可以相信，像 A、B、C 組這樣的短語，較之「後門山做大雨，流（劉）厝」這樣的短語，生命力不知要強多少。如果稍微留心一下，不難發現這三組短語內部存在分類趨勢。A 組中，長治和瀘州的音節格局一樣，壽寧自成一格。B 組中，壽寧與泉州音節格局一樣，徐州自成一格。C 組中，上海與泉州音節格局一樣，瀘州自成一格。

〔註10〕長治話材料引自侯精一《長治方言志》，語文出版社，1985 年 4 月第 1 版，第 124 ～129 頁。

〔註11〕李申《徐州方言志》，語文出版社，1985 年 12 月第 1 版，第 328～341 頁。

〔註12〕泉州話材料引自許龍宣編《分類注釋閩南諺語選》，泉州市文管會，1986 年元月版。

以短語和生態條件的聯繫看，A、B、C 組各是三個大類型。從每個類型內部音節的分布看，又可分為兩個小類型。而這兩個小類型又各自代表著漢語南北兩大生態類型在音節分布上的特色：南方型短語音節一般偏少，北方型短語音節一般偏多。

（二）短語生態的社會差異

　　北京人在民國年間稱人死亡往往說為「翹辮子」，近三十年來時興「見馬克思」的說法。男人的辮子早經剪除，眼下即使女人留長辮的已屬罕見，我不敢斷定北京人現在不說「翹辮子」，即使有，恐怕也只在一些年長的人群中流行。而「見馬克思」的說法雖時興，恐怕農民也很少這樣講，多半在有文化的人，如學生、幹部一類的人群中流行。同一語義在不同的社會階層中說法不同，或在不同的社會歷史時期有不同說法，都會使短語在生態上自成特色。四川流行這樣幾種說法：「賊娃子進學校，摸到盡是書（輸）」；「孔夫子搬家，盡是書（輸）」；「秀才搬家，盡是書（輸）」。第一種說法比較後起，在文化層次較低的人群中流行，這從短語的語詞構成上得到印證。50 年代，四川口語大都稱學校為「學堂」，即使現在，大多數人日常口語都稱「學堂」，稱「學校」的時候較少。文化較高的人一般不用「賊娃子」而用「小偷」。這條短語與較低文化的社會層相聯繫，自成特色。後兩條則在較高文化的社會層中流行，這從「夫子」、「秀才」等語詞構成上可以看出來。無論從社會生態條件還是短語的音節分布格局考察，這兩條都可以歸為一類。北方型方言說「沒轍了」，有這樣幾種取譬：A. 飛機離跑道；B. 趕著大車下河；C. 馬路上的汽車；D. 新修的馬路；E. 洋車上馬路；F. 油漆馬路；G. 自行車走水泥馬路。〔註13〕從語詞構成反映出來的社會生態條件看，這幾種說法可以分為兩個類型。B 種說法與趕車的勞動階層相聯繫，其餘說法則與城市居民階層相聯繫。前一種類型是比較老的說法，後一種類型是比較新的說法。所謂新舊，也是從語詞構成所反映的社會生態條件著眼的。「大車」與比較落後的社會生產力相聯繫，而「飛機」、「跑道」、「馬路」、「汽車」、「洋車」、「油漆」、「自行車」、「水泥」等是現代社會的新概念，它們與較先進的社會生產力相聯繫。歷時的社會因素在共時平面上表現為短語生態類型的區別。有時候，不同方言在大致相同的社會階層中流行的同義或近義短語，在語

〔註13〕鄭勳烈編《歇後語手冊》，知識出版社，1988 年 9 月第 1 版，第 364 頁。

詞構成和音節分布上似乎存在分類傾向。例如，瀘州：「拿了人的手軟，吃了人的口軟」，廣州：「雞髀打牙牙較軟」；〔註14〕瀘州：「白天跑咚咚，黑嘍回來哄老公」，上海：「日勿做，夜摸索」；瀘州：「將人家的骨頭熬人家的油」，泉州：「共張公借酒請張公」；徐州：「老貓不在家，小貓兒爬籬笆」，泉州：「厝內無貓，老鼠蹺腳」；瀘州：「要打當面鑼，莫敲背後鼓」，壽寧：「當面鑼當面拍」；瀘州：「打落牙齒朝肚皮頭吞」，上海：「拍脫牙齒肚裏咽」，泉州：「嘴齒打折連血吞」。一般說來，南方型方言短語語音形式較精練，我們認為這不是偶然的，而是代表著一種傾向性。儘管短語生態存在某些南北混同的事實，如瀘州：「橋歸橋，路歸路」，上海：「橋管橋，路歸路」；瀘州：「石頭開花馬生角」，泉州：「天落紅雨馬發角」。甚至有的南方短語音節比北方短語音節多，如泉州：「屎緊才臨時開礐」，瀘州：「屎脹挖茅司」，但是，這不能掩蓋南北短語在生態類型上的主要差別。

（三）短語生態的文化差異

相當多的短語都與一定的文化生態因素相聯繫。北京有這樣一些短語：「兩榜的底子，進士（近視）」、「二十五兩，半封（瘋）兒」、「錢鋪的幌子，高弔（調）兒」、「春臺的花臉，郝（好）大個兒」、「佛爺的眼珠兒，動不得」、「汗包請客，墳裏的事」。第一條，科舉文化。第二、三條，商業文化。清代白銀五十兩為一封。舊時代錢莊的旗標多用布幔高懸。第四條，戲劇文化。春臺，舊時北京戲班名。郝大個兒，名伶郝壽臣，擅長花臉。第五條，佛教文化。第六條，鬼怪文化。汗包，死屍變的妖怪。如果弄不清這些短語的文化條件，勢必對短語所表達的語義茫然無解。一定的生態因素總是與一定的短語形式共同構成短語生態，不同的生態因素影響到相同語義的短語的表達方式。四川話有這樣的說法：「校場壩的土地，管得寬」、「太平洋的警察，管得寬」。這兩條短語音節組合模式一致，甚至中心語義和語法結構也完全相同，修辭手段亦無二致，不過，從文化角度看，它們各自代表著兩種不同的文化，前者是漢民族傳統的鬼神文化，後者是現代社會的治安文化。這樣，表達「管得寬」這一中心語義的方式，一是用鬼神的權威作比，一是以法制的約束取譬。細加玩味，鬼神只是一定地域的鬼神，王家

〔註14〕廣州話材料引自陳慧英《廣州方言熟語舉例》，《方言》，1980 年第 2 期，第 141～143 頁。

的地界張家土地神就管不了。校場壩雖寬，其實面積非常有限。因此，中心語義的表達，被侷限在一個地方文化的層次內。直言之，所謂「寬」，是以校場壩作為文化標準的。相較之下，後者以「太平洋」取譬，空間範圍廣闊得多，這就能夠在較普遍的社會共同文化層次上揭示中心語義的內涵。換言之，第一條短語與特定民族文化因素整合，生態位有限，不容易被其他民族其他地域的人群理解。第二條短語與社會共同文化因素結合，能夠佔有更多的生態位，容易被不同地域不同民族的人群接受。短語表達方式的差異，影響到它們的生存能力。

四川話裏表達同一中心語義而以不同的文化現象取譬的短語不少，隨手可以舉出幾條：「杉杆兒當洋火，大材小用」，「迫擊炮打斑鳩，大材小用」；「冬天的扇子，無用」，「梁山的軍師，吳（無）用」；「拌桶包豆腐，大方」，「床單當洗臉帕，大方」。由於文化因素的差異，一些短語必然囿於特定文化氛圍而佔有不同的生態位，居於類同生態位的不同方言的短語可以視為同一類型。例如，徐州：「麻繩拎豆腐，提不的」，瀘州：「馬尾穿豆腐，提不得」；徐州：「鍋底下吹火，有點兒斜（邪）氣兒」，瀘州：「歪嘴巴兒吹火，一股斜（邪）氣」；壽寧：「未食五月棕，寒衣怀愛送」，泉州：「未食五月棕，破裘不甘放」。不同方言表達相同中心語義的短語，是否可以根據文化因素的差異劃分類型呢？從理論上說，應當是可行的。但限於所掌握的材料，我們只是指出存在分類傾向。例如

北京：快刀打豆腐四面光。

瀘州：快刀切豆腐，兩面取光生。

徐州：快刀打豆腐兩面光。

泉州：一面抹壁雙面光。

顯然，泉州的說法與前三者分屬兩種不同的文化。它們之間的差別能否代表南北短語兩大生態類型的區別尚待進一步考察。

不同的方言由於習俗不同，表現於短語就有不同的特色。泉州有「送神風，接神雨」、「有棺材，無靈位」、「一萬一字」等說法，不是本地人很難弄懂這些短語的意義，原因在於不瞭解與這些短語相聯繫的習俗條件。泉州舊俗，農曆十二月二十二日送神上天述職，元月初四日接神返位，當地氣候這兩天常有風雨。泉州男子應寡婦招為繼夫者，死後只有棺材而無靈位，這是當地人鄙視男子娶寡婦這種風俗的表現。泉州舊時有一種賭博活動叫「撥三純」，其法以三

個銅錢擲地，錢仰者叫「利」，俯者叫「萬」，視錢之「利」和「萬」來計輸贏。「一萬一字」指輸贏繫於一字，喻事之吉凶，未可逆料。北京有「麻豆腐炒凍豆腐，嚴了眼了」，「洗三的麵不用吃了，起了瘋（風）了」，「護國寺西口兒，狗（苟）市（勢）」這樣的說法，不瞭解與之相關的生態條件，就無法理解其語義。原來，北京的麻豆腐是一種細豆腐，凍豆腐有眼兒，兩種豆腐混在一起炒，細豆腐掉進凍豆腐眼兒裏，就嚴了眼兒了。喻債臺高築。北京民俗，小孩生下第三天，要請姥姥給洗一洗，這天吃麵條叫洗三面，如果小孩生病，即「起瘋」，事情就辦不成了，因而以「風」諧「瘋」，喻事情中途有變化。護國寺是北京城裏的一座寺廟，農曆初七、初八開廟門。開廟那天有狗市，故以「苟勢」諧「狗市」。「苟勢」是「巴結」、「奉承」的意思，用以諷刺逢迎拍馬的人。習俗差異不僅表現在不同方言表達不同語義的短語往往自成特色，而且表現在不同方言表達相同或相近語義的短語也往往相互區別。例如，北京話說「麵茶鍋裏煮元宵，混蛋」，「麵茶鍋裏煮壽桃，混蛋出尖了」；瀘州話說「雞蛋炒鴨蛋，混蛋」。北京和瀘州在表達方式上是不一樣的。北京的「麵茶」是炒麵煮成的粥狀糊，裏面混入蛋狀的圓物體，自然就「混蛋」了；而瀘州則是以兩種家禽蛋混合在一起炒，是真正的「混蛋」。儘管兩者的引申意義一致，但作為底層的語義是有差別的，這是因為與短語結合的習俗條件不一致，在表達方式上，北京比較巧妙婉曲，瀘州就顯得直露。

　　不同方言區的人群雖然生活習慣不盡相同，與不同的習俗條件相聯繫的短語在形式上卻可能相互類同。例如：

A 組

　　長治：吃飯不就菜，個人心裏愛。

　　瀘州：青椒蘿蔔菜，各人心喜愛。

　　上海：老卜青菜，各人心愛。

　　泉州：一人愛一項，無人愛相同。

B 組

　　瀘州：一行服一行，冬旱菜服米湯。

　　徐州：鹵水點豆腐，一物降一物。

　　廣州：一物治一物，糯米治木虱。

泉州：一物治一物。

這兩組的前三條短語表達共同的中心意義都從各不相同的生活習慣取譬。泉州話短語表達的中心意義雖與前三者一致，但沒有與具體的習俗條件相聯繫，僅僅是一種抽象的表述，它與特定人群的思惟方式和言語習慣相聯繫。這種抽象表達方式利弊兼半，一方面，由於缺乏與鄉土習俗的具體聯繫，作為一種抽象思惟成果，具有較大的衝破時空侷限的力量，可能被文化相異、習俗不同、社會層次不一的人群接受；另一方面，正是由於它的抽象，沒有形象生動的譬喻，必然缺乏感人的獨特藝術魅力，這就減弱了它的生命力。這兩條泉州短語自成一格，而長治、瀘州、上海及瀘州、徐州、廣州的短語則分別呈類型化趨勢。我們注意到南方型方言的廣州、上海的短語，儘管與之聯繫的習俗條件與北方短語不同，但音節的分布格局以及表達中心意義的方式，都非常接近北方型方言的短語，我們認為這可能是北方話影響的結果。在上海、廣州這樣的大城市，北方話的影響力量遠比在泉州這樣偏處一隅的小城大得多。但這並不排除南方型方言的短語自成類型的現實可能性，因為我們掌握的材料實在太少了。

實際上，生態環境裏的各種因素與短語的結合是隨機的。各方言短語與各種生態條件的相互聯繫是複雜的。同一語義可以用不同的短語表述，也可能與隨機的多種生態條件相聯繫構成短語生態。例如，瀘州話說「沒得不透風的牆」，「牆」是一種文化現象，而透風不透風是自然現象，文化生態條件與自然生態條件的協同，成為短語生態的有機構成因素，用以比喻「沒有不洩漏的消息」。而泉州話「雞卵密密也有縫」，廣州話「雞春咁密都菢得出崽」則純粹與自然生態條件相聯繫，表達相同的語義。又如，瀘州話「前人栽樹，後人乘涼」，壽寧話「前農栽竹，後農食筍」，「樹」、「涼」、「竹」、「食」、「筍」都是自然現象，而「栽」、「乘」則是文化現象。同樣的意思，泉州話則說「牛犁田，馬食穀；父賺錢，子享福」。「牛犁田」是文化現象，「馬食穀」是自然現象，「父賺錢，子享福」則是社會現象。文化、自然、社會等生態條件與言語實體整合為複雜短語生態。同一個方言裏表達同一語義也可以有不同的短語生態。如北京話有這樣三種說法：「驢糞球兒外面兒光」，「繡花兒枕頭外面兒光」，「金漆馬桶外面兒光裏面兒臭」。前者與自然條件有關，後兩者與文化因素相聯。不同的生態條件與短語的整合，在一定程度上揭示了短語流行的社會層次和運用

的不同環境。我們很難設想在社會上層的人會說「驢糞球兒」，同理，如果農民大講什麼「金漆馬桶」豈非咄咄怪事。漢語短語生態變化豐富多彩，很難用僵死的框架去生搬硬套，這裡不過是嘗試性的探討。我相信，隨著比較系統的有一定時空界定的短語材料的不斷發掘整理，短語生態的研究會給漢語研究開出一條新路。

第二節　社群生態

　　我把特定生態環境內一定言語結構單位與一定社會群體條件的整合，稱為言語的社群生態。由於不同社會群體條件與言語成分之間相互作用力的不均衡，在功能上也就發生分化，這就形成了變體。下面我們討論社群生態最常見的四種變體：性別變體、年齡變體、職業變體和情境變體。

一、性別變體

　　言語成分與生態環境中特定的性別條件相整合，就是言語性別生態，或曰社群生態的性別變體的存在形式。漢語言語的男性變體簡稱男人語，女性變體簡稱女人語。語言是社會的語言，照理，一定社會的任何人都可以按自己的需要說任何話。但事實上並非如此。因為講話不是一廂情願的事情，話是講給別人聽的，不同的人有不同的自然、社會、文化背景。甲樂意聽的話乙未必聽了順耳。同一句話，在不同的場合對同一個人講，人家的理解會大不一樣。同樣一句話，男人說出來或女人說出來，效果就不一樣。這些情況表明，言語不是孤立的東西，它總是同各種複雜的生態條件有著或輕或重或明或顯的多維聯繫。生態語言學所謂的變體，正是一種存在多維聯繫的言語功能變體，這種變體視生態環境的變化而有多向的調適功能，它不是僵死不變的東西。例如，言語的性別變體，並不意味著它與年齡、職業等等其他社會因素不相干。同樣，社會生態並不意味著與文化生態以及其他生態毫無關係。相反，它們之間常常是相互包容相互滲透的。但是，言語單位在自然條件下或在動態過程中，總與某種生態條件有明顯的聯繫，總有一種最主要的存在方式。所謂性別變體，也就是與一定性別條件長期整合的言語生態，它與性別條件保持最經常的聯繫，也不排除與年齡、職業、文化等等因素的聯繫，但這些聯繫處於隱性地位，一旦生態環境發生變化，與言語的某些隱性聯繫就會發生矛盾，產生競爭，使變

體的性質發生變化。「媽的」是北方男青年的口頭禪，可以認為是一種男性言語變體。但是，誰也不能擔保女青年在特定環境條件下不講。同理，小市民這樣講，未必教員就絕對不講；老人有時會這樣罵，小孩也可能跟著大人學。生態語言學一方面強調最主要的生態條件與言語實體的有機聯繫，另一方面不認為各種生態變體之間有什麼非此即彼的界限。生態變體代表了言語與生態環境互動選擇的主要變化趨向。陳建民先生舉過一個例子，〔註15〕流氓鬥毆之前，先說一句「你好呀，小子」。「好」字重讀念成降尾調〔2141〕，禮貌語成了威脅語。相反，青年情侶中女的說「你壞」，「壞」字拉長念為〔5121〕，罵語變成了情話。這是言語與生態環境互動選擇而產生功能變化的明證。言語中沒有僵死的生態變體。

（一）男人語

男人語是言語與男性條件相整合的生態變體。男性條件是相對於女性而言的。一般地說，由於性別的差異，男性在生理素質，心理模式，思惟方式，好惡習慣等等方面都與女性有所不同，再加上社會文化模式對男女兩性長期作用的結果，使男女在言語材料的選擇組合，乃至語氣、語調、語音各方面都可能產生分化。陳章太先生指出，北京的男青年講話喜歡「省音」，把一些輕聲、兒化音節給省掉。如「我告訴你」、「大柵兒欄」、「張各兒莊」，就把「訴」、「柵兒」、「各兒」給省掉了。〔註16〕省音有語音學上的根據，但是僅僅發生在男性青年層，恐怕就不那麼簡單了。張辛欣、桑曄寫的《北京人》裏，「漂亮的三丫頭」有這麼一段話：

> 老知青們對我很好，回城探親，買車票、占座、提包裏什麼的，
> 全是他們搶著幹。為什麼呢？也就圖多看我幾眼。再就是坐在一個
> 座席裏，趁著車廂晃動，有意碰碰我。很粗野的男人，在我面前變
> 得文氣了。

不要說青年男子，幾乎是一切男子，不論職業和年齡，在女人面前，說話都比沒有女性的場合更講究。這是合於漢人的文化傳統的。這種傳統的內核與其說是文明禮貌毋寧說是大男子主義，在彬彬有禮的外貌下包藏著的是男人的自尊自

〔註15〕陳建民《漢語口語》，北京出版社，1984 年 12 月第 1 版，第 55～56 頁。
〔註16〕陳章太《語言變異與社會及社會心理》，《廈門大學學報》（哲社版），1988 年第 1 期，第 49 頁。

大，害怕由於言行的失檢而被女人瞧不起，而青年男子除此而外還有一種吸引異性注意的心理。北京男青年的「省音」，使自己的言談在語音上顯示出一種與眾不同的特色，他們認為這樣發音好聽，能夠引起人們，尤其是女青年的注意。

　　男人講話往往帶著一種自己難以覺察的語氣，這種語氣使聽者感到說話者有一種自信和堅定的氣質。中青年男子的言談表現得比較明顯。他們在家庭裏或非正式場合，常用肯定或命令語氣。張抗抗《隱形伴侶》裏有這樣一段寫兩位青年男子的對話：

　　　　鄒思竹伸出一隻手，說：「給我一支。」
　　　　「啥？」
　　　　「香煙。」
　　　　……
　　　　鄒思竹咽了一口唾沫：抬抬眉毛，張望了一下四周，壓低聲音
　　說：
　　　　「噯，我告訴你一件事，你千萬保密。」
　　　　「什麼事？精頭怪腦的，快說。」
　　　　「你一定不要亂說。」

這段描寫是切合生活實際的，男青年討煙抽，幾乎不用請求的口氣，常用的除「給我一支」、「給一支」、「掏一支」、「抽一支」外，還有「爺們兒，來根煙」，「湊合湊合，大家抽」，「快掏出來，別小氣」。四川青年常說：「拿支來！」甚至說：「散煙，散煙！」大有非給不可的氣勢。鄒思竹打算給對方講個秘密，又怕惹來麻煩，他不是採用試探的口氣，而是採用肯定語氣：「我告訴你一件事」，隨即又用命令式：「你千萬保密。」本來完全可以說：「請你千萬不要告訴別人」，或委婉一點：「你能不能保一下密？」而得到的回答同樣是命令式：「快說」，跟即的叮嚀仍然是命令式：「你一定不要亂說」。在生活中，這樣的例子是司空見慣的。男子有求於人，極少用請求口氣。開口就是：「喂，那個東西我用用」，「你的書我看看」。在家庭裏，一般的男子慣用「給我……」句式：「給我出去」，「給我進來」，「給我坐下」，「給我支煙」，「給我杯水」，「給我條毛巾」，「給我瞧瞧」，「給我聽聽」……《隱形伴侶》也反映了這種言語現象：「爸爸用手指關節敲著寫字臺：你怎麼得了４分呢？你給我滾！」「他（指陳旭）語無倫次地說

著，狠狠踢著腳下的雪地。忽然伸出手，一把拽住肖瀟的圍脖，大聲咆哮：『跟我一道走，給我當老婆，給我生兒子，給我……』」

北京的男青年喜歡用一些新鮮語詞來形容「好」與「不好」或「美好」與「醜惡」。如「蓋」、「蓋帽兒」、「蓋了帽兒了」，「榨」、「派」、「沖」、「份兒」、「鎮」、「超」、「絕」、「蔽」、「沒治」、「次」、「柴」、「怯」、「惡」、「賴」、「屎」、「臭」等。〔註17〕徐星的《無主題變奏》記錄了一些北京男青年習用的口語。如「真他媽惡俗惡俗的」，「現在時」，「貨色」，「哥兒們」，「小娘兒們」，「混一肚子好下水」，「寫點東西」，「滿認真」，「差點兒沒樂出聲來」等。孫礴《皮夾克黨人》真實反映了天津社會下層的男青年習用的粗話，如「媽的」、「老子」、「小雜種」、「吃到爺頭上來了」、「哥們兒」、「娘們兒」、「你媽的」、「他娘」、「你他媽」、「我他媽」、「見鬼」。男子所處社會層次不同年齡不同常用的語詞也不一樣。其中最能體現男性特徵的，是男青年的用語。

（二）女人語

陳建民先生《漢語口語》第55頁舉了個有趣的例子，北京公共電、汽車上男女售票員說話的語調不大一樣。女售票員說「請大家打開車月票！」聲音圓潤。當你把月票掏出來，她就連忙說「好咧［lie］！」「咧」字拖長尾音，語氣活潑歡快。而男售票員卻只說「好」、「好的」，低沉而短促。一般說來，女人講話給人的總體感覺是平順柔和，不像男人講話那樣起伏變化大。女性細膩與敏感的心理，體現在言語的各個方面。青年女性愛美的心理不止於衣著打扮，在語音上也有表現。北京女青年喜歡把舌面音［tɕ、tɕʻ、ɕ］發成類似［ts、tsʻ、s］的音色，不是語音演變的常態，而是人為的變異。有這種發音習慣的女青年一致認為：這麼「咬」音是要顯得嬌，以為這麼說好聽。〔註18〕女人，尤其是中青年女性，說話喜歡用委婉、試探性語氣。于德才、林和平的《野店》寫一個叫赫珍兒的青年婦女向一位中年男子殷吉財表白情愫，很能體現女子說話的特色：

「那煤，也不是你的，你操那份心幹什麼？」

〔註17〕陳章太《語言變異與社會及社會心理》，《廈門大學學報》（哲社版），1988 年第 1 期，第 49 頁。

〔註18〕胡明揚《北京話「女國音」調查》，《語文建設》，1988 年第 1 期，第 26～31 頁。

「……那是煤。一滴血一滴汗搲出來的……」

「你這個人呀！」

「……嗯？」

「……怪。」

「你，當過兵？」

「嗯。」

「俺早看出來了……笛子吹得，真好。」

「……」

「跟誰學的？」

「……」

「你就學會了？」

「什麼會不會，瞎吹。」

「……真不易……」

「……」笑笑。

話題從煤到人，從人再引到對方的特長，終於使得對方「笑笑」，博得了好感。赫珍兒講煤無非是個話引子，其實是關心殷吉財的安危。而殷吉財卻不理解對方的用意，老老實實回答煤怎麼樣，當然會招來一句帶點埋怨情緒的委婉語。赫珍兒早料到殷吉財當過兵，為了證實自己的推測，跟即用了一個試探性問句。一面稱讚對方笛子吹得真好，真不易，一面又明知故問「你就學會了」。這段對話展示了女性細膩婉曲的言語風格，也表現了男子言語直樸、簡短的特點。王安憶的《69 屆初中生》裏有一段兩個不太熟悉的青年女性的交談：

雯雯站在原地，等她（指吳紹華）走近，好向她問路。可她走到
跟前，卻自己開口了：

「走吧。」她把黑布傘往雯雯頭上遞遞，又說了一聲，「走吧。」

「你也上大吳莊。」雯雯好奇地問。

她不說話，只笑笑，眼睛望著前方，過了一會兒問：

「過得慣嗎？」

「還好。」雯雯說。

「蘭俠家還好？」她說話的態度不卑不亢，也不表示對雯雯太
大的興趣。

……

「還好。」雯雯說，一邊偷偷地打量她。

……

「蘭俠家在我們莊上，算是生活好的了，不過，還是得吃芋乾麵吧？」

「不要緊。」雯雯客氣地說。

彼此講話都保持一定距離，採用試探性口吻交談，語氣平穩柔和。這可以說是女性社交言語的一般情況。她們很少採用命令式，即使是祈使性語句，也帶點商量的口吻。如《北京人》寫一個女個體戶請採訪者用膳：「來，吃點菜。要不，喝點酒？吃吧！吃不窮我們！不吃？那我也不讓了，隨你便。」這種商量的口吻遠沒有用祈使命令口氣逼人，給人一種熱情隨和受尊重的感覺。

陳建民先生《漢語口語》第 103 頁指出北京口語裏有一種反意問句式。這種反意問一般有兩個部分，後一個部分有用是非問的肯定形式來表達的，如「是嗎」、「對嗎」。我發現北京女性口語中，借用是非問的格式，正在形成固定化的語氣詞。常用的有「是吧（嗎）」、「對吧」。這兩個語氣詞多出現在句末，並不一定要求聽話人回答，只是通過一種虛擬的商榷語氣表達對聽話者的尊重。這種現象主要發生在中青年女性層。下面舉幾個從《北京人》和《漢語口語·附錄》裏摘引的例子（例句後的括弧裏是說話者的姓名和年齡）：

1. 我心想，我是能幹，但你們是不是看見有錢人就誇呢？八成是吧？！（蕭惠英，23 歲）

2. 比方說，讀者有沒有比我更靠北的呢？而且，北極圈裏是蘇聯，恐怕不太合適。你們說，是嗎？（劉貴，40 多歲）

3. 第二個問題就讓我吧念感謝信。當時我沒怎麼哭，後來念感謝信。那感謝信寫得挺生動挺好的，是嗎。（龐惠蘭，38 歲）

4. 一場戀愛，累得我愛不動人了，要是再有了性問題的得而復失，我就更完了，也可能放蕩。這是個幸虧，如同幸虧沒丟了北京戶口一樣。但又是更大的失落，對吧？（蕭惠英，23 歲）

5. 我很有福氣，對吧？你看，剛十三歲就有人愛上我了。（吳華，30 歲）

女性言語婉曲的特點，在北京口語裏常常借助「真是」、「還是呢」、「你呀」等短語表現出來。這些短語後邊都有一層隱含的意思。「真是」等於埋怨別人糊塗、討厭或不中用，但語意不刻露，語氣也不嚴厲。「還是呢」隱含「我沒說錯吧」，當然有堅持己見，不同意對方說法的意味兒。「還是男子漢呢！」「還是隊長呢！」相當於「不配是男子漢」，「不配當隊長」，但語氣比後者和緩多了。至於「你呀」隱含的意義更豐富，這個短語適於表達難以言傳的複雜感情。

近年有的學者指出北京青年女性口語裏常出現「吧」。這個「吧」，好像不表示什麼語氣，只是一種習慣性的附加成分。口語不同於書面語，人們沒有充裕時間進行深思熟慮，只能一邊說一邊考慮，這就得利用言語的重複部分和附加無意義音節來爭取考慮的時間。年齡、職業相近或性別相同的人由於相互認同可能附加類似的成分，猶如作報告的領導者都不約而同愛用「這個這個」，「那個那個」一樣。「吧」不只在女青年中流行，中年婦女也帶「吧」。例如

1. 她就說吧，你現在吧，家裏還有母親什麼的，還有哥哥，還有妹妹，說現在他們找一個人吧，跟你歲數差不多……（龐惠蘭，38歲）

2. 下了決心以後吧，我們又多次深入到各單位進行調查，並把調查瞭解的情況吧，及時向科處長吧彙報情況……（焦惠榮，46歲）

口語裏帶「吧」顯得說話和緩，從容不迫，是構成女性語氣特點的因素之一。

女性，尤其是青年女性，有她們習用的一群語詞和短語。女作家王扶的《諷刺三題》，就有那麼一些帶有女性色彩的河北話：「嘿，瞧那小子」、「一拉溜」、「悄沒聲兒」、「自個兒」、「冷丁」、「神兒」、「冷丁回過味兒」、「真真是」、「窗根兒」、「耍騷」、「沒油鹽的女人」、「凍的冰溜溜」、「小腳顫微微地」、「大腳咣咣地」、「摔了個大屁股墩兒」、「屁大點兒個孩子」。張欣《遺落在總譜之外的樂章》也有好些北方女性習用的語詞和短語：「屁話」、「腸子都快急斷了」、「瞎轉悠」、「擺格調」、「整個一個傻」、「混說」、「聲音亮得邪門兒，重得邪門兒」、「禿子堆兒」（指男性單身漢群）、「禿小子」、「大補」、「起哄架秧子」、「屁股蹾兒」、「酸酸的」、「空落落」、「多慘」、「窮開心」、「玩嘴皮子」、「火不打一處來」、「開玩笑逗悶子」。此外，還有一些知識女性習用的短語：「差點集體自殺」，「五官立刻解散，語調帶著哭腔」，「紮著一條黑馬尾」，「找電腦紅娘」，「眼淚流成松花江」，「婚前採買階段的愛情」。

北京女青年口語裏常常出現一些格式：「……死了」、「臭……」、「真……」等。常用的如「樂死了」、「煩死了」、「膩死了」、「（菜）鹹死了」、「（天氣）熱死了」、「（車上）擠死了」、「（街上人）多死了」、「（藥）苦死了」；「臭美」、「臭顯本事」、「臭不要臉」；「真要命」、「真邪門兒」、「真怪」、「真沒意思」、「真無聊」、「真土」、「真癡」、「真傻」、「真不開化」、「真不該來」、「真有點那個」、「真棒」、「真損」、「真帥」。還有「很……」。《北京人》實錄李小航（女，36 歲）的談話，「很」字短語出現 25 次。很字後可以跟表示心理活動的動詞，如「很喜歡」；也可以跟偏正結構的短語，如「很難說」；還可跟動賓結構短語，如「很玩命」；大部分跟形容詞，如「很慘」、「很狂」、「很新鮮」、「很要好」。

二、年齡變體

　　言語與特定年齡條件的整合就形成年齡變體。人們對言語的習得、熟練和認識是一個漸進過程。在能夠熟練駕馭語言之後，言語習慣仍在不斷地變化，儘管這種演變在中年以後逐漸趨於穩定，但變化並未停止。這樣，僅從年齡角度看，人們處於不同年段言語運用也就有別。造成這種狀況的生態條件複雜多樣，但年齡條件是居於主導地位的，其他條件處於賓位，是伴隨年齡變化而對言語施加影響的。比如，上海話有個語詞「冊那」[tsʻə⁵¹na]，現在一般用作相罵或昵罵的發語詞或感歎詞，在語流中則常常只起停頓作用。這個語詞在 15～50 歲的男性中，使用人數和使用頻率都達到頂峰。在這個年段中，女性使用者約占 30%，老年者和 15 歲以下的兒童，使用較少。〔註 19〕我們可以認為這是一個年齡變體，而且是一個與中青年年齡條件相整合的言語生態變體。伴隨年齡條件的，可能還有文化和心理方面的因素。「冊那」[tsʻə⁵¹na] 實際上是 [tsʻuo⁵⁵na naŋ²³kəpi⁵¹] 的縮略語，原義指與對方的母親發生性關係，它具有淫穢色彩與侮辱人的性質，是道地的粗話。少年兒童為什麼不說這個語詞呢？他們很可能根本就不懂，也就不可能去運用。老年人閱歷深，一般比較講究禮貌，粗話很少說。女性說這話的較少，可能是受傳統文化和心理因素影響，覺得女性說髒話太不體面。說這話的女人中，可能有的文化和道德修養都較差，無所顧忌；有的則可能是因為情緒激動或發怒時偶而使用。中、青年男子說這

〔註 19〕徐靜《上海話幾個高頻率口語詞的語源和演變》，《修辭學習》，1986 年第 3 期，第 32 轉 30 頁。

話的較多，大概以為男子漢就應該豪爽粗魯，不拘小節；同時潛意識裏恐怕多少還有點性優越感。雖然這樣一些文化的、心理的因素都與「冊那」相聯繫，但它在社會上的分布主要是受年段影響的。因此，它是一個年齡變體。人的思惟方式、心理結構、言語習慣實際上時時都在發生變化，年齡只不過是一種衡量這種變化的尺碼，尺碼的大小根據研究的需要而定。下面我從三個年段粗略地來討論年齡變體，這就是（一）兒童語，（二）青年語，（三）老人語。

（一）兒童語

兒童與成人的話語有一定的差別。成人有一定的言語習慣和言語模式，他們的語言是一種成熟的定型的語言。而兒童的語言則是一種稚拙的尚未定型的語言。小孩的言語可塑性大，言語形式靈活，類推性、形象性、重複性都比成人言語顯著。6 歲以下的兒童，由於正處在言語習得階段，他們的成段的話語，有時會違反語義邏輯或語法規則，語詞運用不當也是常有的，這是兒童語言的自然常態，也是兒童語言與成人語言的不同之處。但兒童心理純樸天真，言語的形象活潑是成人言語難以相比的。例如，徐州話，成人說「淌眼淚」，兒童說那是「掉瓜子兒」；成人說「大侃」（瞎吹噓），兒童說「大屁登登」，把這種講大話用放屁的聲音來比擬。〔註 20〕瀘州話，成人說「雞」、「豬」、「耗子」、「輪子」，兒童說「咯咯」[ko²¹ko⁴⁴]，「弄弄」[noŋ⁴⁴noŋ⁴⁴]、「耗嘰嘰」、「滾滾兒」。前三個語詞用動物的叫聲作為動物的名稱，後一個語詞則用輪子滾動這樣一個動態過程來代指輪子。瀘州兒童語還有「捬捬」，[maŋ⁴⁴maŋ⁴⁴] 用「捬」這個給小孩餵飯的動作來代指飯食。「咬咬」，用咬這個動作來代指咬人的蟲。

重疊是造成兒童語詞的主要手段。瀘州話裏兒童常用的疊音語詞如「藥藥」、「糖糖」、「鞋鞋」、「香香」、「車車」、「街街」、「屁屁」[pa⁴²pa⁴²]、「朵朵」[to⁴⁴to⁴⁴]、「菜菜」、「娃娃」、「鴨鴨」、「牛牛」、「覺覺」[kau²¹kau⁴⁴]、「蛋蛋」、「尿尿」、「嘎嘎」[ka⁴²ka⁴²]，成人則說為「藥」、「糖」「鞋子」、「有香味的東西」、「車子」、「街」、「屁」、「耳朵」、「菜」、「娃兒」、「鴨子」、「牛」、「睡覺」、「蛋」、「尿」、「肉」。徐州話裏也有兒童用的疊音語詞如：「大大」（伯伯）、「飯飯」（飯）、「襪襪」（襪子）、「抱抱」（求大人抱）、嘎嘎（赤子陰），而且有相當多的疊音詞能兒化。如：「香兒香兒」（指雪花膏之類的東西）、「手兒手兒」、

〔註 20〕李申《徐州方言志》，語文出版社，1985 年 12 月第 1 版，第 103～105 頁。

「蛋兒蛋兒」、「哨兒哨兒」、「包兒包兒」、「米兒米兒」、「覺兒覺兒」、「鼻兒鼻兒」、「餃兒餃兒」、「勺兒勺兒」等等。徐州話裏有些不能重疊的多音節語詞，在兒童語中能以某個音節重疊構成新語詞。如，成人說「豆腐腦」、「茅廁」，兒童說「腦兒腦兒」、「茅兒茅兒」。有些疊音語詞和兒化詞還常常在前邊加上「小」字，如：「小乖乖」、「小姐姐」、「小弟弟」、「小棒兒棒兒」、「小桌兒桌兒」、「小兔兒兔兒」、「小腳丫把兒把兒」。

重疊除了 AA 式，還有 ABB 式或 AAB 式。如徐州兒童語有「腚幫兒幫兒」（屁股）、「扯搣兒搣兒」（手拉手）、「踹吃吃」（一種遊戲）、「洗白白」（把臉洗白）等語詞。瀘州兒童語有「背背褲」（有兩條布帶繫在肩頭上的褲子）、「蹺蹺板」（小孩坐著玩，可以上下升降的活動木板）、「油油飯」（用食油拌和的飯）「叭叭車」（一種機動車，開動時發出叭叭的聲音）等語詞。

瀘州的兒童稱「口哨」為「哇哇兒」[ua^{42}uə^{44}]，北京的兒童管汽車叫「嘀嘀」或「悶兒悶兒」，這是以聲音作為該事物的名稱。這種造詞法在徐州似乎更普遍些。常見的是以動物的叫聲代指動物，如分別以「汪汪」、「咪咪」（或「苗兒苗兒」）、「給兒給兒」三種叫聲來代指狗、貓、雞。「公雞」就叫它「雞給兒給兒」，「蟋蟀」就叫它「嘟兒嘟兒」。進而管「火車」叫「門兒門兒」，「汽車」叫「得得」，「屁」叫「登登」。

徐州話裏有一些兒童語似乎是對成人語加以改造而成的。如表示讚賞的意義，中老年人用「來勁」，青年人用「辦事」，兒童用「辦勁」；成人還用「棒」、「賽」，兒童則用「賽毛」。表示耍賴的意義，成人用「孬」、「賴」，兒童用「孬趪」、「賴皮」。拍馬屁，成人叫「舔腚」，兒童叫「舔腚官」。摟抱，成人說「抱」或「摟」，兒童說「摟花摟」。凳子，成人叫「板凳」，兒童卻說「板兒板兒」或「凳兒凳兒」。這類兒童語詞是以成人語的某些現成語素按兒童的思惟水平重新構造的，主要方法有：綜合語素、添加語素、重疊語素。

北京的小學生口語裏，描寫性定語比較少。他們往往把定語轉換成謂語表達。如，不說「淘氣的寧寧」，而說「寧寧淘氣」；不說「漂亮的小姑娘」，而說「小姑娘真份兒」；不說「她黃頭髮」，而說「她的頭髮挺黃」。成年人說的名詞謂語句，小學生往往加「是」、「叫」表達。如「我北京人」，「媽媽張桂英」，小學生會說「我是北京人」，「媽媽叫張桂英」。回答是非問句，兒童與成年人

不大一樣。成人回答一般不用單音語詞。如問「跟我走嗎？」「往東走嗎？」回答往往是「跟你走」（或「不跟你走」），「往東」（或「不往東，往西」）。而兒童大多數會說「跟」（或「不跟」），「往」（或「不往」），很少重複問句裏的話。兒童喜歡按照序數詞的順序敘述動量的變化。陳建民先生舉了兩個例子，一是描述運動會：「接力棒剛剛落到吳老師手裏，他就猛追上去，一米，兩米，三米……」；再是一個小女孩的話：「爺爺，我四歲半完了以後就五歲，五歲完了就六歲，六歲吧就上學，上學就少先隊員〔beɭ〕」。成年人除非特殊需要，一般只是概括地敘述過程總量的變化。〔註21〕

六歲以下的幼兒，言語的重複現象比較多。舉兩個瀘州小朋友講的小故事：「有個耗嘰嘰啦想偷米米吃，想偷米米吃嘞，啊，那個耗嘰嘰就來嘍煞。」（女，3歲）「有個人到山上去砍柴，去砍柴嘞就砍到手指拇兒，砍到手指拇兒嘞就哎喲哎喲地叫嘍三聲，啊，那個哎喲魔鬼就來嘍煞。」（男，4歲）這種重複主要是為下面要講的內容爭取考慮的時間。除此而外，兒童言語也常帶有一些無意義音節和不必要的口頭禪。有的研究者通過對北京上海等地近二百名七歲以下幼兒口語的考察，指出幼兒口語裏常帶有 ėn、nàgè 或 nàge、shíme 等無意義音節以及「後來」、「後嗖（sòu）來」、「完了以後」、「完了」、「然後呢」、「還有」等多餘的話。〔註22〕幼兒由於掌握的語詞貧乏，往往用模糊性語詞代替準確描述，並在使用過程中不斷擴大語詞的義域，動詞「弄」的運用就是如此。〔註23〕下面例句裏的「弄」被用來描述各不相同的動作：

1. 小孩弄（轉，玩）這個地球。（女，3.5歲）

2. 小朋友釣魚、小貓，逃不了了，給弄（勾，釣）上了。（男，4歲）

3. 他們倆回家時，還弄（帶，提）個小花貓。（男，4.5歲）

4. 他一邊提著這個，一邊打魚，把魚弄（弔，掛）在上面。（女，4.5歲）

〔註21〕陳建民《漢語口語》，北京出版社，1984年12月第1版，第83～263頁。

〔註22〕胡玉華《三～七歲幼兒口語簡潔性研究》，《修辭學習》，1989年第3期，第10～11頁。

〔註23〕胡玉華《三～七歲幼兒口語準確性研究》，《修辭學習》，1986年第3期，第38～39轉37頁。

5. 小貓想吃魚，後來，小貓弄（跳起來吃）了以後，魚竿兒上的魚沒有了。（男，5.5歲）

6. 他們趕快把魚竿一弄（甩在肩上），回家了。男，6.5歲）

四川話裏有「搞」和「整」這樣兩個義域很寬泛的動詞，它們可以用來代替許多動詞使用，也可以用來描述一些難於表述的微妙動作，這兩個語詞的廣泛流行是人們社會交際的一種特殊需要，這和兒童使用「弄」來代替其他動詞的性質不一樣。

（二）青年語

青年語是比較富於變化有創新勢頭的言語變體，變化的趨向與青年人的心理特點有關。一般地說，兒童語是處於習得階段的具有可塑性的言語變體，老年語是一種比較固執守舊的言語變體。中年人的言語已經成熟並且定型，它雖然不至於像老年語那樣固執，但創新的勢頭已經消退，在這一點上，中年人的言語缺乏特別突出的個性，它同老年語一樣，屬穩定型言語變體。青年語對不同年齡階段的言語變體有著潛在的影響，因為它的變化發展實質上是為漢語言語的變化發展探索方向。由於它的這種探索性質，我們常常發現很多新語詞總是先從青年人口裏講出來，然後向社會上各個年齡層次的人群擴散。同時我們也覺察到，有些語詞時興一陣之後，又被另一批更為時髦的語詞所取代。不同時代的青年，總有一批屬他們那一代的言語變體。那些歷時既久，生命力長盛不衰的言語變體，才可能在整個社會的人群裏站穩腳跟。因此，從總體上看，青年語並不是穩定的，它是一種在變動和探索中走向穩定的過渡性言語變體。

青年人有一種求新求異的心理，說話總想顯示與眾不同之處，無論文化高低的青年都如此。在高等學校裏，青年學生喜歡講一些書面氣味很濃的「學生腔」。時下的學生腔流行一些新說法。例如，說大笑話，開大玩笑叫做「開國際玩笑」；把重大消息稱為「爆炸性新聞」；把一些無關緊要的消息稱為「花邊兒新聞」；把眾所周知的重大事情叫「國際新聞」；把可靠的消息稱為「官方消息」；把非正式消息稱為「小道消息」或「馬路消息」，還有所謂「內部消息」、「最新消息」等等。稱「工人」為「領導階級」，擔任一定職務的人也被稱為「領導階級」，沒有職務的叫「平頭百姓」。根據一個人社會地位的高低，稱為「×等公民」，把受過處分的學生稱為「三等公民」。不說某人聰明，而說某人

的「智商高」；不說某人糊塗，而說某人「腦袋有點問題」。反應靈敏，判斷準確，稱為「腦子轉得快」。不說「男同學」、「女同學」，而稱「男同胞」、「女同胞」。把自製的書架、照明設備等稱為「違章建築」。買吃的、穿的或用的東西，稱之為「搞基本建設」。賺稿費或勤工助學稱為「搞副業」。做不願讓人知道的事稱為「搞秘密工程」。把眾所周知的過時的消息稱為「公開的秘密」。「不及格」叫做「開紅燈」，「搜索」謂之「掃描」，「寫文章」叫做「爬格子」，「記筆記」叫「抄黑板」，「上廁所」叫「去1號」，「話中聽」謂之「太補」，「吃東西」叫「補充能量」或「增加熱量」，買水果吃叫做「增加維生素」，吃蛋類叫「補充蛋白質」，「吃蔬菜」叫「增加葉綠素」。在公益活動中受傷叫「光榮負傷」；整天往返於教室、寢室、餐室稱為「三點一線定向移動」；天津、南京、上海、北京稱為「天南海北」，新疆、西藏、蘭州稱為「新西蘭」。孫礦的《皮夾克黨人》裏有一些天津社會青年常用的口語：「沒治」（好極）、「蓋了」（很好，沒說的了）、「條兒」（身材）、「盤子」（臉蛋兒）、「扒眥」、「白唬」、「瞎白唬」、「瞎摻合」、「瞎忙和」、「真混」、「夠意思」、「有那意思」、「真有點意思」、「太是那意思」、「掉價兒」、「怪栽面兒」、「玩花活」、「不是玩意兒」、「不是那意思」、「真不是東西」、「哥們兒」、「娘們兒」、「姐們兒」。這些說法與學生腔完全兩樣。不同社會層次與文化層次的青年言語，與之整合的生態條件各有側重，除年齡因子之外，依據與之整合的其他生態條件為差異，還可以分出不同的青年言語的變體。比如，以文化條件為依據，可以把大中學校青年學生的言語，視為青年語的學生變體。以社會經濟條件為依據，可以把社會待業青年的言語，視為青年語的社會青年變體。

北京口語裏一些老的語詞，青年人已經不再使用，比如，不說「取燈兒」、「雞子兒」、「花生仁兒」、「剃頭」、「拉屎」、「撒尿」、「茅坑」、「出門子」、「大肚子」、「月經」，而說「火柴」、「雞蛋」、「花生米」、「理髮」、「大便」、「小便」、「廁所」、「結婚」、「有了身子」或「有了」、「例假」。青年人還把北京話裏不應輕讀的「戰鬥」、「冬季」、「振奮」、「支援」、「人類」、「沙發」等等語詞的第二音節讀成輕聲。〔註24〕近年來青年口語裏還習用一群表示好惡情感的語詞。如「蓋」、「蓋帽兒」、「銃」、「倍兒銃」、「帥」、「派」、「鎮」、「白鎮」、「份兒」、

〔註24〕陳建民《漢語口語》，北京出版社，1984 年 12 月第 1 版，第 31～42 頁。

「沒治」、「蔽」、「絕」、「棒」、「神」、「柴」（次、差、不好、糟糕）、「次」（差、不好、難看）、「怯」（土氣、丑、不大方）、「惡」（壞、狠、粗野、惡劣）、「賴」、「屎」等。青年口語裏還出現了「等會兒我」這類說法。〔註25〕這一大群表示好惡情感的語詞，有些出現較晚，有些是北京話裏較早就有的，但近年來意義和用法在青年口語裏都有了不同程度的變化和發展。例如，「份兒」這個語詞，1947 年版的《國語辭典》釋為「地位」，而今北京青年口語裏的「份兒」有三個義項：1. 指人的長相或穿戴打扮漂亮、有派頭；2. 指人辦事或表演漂亮、出色；3. 指東西好看，時髦、洋氣。作形容詞使用，無論意義還是用法都是新近發展起來的。又如「蓋」、「蓋帽兒」的意義和用法，《國語辭典》、《北京話單音詞詞彙》、《現代漢語詞典》都沒有收，它在青年口語裏的新含義和新用法可能與體育運動有關。籃球比賽時，用手蓋住對方的球，這個漂亮動作叫「蓋帽兒」，本是體育活動用語。可引申推廣的結果，指人的能力、技巧、成績特別出眾，或事物好看，場面壯觀，都叫「蓋帽」，或簡稱「蓋」，或曰「蓋了帽兒了」。〔註26〕這是青年求新求異心理對語詞意義和用法的明顯影響。

　　青年語在語音上的特色，以新派上海話表現較為突出。據調查，不僅是青年人，相當多的中年人也具有新派的語音特點。與老派相比，青年人說的新派上海話在語音上有 33 項特點。〔註27〕聲母方面的顯著特點是，尖團音不分，有［z］聲母。韻母方面的特點是無［ɥ］韻母，［e］、［E］、［ε］三類韻混雜，［aʔ］、［ɑʔ］相併。

　　聲調方面，老派的陰上和陰去在青年語裏已歸併為陰去一類，老派的陽平、陽上和陽去已歸併為陽去一類。在語流音變方面青年語也有它的特點，如兩字組連讀沒有［˥˩］式、［˩˩］式、［˩˥］式變調。上海青年口語裏有大量的新語詞。〔註28〕這些語詞大多數是近幾十年來才出現的，老年人一般不用。

〔註25〕陳章太《略論漢語口語的規範》，《中國語文》，1983 年第 6 期，第 401～408 頁。

〔註26〕蔡富有《北京青少年口語裏常用的表示讚美的單音詞》，《中國語文通訊》，1982 年第 2 期，第 15～19 轉 14 頁。

〔註27〕石汝傑、蔣劍平《上海市區中年人語音共時差異的五百人調查》，載復旦大學中國文學語言研究所編《語言研究集刊》（第一輯），復旦大學出版社，1987 年 5 月第 1 版，第 271～296 頁。

〔註28〕上海青年語詞和老年語詞材料均引自錢乃榮《上海方言詞彙的年齡差異和青少年新詞》，《上海大學學報》（社科版），1988 年第 1 期，第 44～50 頁。

如，名詞：赤膊、才智、年成、窗門、望遠鏡、銀河、售票員、顧客、縫紉機、腦袋、月蝕、流星、毛毛雨、灰塵、麵包車、三黃雞、Ｔ恤、音箱、外面、地方。動詞：回去、拿、看、翻轉、攢脫、攢交、爬、穿、換、找、割、竄。形容詞：熱鬧、漂亮、壞、滿、結實、齷齪。短語：落雨、講勿定、有光彩、頂脫勒、拎清、紮臺型、退招勢、賣悶包、賣大戶、吃紅燈、敲獎金、議價、一隻鼎、翻跟斗、搭錯經。這些語詞和短語體現了青年人易於吸收其他方言成分、較少守舊的特點，也體現了青年語的創新勢頭。很明顯，普通話對上海青年口語的影響最大，相當數量的普通話語詞已取代了老一代人講的上海話語詞。值得注意的是，上海青年口語裏，不僅產生了一般性的新語詞，而且有相當數量的方言基本語詞發生了變化。例如，老年人說的「日頭」、「吼」、「霧露」、「冰膠」、「雷響」、「日逐」、「睞」、「上晝」、「後首」、「外首」、「天河吃月亮」、「搬場星」、「頭腦子」、「爹爹」、「姆媽」，現在青年人說為：「太陽」、「虹」、「霧」、「結冰」、「打雷」、「每日」或「天天」、「看」、「上半日」、「後頭」、「外面」、「月蝕」、「流星」、「腦袋」、「爸爸」、「媽媽」。

　　語詞的變化，有時影響到某個系統。例如，上海青年所用的指示代詞，就是一個與老年人不同的系統。青年人的指示代詞系統有兩個特點，一是改變原有代詞的前一個語素，如：個個—哀個（老派：迭個—伊個）、個能—哀能（老派：迭能—伊能）；再是改變原有代詞的結構類型，如：個搭—個面〈老派：迭搭—伊搭）。老上海話「這兒」、「那兒」以前字為區分標誌，青年語以後字為區分標誌，這種現象意味著指示代詞生態類型的改變。老上海話的「人客」、「氣力」、「鬧熱」、「雨落」、「湯山芋」在青年人口裏變為「客人」、「力氣」、「熱鬧」、「落雨」、「山芋湯」的情形，也表明上海話正處於生態類型的漸變過程中。而青年語比較集中地體現了這一點。

（三）老人語

　　老人語的守舊與青年語的創新是言語生態運動矛盾統一的兩個方面。沒有創新，語言必然僵化，而僵死的系統是不能適應人類社會變化發展的要求的；沒有守舊，就沒有相對穩定的社會公約的言語代碼，言語系統沒有穩固的核心，也就無從發揮交際功能。實際上，青年人的創新，也並非完全擯棄現存的語言系統，它只不過是在繼承傳統基礎上的創新，完全否定舊有的語言基礎，就沒

有人能聽懂他們的話。老年人的守舊，其實是在同一的時間平面上對歷史上創新的肯定。因為新與舊是兩個相對的概念，現在是新的東西，隨著時間的推移，也就成了舊的。例如，近一個半世紀以來，上海話的一個表程度的常用副詞就幾經更替。最早用「邪」、「野」，後來用「邪氣」。本世紀五、六十年代，青年中產生了「風窮」、「窮吃」一類說法。但七十年代修飾形容詞不用「窮」而用「老」，如「風老大」。八十年代青年中產生了「赫」，如「風赫大」、「赫好」、「赫嗲」，這個「赫」現在有的中年人也用，但老年人不用。目前仍是「老」佔優勢。對「老」的肯定就是對七十年代創新的肯定。「老」相對於「邪」、「野」是創新，可相對於「赫」就是守舊了。

老年人的話一般保持舊的東西比較多。拿上海話來看，老年人發音分尖團，中年人則只有一部分人能分別出一部分尖音字，絕大部分中年人已不能分尖團了。今上海話讀 [o] 韻的部分假攝字，老年人讀 [ɔ]，即「下」、「夏」與「號」，「啞」與「奧」，「瓦」與「熬」同音。咸山兩攝開口三、四等字的韻母青年人讀 [i]，而老年人則讀 [iI]。青年人 [e]、[E]、[ɛ] 三類韻相混，而老年人卻有分別，如雷 [ɦle]、來 [ɦlE]、蘭 [ɦlɛ] 並不同音。老年人能區分「八」[paʔ] 與「百」[pɑʔ]、「滑」[ɦuaʔ] 與「劃」[ɦuɑʔ]、「特」[dəʔ]、「突」[deʔ] 與「奪」[dœʔ]，而青年人則「八」、「百」同音，「滑」、「劃」同音，「特」、「突」、「奪」也混為一類了。〔註29〕瀘縣特興鄉「德」、「特」、「麥」、「黑」等字的韻母為 [æ]，瀘州市區只有七十歲以上的老年人才這樣讀，市區的中青年人一律讀為 [e]。老年人讀「項」為 [xaŋ˧]，青年人讀為 [ɕiaŋ˧]。老年人「掐」讀 [k'æ˧]，「括」、「闊」讀 [k'uæ˧]，「睡覺」的「覺」讀 [kau˧]，「階」讀 [ˌkai]，「介」、「界」讀 [kai˧]。青年人則分別讀為 [tɕ'iæ˧]、[k'ue˧]、[tɕiau˧]、[ˌtɕiai]、[tɕian˧]。在瀘州話 [æ] 高化為 [e]，[k]、[k']、[x] 齶化為 [tɕ]、[tɕ']、[ɕ] 的進程中，老人語保持了較古的語音成分。

在瀘州，老年人口語裏像「荒貨」、「皇書」、「雞公車」、「院媽娘」、「小婆子」、「家緣」、「喝單碗兒」、「帽兒頭」等語詞，青年人已經不用，甚至有的語詞意義已不瞭解。有的語詞青年人說法與老年人不一樣。老年人說的「家事」、

〔註29〕石汝傑、蔣劍平《上海市區中年人語音共時差異的五百人調查》，載復旦大學中國文學語言研究所編《語言研究集刊》（第一輯），復旦大學出版社，1987 年 5 月第 1 版，第 271～296 頁。

「藥書」、「藥單子」、「洋城」、「洋油」、「郵差」、「汗褟兒」、「廚子」、「人客」、「家公」、.「家婆」、「戲園兒」、「鄉壩頭」、「涮罈子」、「太醫」、「鋪子」，青年人則說「東西」、「醫書」、「處方」、「肥皂」、「煤油」、「送信的」、「內衣」「大師傅」、「客」、「外公」、「外婆」、「劇院」、「農村」、「開玩笑」、「醫生」、「商店」。蘇州話裏有些語詞也只有老年人才使用，如「外勢」（外頭）、「裏勢」（裏頭）、「小嚇底」（小時候）、「哀注」（這種）、「緣善」（本來就）、「軟熱」（「年月」的「月」）、「大面」（多半）、「前伐」（上次）、「奴」（女子自稱）、「尚期」（可能）、「上每晝」（上午）、「作時」（作興）〔註30〕上海話裏也有一些只有老年人才用的語詞，如「急下烏」、「幾幾乎」、「推板一眼眼」、「先頭」、「頭起頭」、「本者來」、「本底子」、「原本塔裏」、「故此」、「所以老」、「共總」、「攏總」、「一氣勒化」、「擱落三姆」、「常莊」、「定規」、「勿曾」、「約摸莊」、「倘忙」、「原經」、「特特里」。除了這些常用的連接詞和副詞而外，一些在松江農村流行的語詞，在上海市區只有老年人還用。如：「歸去」、「擔」、「淨」、「勃轉」、「甩脫」、「浴身」、「赤身」、「才情」、「坍寵」、「年勢」、「獨是」、「多化」、「垃拉」等。北京話裏有些語詞，如「龍頭」（火車頭）、「農夫」、「叫花子」已經沒人說了。有些語詞，如「取燈兒」、「不亞似」、「拿翹」、「豁兒拳」、「伍的」、「掌櫃的」（丈夫）、「餑餑」，只有老年人還說。廣州的老年人說「老豆」、「老母」、「單車」，青年人則說「爸爸」、「媽媽」、「自行車」。

老年人說話一般講究禮貌，措辭平和客氣，但往往內容拉雜，語詞重複，中心不突出。陳建民先生《漢語口語》第390～395頁實錄了一位老人的講話，下面摘引的是其中的一段：

　　問：您小時候聽說過「牛仔褲」這個詞嗎？

　　答：就是說，這個牛仔褲，從褲子的樣子說。過去，很早中國也有，北京也有穿西服的，可是，那個西服跟牛仔褲不一樣。欸，在西方電影裏頭，看見過穿這個褲子的，都是墨西哥那些放牛娃，馴馬人，都是他們，為騎馬，穿這種緊兜襠的褲子。為了方便，欸，褲腿很肥。欸，所以呢，那個時候呢，這個，這個，放牧的人吧，在電影裏叫 cowboy，cowboy，我們就說這種褲子就叫 cowboy 穿的

〔註30〕汪平《蘇州方言的特殊詞彙》，《方言》，1987年第1期，第66～78頁。

> 褲子，沒有「牛仔褲」之說。這牛仔褲當然可能是南方引進的（插
> 話：「牛仔」可能就是放牛的小孩兒）。欸，放牛娃，放牛娃穿的褲
> 子，牛仔褲。

這麼長的一段話，只有一句重要，就是「沒有『牛仔褲』之說」。但這位老人卻講了許多與問題無關的話。「這個」、「cowboy」、「放牛娃」等語詞都重複了兩次。《北京人》實錄樊文清老人的談話，老人介紹自己的生辰年齡就用了 222 字（不計標點）。「宣統三年生人」重複兩次，「七十幾」重複三次。重複可能是強調，也可能是爭取思考的時間。但老人的重複與幼兒學習語言時的重複性質不一樣。幼兒的重複主要是為了習得，老人的重複主要是對已說出的內容的回顧，心理基礎是不同的。

三、職業變體

　　不同職業的人總有一些與眾不同的言語習慣。職業條件與言語整合為職業變體。社會職業門類複雜，言語的職業變體也多種多樣。從生態條件看，言語的職業變體包含不同年齡、不同性別、不同文化程度的人講的話，但是這些生態條件在同一職業變體中處於次要地位。如果由於研究的需要，也可以在同一類職業變體中進一步探究不同的變體，例如職業變體的年齡變體、性別變體等等。同理，如果年齡或性別等條件與言語的整合處於主導地位，那麼職業因素又可以作為年齡變體或性別變體的次要條件。生態言語系統是一個多維聯繫的整體，言語變體之間沒有絕對的界限，變體與變體的相互區別在於生態條件的主次關係的變化，亦即言語生態位的變化。言語生態位與言語的功能相聯繫，因此言語變體的本質性區別是功能區別，與不同生態條件整合的言語變體功能不同。這裡所謂的職業變體，習慣上稱為「行話」。但「行話」並非靜止不變的東西，它可能越「行」而為其他職業的人所用，有的行話還可能成為全社會的通行語，這樣，行話也就成非行話了。生態語言學認為這是由於生態環境的各種生態條件的運動變化所引起的。一種生態條件的作用明顯增強，原來起作用的生態條件影響減弱，就意味著與言語實體整合的生態條件發生變化，這個言語變體的功能也就產生變異了。變異的情況有多種，例如「打分」這個短語本是教員習用的職業變體。但是，流氓借用來品評女人的姿色。與「打分」相整合的生態條件改變了，它的意義和功能也就有了變化。不過，教員並不因為流

氓用它而放棄這個短語。這樣，「打分」的義域擴大，生態位增多，與之整合的生態條件複雜化，它不再是純粹的教員職業變體，而是教員與流氓無產者共用的職業變體。近年越來越多的體育運動項目和評比活動都採用「打分」這個短語，它所佔有的生態位越多，普遍性功能越強化，其單一的職業性功能就相對弱化，一旦全社會的人都普遍運用它，職業變體也就成了社會通語。「加溫」這個短語是科學工作者和有關專業工人共同使用的職業變體，社會上不同行業的人都借用它，有時指「增加溫度」，有時指「對人增加壓力，迫使別人屈服」，這說明「加溫」義域擴大，生態位增多，功能增強，正由職業變體向社會通語過渡。像這類由於生態條件變化言語職業變體超出本行業運用範圍的情況，表明職業變體具有進化潛力，它是社會通語的主要來源。舊上海青幫、拆白黨和白相人的切口，現在成了人們口頭的常用語，如「別苗頭」（看風色）、「隑排頭」（找靠山）、「上腔」（尋釁）、「避風頭」、「吃白食」、「聽壁腳」等，由於生態條件的改變，它們已經不再是幫會言語變體，而是上海社會通用的社會言語變體了。社會通用變體也可能成為職業變體。例如，「反映」是一個社會通用的語詞，意為「反照」、「映襯」。哲學借用它指人受客觀事物作用而引起的認識，心理學則借用它來指動物有機體對客觀事物影響的接受和回答的機能。這樣，作為社會通用變體的「反映」在不同的生態條件下又是科學言語變體。這種情況是社會通語在特定生態環境內功能的專化。職業變體也可能由於生態條件變化而成為性別變體、年齡變體。例如，「十三點」是氣象學、天文學所常用的記時專業用語，而「神經病」是現代醫學用語。在上海，這兩個語詞已經成為女青年的口頭禪，它們不僅是職業變體，在一定的地域範圍內又是性別變體。但義域已經轉移。「蓋帽」是籃球比賽用語，可北京的小青年最愛用它表示「漂亮」、「出眾」的意思。「蓋帽」義域擴大、功能增強，是因為它不僅與籃球運動這一生態條件整合，而且與小青年這一年齡條件整合。由於在不同的時地起主導作用的生態條件不一樣，這個語詞在籃球運動的生態環境下是職業變體，可在年齡條件起主導作用的情況下，它又成了年齡變體。因此，我們討論漢語言語的職業變體，生態環境與起主導作用的生態條件是至關重要的因素。

（一）機關語

機關語是指機關工作環境與言語實體整合的言語生態變體。機關根據工作性質有多種分別，如國家行政機關、學術研究機關、教育機關、社會福利機關、

群眾團體機關等等。而且機關之間也可以相互包容，如國家行政機關可以下設教育行政機關，而社會福利機關也可以下設社會義務教育機關，群眾團體機關也可以下設福利機關或教育機關等等。每一種機關內又可分出更細緻的機關，如國家行政機關可粗分為中央和地方兩級，地方又分為省、市、縣、區、鄉等多級，每一級都可衍生出多種辦事機關。不僅事業單位有各種機關，企業單位也有各種辦事機關，各種機關生態環境的不同，言語生態變體也就各具特色。機關語的研究，有著廣闊的前景。

　　建國以來，黨政機關逐步形成了一套書面語成分較為濃重的機關語。這種言語變體儘量採用比較嚴謹比較有分寸的書面語詞，而很少夾帶方言成分。平常口語說「想一想」、「商量商量」，機關人員會說「考慮考慮」、「研究研究」。「做事快慢」會說成「辦事效率高低」；「進一步弄清事情」會說成「深入調查瞭解事實真相」。給人分配工作叫做「妥善安置」或「安排就業」，相互交換意見叫「磋商」或「協商」。發表個人意見，常常很客氣地說：「我個人的看法，不一定對，僅供參考」或「限於水平，錯誤在所難免，希望大家批評指正。」在正式場合發表看法往往會說：「以上建議，提請大家討論」或「以上建議，提請上級審定」。對外來人員往往會說「歡迎對我們的工作提出寶貴意見」或「謝謝大家對我們工作的熱心支持」。對來訪群眾，接待人員一般這樣講：「有什麼意見請暢所欲言，我們一定把情況如實向上反映」。如果群眾要求當面解決一些實際問題，回答一般是：「不要著急，慢慢來，問題的解決總是有個過程的。」如果有的群眾要求過分，工作人員會說：「你的問題我們已經向上反映了。我們只有反映的責任，沒有解決的權力。對你的要求我們無法表態。」這些語句措辭都留有餘地，比較有分寸，語句簡練，重複部分很少，基本上排除了方言語詞。

　　機關語有不少同一詞根派生的詞群。如：參考、參閱、參見、參看、參訂、參酌；查閱、查禁、查收、查復、查證、查實、查對；擬定、擬訂、擬派、擬送；另行、暫行、試行、自行、履行；提議、附議、動議、覆議、駁議、決議；批准、批示、批評、批判、批轉、批閱、審批；申報、申請、申明、申訴、申述、申辯；嚴肅、嚴厲、嚴防、嚴禁、嚴守。還有以「一」為語素的一群語詞：一般（表現一般）、一併（一併上報）、一旦〈一旦發生危險〉、一定（一定的成績）、一概（一概不能搞特殊）、一貫（一貫積極）、一經（一經批准）、一力（一力承擔）、一味（一味推卸責任）。一些有相同語素的語詞，共同形成了一種固

定的表達格式，如「由於……」，可以根據言語交際的需要，變動第一個語素，代之以「鑒於」、「限於」、「基於」、「應於」、「定於」、「希於」、「準於」、「擬於」、「關於」、「係於」用這一群語詞來提起原因或目的。類似的格式還有「給予」、「不予」、「定予」、「應予」、「希予」、「准予」、「特予」……；「以……」格式如「以此」、「以利」、「以資」、「以便」、「以防」、「以免」、「以致」；「從……」格式如：「從輕」（處分）、「從重」（打擊）、「從寬」（處理）、「從嚴」（懲處）、「從長」（計議）、「從速」（辦理）、（內容）「從略」、（喪事）「從簡」。還有「從大局出發」、「從個人角度考慮」等等常用表達方式。機關習用的口頭禪有「為此」、「引為」、「給以」、「加以」、「得以」、「不得」、「不予」、「予以」、「根據」、「可否」、「否則」、「遵照」、「按照」、「有所」、「奉告」、「奉勸」、「正如」、「總之」、「一度」、「再度」等等。語氣一般較平緩，不緊不慢。北京的領導幹部常帶語氣詞「嘛」。〔註31〕如果講話時間較長，常以「這個這個」或「那個那個」用來爭取考慮的時間。在四川的好些機關，工作人員喜歡用「嗯」[m^{21}] 放在語句之前。

教育機關也有一般機關共用的表達格式和語詞。如「由於……」、「以……」等格式和「考慮」、「研究」、「嚴肅」、「建議」、「予以」、「給以」等等常用語詞。但也有教育機關的言語特色。口語說「大家談談」，「拉一拉」，教育機關人員通常會說「大家蘊釀蘊釀」、「議一議」。講教師的配備，會說是「師資隊伍的建設」，講加強考試的管理叫「嚴格考試制度」。講表揚先進，處分違反紀律行為叫「嚴明獎懲紀律」。教育機關有一些專用語句，如高校常用的有：「系」、「專業」、「學籍」、「學科」、「本科」、「專科」、「主修」、「輔修」、「必修」、「選修」、「重修」、「科目」、「課程」、「學分」、「學年」、「學期」、「培養方案」、「教案」、「教學大綱」、「百分制」、「學分制」、「雙學期制」、「三學期制」、「課時」、「教時」、「面授」、「函授」、「講授」、「演示」、「學齡」、「學銜」、「學歷」、「校務」、「教務」、「學士」、「碩士」、「博士」、「助學金」、「獎學金」。對有高級職稱的老教師尊稱為「×先生」，對擔任行政職務的人一般稱職務，如「×校長」、「×處長」，但對講師和助教則不叫職稱而稱「×老師」。在非正式場合把在國外獲得學位的與國內獲得學位的人用「洋」、「土」區別。如「洋博

〔註31〕陳章太《略論漢語口語的規範》，《中國語文》，1983 年第 6 期，第 401～408 頁。

士」、「土博士」。稱呼校名、系、專業一般用簡稱，如「清華大學」、「北京大學」、「中國人民大學」、「北京航空學院」、「廈門大學」、「中山大學」稱為「清華」、「北大」、「人大」、「北航」、「廈大」、「中大」；「中國語言文學系」、「建築工程系」、「計劃統計系」稱為「中文系」、「建工系」、「計統系」；「海洋生物學專業」、「政治經濟學專業」、「高等教育學專業」稱為「海生」、「政經」、「高教」。有的校名簡稱為了相互區別，打破雙音結構而成為三音節結構，如「南大」與「南師大」，就為了區別「南京大學」與「南京師範大學」；又如「上交大」與「西交大」分指「上海交通大學」與「西安交通大學」。「北京工業大學」與「北京工學院」目前有兩種簡稱法：一是稱「北工大」與「北工」，一是稱「北工」與「京工」。教育機關語有一些表達格式，如「為……」、「為了……」。「為更好地貫徹落實中央有關文件精神，特制定《大學生思想品德評定試行條例》」；「為提高大學生的學習積極性和獨立生活能力，對 87 級新生開始實行獎貸學金制度」；「為了完善學分制，學校決定實行新的學籍管理辦法」；「為了保證成人高等教育授予學士學位的質量，國務院學位委員會最近頒發了《暫行規定》。」這種句式突出目的，緊接著提出實現目的的措施，與教育機關緊湊的工作環境相諧調。「要……」也是常用句式，如「要按照……」、「要加強……」、「要堅持……」、「要發展……」、「要保證……」、「要實行……」、「要完善……」、「要引導……」、「要樹立……」等等，「要」經常與動詞搭配，用於向有關人員和下級機關提出工作要求，其中，「要加強……」格式在口語裏出現的機會最多。

司法機關是國家政府機關的一個部門，它也有與司法生態環境密切聯繫的一批語詞和表達方式。如「原告」、「被告」、「脅從」、「比照」、「教唆」、「拘留」、「拘役」、「具結」、「管制」、「剝奪」、「強制」、「時效」、「假釋」、「公民」、「自首」、「主犯」、「從犯」、「罪犯」、「累犯」、「追訴」、「上訴」、「起訴」、「公訴」、「刑罰」、「量刑」、「徒刑」、「緩刑」、「減刑」、「刑事」、「刑期」、「主刑」、「附加刑」、「故意犯罪」、「過失犯罪」、「預備犯」、「既遂犯」、「未遂犯」、「中止犯」等等。這些用語其他機關一般不用。常用的表達方式有「本院認為……」，「本庭認為……」，以提起作出判決的理由。用「故予……」句式表示處理事件的態度。用「經審理查明」、「經再審查明」公布事件的調查結果。不用「總而言之」而用「上述……」句式作為總結句。如：「上述事實清楚，證據確鑿，被告供認

不諱」，「上述被告×××的行為，已構成故意殺人罪。」用「依據〈根據〉……規定，判決……」句式公布案件處理的結果。

（二）工人語

　　與工人言語相聯繫的生態環境造成了工人語的特色。工人語是工人活動的生態環境與言語實體相整合的言語生態變體。影響工人語的主要生態因素來自兩個方面：一是生產方面，再是生活方面。生產方面的因素使工人語帶有濃厚的專業色彩。手工業工人的言語與產業工人不同，化工工人與機械工人的言語也有差別，這些區別主要表現在專業語詞的差異上。生活方面的因素使處於相似條件下的工人語在風格、模式、語詞方面有相一致的地方，但是生活因素受空間條件的侷限比較大，同樣是機械工人，瀋陽和廣州兩地的生活用語共通點就比專業用語的共通點少得多。工人的生活用語與一般的社會通語沒有嚴格的界限，只要生活中某些語詞和言語表達方式更多地流行在工人當中，與工人的聯繫比與社會上其他人的聯繫更密切，就表明這些言語實體與工人的生活環境有著相對穩定的關係，也就是一種言語生態變體。

　　生產因素的變化，往往引起工人語發生變化，尤其是專業語詞的變化更明顯，這也是生產因素與言語主體相互作用的結果。不同部門、不同類別的工種有不同的專業用語，有的相同專業也有不同的用語。如機修工人天天使用的一種工具，北方叫「鄉頭」，四川叫「鍾鍾兒」。普通話說的「理髮」，山西理髮工人稱為「磨莚兒」，四川叫「剃頭」，瀘州還可以叫「剪頭」，「去理個髮」可以說「去剪個頭」。理髮的「推剪」，山西行話叫「磨子」，瀘州叫「剪子」或「推子」。對工人語的研究，我國學者已經取得了初步的成績，但還有許多尚未開拓的領域。近四十年來，我國的工人隊伍結構發生了很大變化，過去分散的小手工業者有的已組織起來，有的傳統手工業門類已瀕於消亡，各種門類的專業用語由於生產因素發生社會性巨變，有的已湮滅，有的已匯入社會通語，保存的已經不多。產業工人隊伍更加壯大，由於專業門類和工種的差異，以及影響言語的生態條件的不同，工人語面貌各異，亟待發掘研究。近年來，侯精一先生對山西理髮社群的行話進行了詳細的調查研究，取得了豐碩成果。〔註32〕山西

〔註32〕侯精一《山西理髮社群行話的研究報告》，《中國語文》，1988 年第 2 期，第 103～112 頁。

境內理髮工人雖然分布的地域不同，但有一個共同的歷史源頭，即基本上都是從長子縣遷移發展起來的。儘管由於時隔數百年，語詞的讀音各地有了差異，但使用的語詞基本相同。侯先生把這些語詞分為「理髮」、「身體」、「親屬」、「人物」、「姓氏」、「飲食」、「服裝」、「居住」、「動作」、「性質狀態」、「計數」十一類，這十一類可以進一步歸納為專業用語和生活用語兩大類型。其中「理髮」用語是專業用語的基本語詞，與專業相關的有「身體」、「服裝」、「動作」、「性質狀態」、「計數」、「人物」、「姓氏」等類語詞，這些專業相關語詞有相當一部分同時又與生活相關。「飲食」、「居住」、「親屬」這類語詞與專業沒有直接關係，如果理髮工人的這部分語詞改用社會通語，不會危及他們的經濟利益。但事實上，言語的任何職業變體都絕不會只是受專業條件影響，任何社會群體首先要求得生存，然後才談得上專業的發展。根據生態學原則，我認為，言語職業變體的產生，首先是生活因素的驅動，然後外化為言語與生產因素的協同，這從言語職業變體的社會功能可以得到證明。職業變體一方面使異業社會成員不能解碼，不易獲取該社群的有關信息；另一方面卻使社群內的成員互通信息，配合默契。要使社群信息對內暢通，對外保密，僅僅專業語詞特化是難以勝任的，必然涉及部分常用的生活語詞。越是龐大的，經濟基礎雄厚，社會地位高的社群，其言語的特化程度就比較容易偏低，越是弱小的，經濟基礎薄弱，社會地位低的社群，其言語的特化程度就比較容易提高。這是因為，強大的社群並不迫切指望靠言語的特化來維繫生存，而弱小的社群則希望儘量通過提高言語的特化程度來維護自身的利益。長子縣理髮業的產生與發展，與當地氣候惡劣，不利農事的生活環境直接聯繫。五十年代以來，理髮工人社會地位提高，生存威脅解除，專業用語逐步趨於社會化，現在的年輕理髮員，已經不能掌握特化程度高的專業用語了。

我國現代產業工人用語與舊時代的手工業工人用語不一樣。首先是言語主體存在的生態環境層次不同。舊時代工人處於社會底層，生計困難，借助言語特化維繫微薄的經濟利益實在出於不得已。新時代的產業工人是國家的領導階級，他們進行經濟活動的目的遠不止於謀生存，更高的目標是追求整個人類社會的進步發展。就言語主體主觀意念來看，沒有對異業社會成員封鎖信息的動機。其次，生產因素與言語實體的協同，不止於維護本階級成員的利益，更重

要的是受社會整體利益的影響。因此，產業工人用語特化程度低於舊時代的手工業工人用語。產業工人語裏有一部分特化程度高的專業語詞，這類語詞與過去的行話性質也不一樣。行話與言語主體的文化水平沒有必然聯繫，其主要目的是對外保密，現代產業專用語詞是科學技術高度發展的必然產物，它對任何社會成員都是公開的，同時要求言語主體有一定的文化水平。沒有一定的文化水平，就無法正確地理解和掌握它們，從而影響現代化生產的正常進行。產業工人語在河北籍工人作家蔣子龍的工業題材作品中並不少見，通過對《喬廠長上任記》、《機電局長的一天》、《晚年》、《拜年》、《一個女工程師的自述》、《赤橙黃綠青藍紫》等六篇作品的研究，發現產業工人語大致可分為四種類型。

1. 一般專業化的語詞或短語。如：調度、生產流程、自動生產線、駕駛樓子（機動車駕駛室）、露天跨（沒有房蓋的車間）、鑽杆、回爐、廠子、搖把、閘把、油灰、床子（機床）、試車（試用機床）、工序、工段、車間、鍛件、線圈、下線（給電機繞線）、返工、快手、慢手、活落地（幹完活）、車刀、飛刺兒（機床工作時飛出的金屬碴）、報產、下床子、質量票卡、化驗員、統計員、設備維修技師、手藝道兒（技術）、鋼鏑兒、鋼坯、爐料、汽錘、快檔、泡花城、大修、儲油罐、電石罐、玩輪子（掌握方向盤）、停工待料、蒸汽管道。

2. 專業化程度較高的語詞或短語。如：轉子、擊穿率、真空澆鑄、真空錠模、連軋機、二百六鏜床、雙層天車、六十萬瓩汽輪機中壓轉子、高壓轉子、二八〇〇變斷面鋁板機、六千噸漲力矯直機、一千二百立米高爐、漲圈、五噸錘、電器控制櫃。

3. 社會化程度低的語詞或短語。如：死鉚子、大戶頭廠、二道門（居二線）、漲勁、磕碰（零件破損）、編笆造模、退坡、耍捯泥、泡假條（想方法讓醫生開假條）、戴眼罩、這道號、落地幫子、絕活、拿人（卡人）、大拿、一推六二五、擠成一個蛋、甩冷腔、耍窮橫、跑汽（漏汽）、嘎碴子、琉璃球、拉潑頭、趴蛋、認頭、掉耙子、賣胯子、二把刀（技術次一等的人）、土玩鬧、七個不在乎，八個不含糊、錢書記動員，蔣（獎）廠長做報告。

4. 社會化程度高的語詞或短語。如：刹車、開夜車、師傅、工作服、卡殼、曠工、加工、包工、值班、加班費、倒休（掉換休息日）、撈外快、搭班子、耍花架子、拿架子、定板（決定）、挑大頭（承擔主要責任）、拖後腿、摺挑子、窩囊廢、下三爛、二百五、不趕趟、聊大天、擦屁股（做善後工作）、扯皮、告

吹、露臉、玩不轉（工作幹不好）、大爺（工人口語指一般成年男子）、一招鮮，吃遍天、趕鴨子上架，將就材料。

　　一般專業用語指從事該專業的工人的常用語，異業社會成員很少使用。特化程度高的專業用語，異業人員不瞭解，即使是本專業工人亦須經過學習才能深入理解。社會化程度低的用語除工人常用外，其他職業的人員也使用，但使用頻率明顯低於工人。社會化程度高的用語，工人說它們的時候固然很多，社會上其他職業的人用它們的時候也不少。這有兩種情況，一是工人的專業用語，但被社會通語吸收，並賦予了新的意義。例如，「剎車」，本指「對發動機或其他機器的制動措施」，社會通語用作「中止某個行動或某件事情」。「加工」本指「對粗糙產品的進一步製作」，社會通語則指對「文件或事情的進一步完善」。「師傅」本是對有一定技術的工人的尊稱，而社會上則用它來稱呼並非工人的成年人。另一種情況，社會上通行的說法在工人口語裏出現頻率很大，成為工人口語的組成部分。如「聊大天」、「二百五」、「扯皮」、「告吹」、「露臉」等等。產業工人口語和舊時代的行話、幫會的切口都是言語的職業變體，但它們各有其獨特的生態環境和言語特色，功能目的也有區別，是不能混為一談的。

　　隨便舉一些舊時代理髮工人的行話看看。專業用語如；「磨谷」（推光頭）、「偏圪亮」（分頭）、「趕碟子」（刮臉）、「扇苗兒」（電燙）、「加碼」（捏肩）。與專業相關的用語如：「苗兒」（頭髮）、「盤子」（臉）、「氣筒」（鼻子）、「衣裳兒」［iəʔ˰ ˰sɑr］（衣服）。生活用語如「扒貨」（看）、「桔塊兒」（米）、「火山」（酒）、「海式」（大、高、胖）、「簡個」（小、矮、瘦）。無論專業用的還是生活用的行話，不經過強迫記憶就無法解碼。這些行話與文化科技因素缺乏必然聯繫，例如「電燙」謂之「扇苗兒」，「扇苗兒」只是用來取代「電燙」的一個人為符號，與「電燙」這一新工藝沒有任何科學聯繫。而產業工人所用的「電器控制櫃」這個語詞，是電器工業發展到一定階段出現了這樣的設備之後，才可能有相應的名稱，在此之前是不可能有這個語詞出現的。又如，理髮行話稱「衣服」為「衣裳兒」，本是社會通語中同一事物的不同稱說，但「衣」被故意讀為入聲調，就增加了理解的困難。把社會通語以音變方式轉化成理髮職業的言語變體，這是產業工人語所不具備的特色。「加碼」、「火山」、「盤子」雖然是社會通語，但它們的職業意義與社會約定的意義完全是兩碼事，這也不同

於產業工人對社會通語如「二百五」、「聊大天」的吸收運用。

工人語有自己獨特的風格。男性工人邀請人，喜歡用充滿熱情的命令口氣，表現出一種直率豪爽的風格。如《北京人》記錄二十四歲的殯葬工人孫景奎說的話：「走，上我家看看去，去吧，沒關係！」（《鍾山》1985 年第 1 期第 21 頁）六十四歲的浴池業退休工人李福賢也這樣對記者說：「這沒啥好謝的，寫北京歷史的同志也找咱聊過，我也就有這麼點用處了……走，上家吃去！客氣啥喲，還等我叫警察抓你們上家去？」（《上海文學》1985 年第 1 期第 38 頁）

男性工人講話時為了表示對聽話人的尊重，喜歡用「×不×」格式。請看孫景奎的下面兩段話：

> 死了，吃什麼肉也不香了，擦什麼膏，抹什麼霜也沒人看了，是不是？哭歸哭，家屬，早幹什麼去了？！活著，多關心強不強？（《鍾山》1985 年第 1 期第 20 頁）

> 用真名，就別用地名；用地名，寫我是哪個火葬場的，就別寫名字，就寫×××，反正事兒就是這麼個事，好不好？我有我的角度和想法，是不是？我，根本不想出名兒。（《鍾山》1985 年第 1 期第 21 頁）

再看《北京人》記錄五十八歲張姓船工的兩段話：

> 共產黨來了，鬼都少了，是不是龍王爺也跑了？（《鍾山》1985 年第 1 期第 27 頁》）

> 我覺著這景美不美？嘿嘿，我在這河上跑了幾十年，看慣了……是好看，看了幾十年，還是怪好看。（《鍾山》1985 年第 1 期第 28 頁）

上面幾段話裏「是不是」、「強不強」、「好不好」、「美不美」雖以正反問句的形式出現，實際上說話者對問題已經有了確定的看法，用「×不×」這樣的商量語氣，顯得比用肯定語氣謙遜些，它的功能在於表明說話者的一種態度，即對聽話人的尊重。

（三）農民語

農民活動的生態環境與言語實體整合而成的言語生態變體，就是農民語。就言語主體來看，中國農民的一個顯著特點是文化水平低，文盲多，分布廣，

這個因素必然對農民的言語產生重大影響。農民長期居住在遠離城市的地方，言語交際的層次較單純，很少與社會上其他社群的成員打交道，接受新鮮的言語成分的機會較少，因而農民語比較缺少與農事無直接關係的其他行業的語詞，缺少文采，言語風格顯得較為淳樸。

在瀘州，有些字眼或詞兒，根據語音就可以知道說話者是城里人還是鄉下人。比如問「吃飯沒有？」［tsʻɿˀ fanˀ ₌məi ˗iəu］這是城里人的說法。鄉下的農民會把「吃」發為［₌tɕʻi］，「飯」兒化為［fɚˀ］，有的農民甚至會說：「幹飯［kanˀ fɚˀ］沒有？」這顯得粗魯一點。城里人說：「回家去沒有？」［₌xuəi ₌tɕia tɕi₌ ₌məi ˗iəu］農民把「回家去」發成［₌xuakʻi₌］，「回家」合為一個音節，城里人不這樣講。城里人說「紅苕」［₌xoŋ ₌sau］，農民說「黃苕兒」［₌xuaŋ ₌sɚ］或把這兩個音節合為［₌xuɚ］。普通話說「什麼」，瀘州城里人說「啥子」，農民大多說「賞尖兒」；「轉彎處」，城裏說「拐拐上」，農民說「彎彎頭」。「這裡」，「那裡」，「哪裏」，城裏說「告點兒」、「告跟兒」、「告跟堂」、「訥點兒」、「訥跟兒」、「訥跟堂」、「哪點兒」、「哪跟兒」、「哪跟堂」；農民一般說「告堂壩兒」，「訥堂壩兒」，「哪堂壩兒」。稱讚事物很好，城裏說「好得很」，「好得不得了」，農民則說「啥樣［˺saŋ aŋ˺］好法」。表估量，農民一般在句末用語氣詞「罷嘍」，如「進城賣菜罷嘍」，意為「或許進城賣菜去了」。城裏沒有這種說法。

農民作家柳青的《創業史》（第一部）裏有好些農民的口語。就語詞來說，主要包括生產活動和日常生活兩大類。有關生產活動的語詞大抵有這樣三類：

1. 農作物名稱。如：青稞、秧子、扁蒲秧、酒穀、蕎麥、紅大頭麥、六〇二八麥、碧瑪一號麥、山芋、百日黃（稻種名）、秕子、牛毛秧、梅豆、壯秧、急稻子（生長期較短的水稻）。

2. 生產資料。如：擔籠、钁頭、牲口、大轅牛、駕轅騾子、席囤、笆籬、草糞、席包、場具、彎鐮、削鐮、羅子（篩麵粉的工具）、旱磨、粉磨、磨扇、豬娃、扇車、拴馬橛子、糞筐、車轅、三合糞、旱原地、黑膠土、田坎、地場。

3. 農事。如：盤（搬運）、莊稼行、壓場、潑場、套犁、泡地、吆大車、搭鐮、墊土、起糞、落穀稀、緩苗、復種、鋪糞、撒種、培土、跑山、手稠、揚

種、插秧、打土坯、長濫、秧床、空行、油漢（蚜蟲）、下秧子、糶、春灌、換季、忙季、節令、夏忙。

日常生活方面的語詞有這樣兩類，一是人事。如：你娃、他媽、娃他爸、屋裏（妻子）、娃子（小孩）、這號人、泥腿子、老實疙瘩、張聲（出聲）、把式（內行）、二杆子（技術次一等的人）、清底（明白底細）、緊火（緊張）、苛苦（刁難）、花銷（開支）、上場（糧食上市）、逢集、上集、散集、待承（對待）、喜願、夥使（共用）、文墨（文化）、套子話（客套話）、難場（難處）、賣嘴〈說閒話〉、拍嘴（聊天）、瞎拍（亂講）、誑話（假話）、拿權弄勢、哭鼻流水。二是吃穿。如：小米稠飯、窩窩頭、吃館子、熬眼餓肚子、花紅衣裳、麻鞋、毛裏纏、估衣、汗褂。

農民的口語裏有相當數量的凝固短語。既有關於人事的，也有關於農事的。《創業史》裏也有這樣的短語，前者如「不挑秦川地，單挑好女婿」，後者如「一月緩苗一月長，一月出穗一月黃」。與農事有關的固定短語通常稱為農諺。農諺是農民口語的精華，它在內容上與生態環境條件密切結合，在形式上講究音節的整齊對稱與和諧。四川農諺有「東閃太陽紅，西閃雨重重，南閃長流水，北閃起狂風」，如果照當地口語，應說成：東面打忽閃出太陽，西面和南面打忽閃落大雨，北面打忽閃起狂風。這樣既不精練，也難於記憶。經過提煉加工的農諺，音節整齊，第一、二、四句諧韻（四川話「紅」、「重」、「風」同韻母），作為因的自然生態條件與作為果的自然生態現象在言語格局中各有一定的結合方向。在這句農諺裏，「東閃」、「西閃」、「南閃」、「北閃」是言語成分與作為因的生態條件的整合，「太陽紅」、「雨重重」、「長流水」「起狂風」則是言語成分與作為果的生態現象的整合。農諺的格局不一，但它與生態條件的整合總是有因與果這兩個相對待的方面，而且絕大多數農諺總是因在前，果在後。當然，農諺一般受時空條件限制，此地的話拿到彼地去說，彼時的話拿到此時來說，都可能因言語語義與生態環境的錯接而鬧笑話。農諺存在的時空條件不是永恆不變的，大生境的變化可能導致農諺的因果鏈斷裂而使不合時宜的農諺消亡。例如，四川有句農諺是「栽樹種桐，子孫不窮」，前為因，後為果，對這個因果鏈起決定作用的是社會價值標準，一旦社會把種植樹木的價值加以否定（如大躍進時代的毀林開荒），這句農諺的因果鏈就斷裂，也就沒人再肯

說這句話了。社會環境的變化能對農諺的生存構成威脅。《北京人》記錄了山東農民張裕喜的一段話，他說：「俺在那地裏頭栽了葡萄，嫁接了桃，那桃是『五月鮮』，三年，成了。紅紅的嘴兒，歪歪著，可喜人！拿到集上去，人家的桃賣三毛一斤，俺那桃擺出來，六毛，還搶哩！」這證明了種樹，尤其是種經濟價值高的樹，完全可能導致「子孫不窮」的結果。但是，接下去「六四年鬧四清那陣子，都給俺砍啦，都砍啦。俺蹲在家裏哭，十幾天不敢去村東邊，遠遠一見著那園子地，就哭……」〔註33〕為什麼呢？社會大生境變化，種果樹不但沒帶來好處，反而惹來禍事。那時節，誰願講這種與社會環境格格不入的農諺呢？這就同「文革」期間人們鄙棄「窮不丟豬，富不丟書」的古老格言一樣。自然生態條件的變化，也可能破壞因果鏈，從而威脅到農諺的生存。四川有句農諺說：「不冷不熱，五穀不結」，意為：溫差不大不利於糧食作物生長。假如夏天溫度不是很高，冬天溫度不是太低，糧食作物仍獲豐收，就會導致人們對這句話產生懷疑。而現代農業科學的發展，完全能做到在溫差不大的條件下奪取糧食豐產。在不太遙遠的將來，甚至可以利用人工改造農作物生長的小生境。到那時候，這條農諺由於生態條件按人的意志而變化，前半句與後半句之間不再存在因果聯繫，這條諺語恐怕也就沒人再提了。

農民口語一方面少文采而顯得淳樸，另一方面又因重複而拖沓。陳建民先生《漢語口語》記錄的十篇原始口語材料中，北京農民孫占奎的話重複最多，不足一千字的記錄稿就有 18 處語詞或短語重複（語氣詞重複不計）。即使經過加工的口述實錄文學作品《北京人》，農民口語的重複特點也顯而易見。隨手可舉幾句山東農民張裕喜的話：「一個外來戶，大小事，在村子裏也出頭張羅、張羅哪！」「有天把俺們叫到床跟前，囑咐、囑咐，俺心裏也明白……」「這一個兒、一個兒都要成家，沒房，人家女家就不答應。」「俺哥不吱聲，光囑咐說：『可別去亂說，可別去亂說。』弄不好就叫人逮住，全給你沒收嘍。沒收了，回來也不敢吭。」〔註34〕「囑咐、囑咐」完全可以說「一再囑咐」，「可別去亂說」也不必重複，「一個兒，一個兒」也可以換成「一個個」。農民口語的重複與兒童口語的重複性質不同，兒童口語重複帶有主動意向，是言語習得的一種手段，農民口語的重複則是言語表達方式貧乏單調的表現。這

〔註33〕張辛欣、桑曄《北京人》，《鍾山》，1985 年第 1 期，第 6～7 頁。
〔註34〕張辛欣、桑曄《北京人》，《鍾山》，1985 年第 1 期，第 6～7 頁。

種現象主要發生在文化水平低、年齡偏大的農民中。

（四）商業語

商業語是人們進行經濟活動的生態環境與言語實體整合的一種生態變體。早期的經濟活動只是簡單的以物易物，後來社會分工的結果，形成了專門從事經濟活動的社會集團。當經濟活動還沒能發展到為整個社會的成員謀利益的時候，一定經濟集團的成員為了維護自身利益往往挖空心思創造一些特殊語詞。這些特殊語詞，是商業語的重要組成部分，尤其是在中國的封建時代，商業行話、隱語是維護商業集團利益的一種工具。但是，經濟活動又必須與所有的社會成員發生關係，這就必然形成一批既為社會理解又與特定經濟生態條件相聯繫的語詞，這些語詞由於商業門類的不同而異彩紛呈。近代商業的高度發展產生了金融業，金融專業用語雖然非金融集團成員不一定理解，但它與舊時代的商業行話或隱語不大一樣。商業行話只在少數同行中流行而對行外人保密，甚至同一行業的不同集團採用的行話也不一樣；金融專業用語除了本專業人員運用，對與金融業務相關的一切社會集團並不保密，它的功能是便於業務的順利進行和發展，提高工作效率，以取得更高的經濟效益。在我國，國家金融事業為全民的利益服務，這與行話為小集團利益服務在性質上就完全兩樣了。時下，我國商業的現狀是，國家、集體和個人三種所有制並存。商業語發展的總趨勢是逐步社會化。五十年代後期公私合營以後，商業儘管分為全民和集體兩種所有制，實際上是國家統一領導，因而行話基本上瀕於消亡。近年來搞活經濟體制，在經濟競爭中，為一些經濟集團服務的行話又重新出現，三十年來一度岑寂的個體商販叫賣聲也重新響起來。言語生態變體喪失了特定的生態環境和生存條件，就必然走向衰亡，一旦有了適合的生態環境，就會產生新的言語變體。

商業行話由來已久，明清兩代商業繁榮，許多行業都有行話。以賣餛飩的為例，明清時行話稱「餛飩」為「斜包」，「餛飩擔」為「旱橋」，「風爐」為「老相公」，「鍋」為「井圈」，「吹火筒」為「焰頭」，「竹梆」為「喚客」，「碗」為「親嘴」，「匙」為「鹵瓢」，「醬油」為「墨水」，「胡椒」為「辣粉」，「餛飩皮」為「片子」，「肉」為「天堂地」，「粉絲」為「白索」，「柴」為「助火焰頭」，「水」為「三點頭」，「蝦籽」為「紅粒」，「生意好」為「熱烘烘」，「生意不好」為「冰清」，

「買客」為「挨老」，「大街」為「大夾」「小弄」為「小夾」，「下雨」為「天哭」，「天晴」為「天開眼」等等。〔註35〕這些專用語詞采用比擬的方法創造出來，主要根據以下特徵：1. 聲音。如「風爐」稱為「老相公」，風爐卟哧卟哧的聲音與老人的咳嗽聲相似。2. 形象。如「天哭」，就像人哭流淚一樣，所以用來代替「下雨」；「井圈」是圓的，與鍋的特徵相似，所以用來代指「鍋」。3. 顏色。如醬油與墨水的顏色相近。也有兼顧形象與顏色的，如「粉絲」稱「白索」。4. 功能。如碗是盛東西的用具，當然要與嘴接觸，故名「親嘴」；梆子敲響讓人知道賣餛飩的來了，所以謂之「喚客」。儘管行話受較強的主體意向影響，它與生態條件的聯繫仍是有線索可循的。換句話說，行話的創造是在經濟目的的導引下與生態條件的超常整合。如「擔」這個通語，明顯地與飲食文化的生態條件相聯繫，為了使非本行的社會成員難於解碼，另創造了「早橋」這個與建築文化相聯繫的語詞。與建築文化相聯繫的「橋」雖與飲食文化風馬牛不相及，但「擔」與「橋」因其在形狀上的相似而發生語義聯想，這樣，「橋」與飲食文化就產生了超常整合關係。「橋」的原有意義在飲食文化生態條件下失落而代之以「擔」的特約意義，這樣，社會通語「餛飩擔」就換了一個近義說法「早橋」，它在與飲食文化整合的生態條件下，真實語義是「大清早就串街的擔」。言語實體與生態條件超常整合的實質是在保持原有生態因素的情況下調整語義的表現形式。調整後的語義有時與原義不完全相同，從而達到對其他異業人員封鎖信息的目的。

　　舊時代商業行話因行而異，甚至因字號而異。閩北建甌的棉布行業記數目，有的經營者以兩句古詩或成句的話語來代替「一」至「十」的數字。有的經營者以漢字筆劃的某些特徵替代數目字，如「由」字有一豎露頭，「中」字上下露頭，「山」字三豎露頭，就可以分別當作「一」、「二」、「三」來運用。行業不同，字號不一，記數的行話就不一樣。如有的行業用「條龍」、「漏江」、「橫川」、「空回」、「缺醜」、「斷大」、「皂底」、「散人」、「缺丸」，有的用「柳」、「月」、「汪」、「則」、「中」、「辰」、「星」、「張」、「艾」代替「一」至「九」。〔註36〕福建仙遊則以「旦底」、「中工」、「倒川」、「橫目」、「缺醜」、「撇大」、

〔註35〕曲彥斌《民間秘密語與民族文化》，《民間文學論壇》，1988 年第 5～6 期，第 145 頁。

〔註36〕潘渭水《建甌方言中的隱語——行話》，《中國語文天地》，1989 年第 1 期，第 11～12 頁。

「毛尾」、「分頭」、「旭邊」、「早下」代替「一」至「十」。〔註37〕安徽當鋪行業用「搖」、「按」、「瘦」、「掃」、「尾」、「料」、「敲」、「奔」、「角」、「杓」代替「一」至「十」。東北商人表示錢的數詞用「搖」、「按」、「廷」、「歲」、「抓」、「獻」、「勝」、「萬」、「勾」。〔註38〕山西夏縣東滸村的村民進行商業活動用「一溜」、「大番」、「居沉」、「套手」、「厚」、「受裏」、「香手」、「笑」、「登手」表示「一」至「九」的數目。〔註39〕電影《雅馬哈魚檔》裏，魚市上的人開價還價用「平頭」、「空工」、「倒川」、「側目」、「缺醜」、「斷」、「皂底」、「分頭」、「未丸」、「田心」代替「一」至「十」的數字。近年來，商業行話有逐步發展的跡象。在建甌，商業行話有如下方面的內容：

1. 對貨幣的稱呼。「鈔票」叫「葉子」，「十元票」叫「工農兵」，「五元票」叫「黃牛」，「幾角錢」叫「幾片錢」。

2. 對人物的稱呼。「顧客」叫「貨鈔」，「鄉下人」叫「監婢（叔）」，「外來包工頭」叫「老胡（伯）」或「胡伯」，「稅收人員」叫「老虎仔」，「岳父」叫「田東家」，「妻子」叫「老底」，「丈夫」叫「天牌」，「軍人」叫「老丘」或「丘八」，「財主」叫「大頭佛」。

3. 對人事的稱呼。「爭吵」叫「紅面」，「訂婚」叫「穿鼻」，「避債」叫「做皇帝」，「貪利」叫「手甲長」，「貪吃」叫「長鼻」，「耍賴」叫「倒地」，「如意」叫「落斗」，「到手」叫「落腰」，「屧水」叫「過湯」，「行賄」叫「打針」。

4. 對商品的稱呼。「好貨」叫「貢貨」，「差貨」叫「撒貨」，「米」叫「蜂仔」，「黃豆」叫「珠仔」，「麥子」叫「皮仔」，「澤瀉」叫「白面」，「香菰」叫「烏面」或「鈸仔」，「筍乾」叫「竹兜」，「雞」叫「尖嘴」，「鴨」叫「扁嘴」，「魚」叫「擺尾」，「酒」叫「三點」或「三酉」，「精肉」叫「紅的」，「肥肉」叫「白的」，「豬頭」叫「元寶」，「蹄膀」叫「帽仔」，「豬肚」叫「燈籠」，「豬舌」叫「口條」，「豬心」叫「炸彈」，「上排（脊骨）」叫「龍鋸」，「排骨」叫「排柵」。

小商販穿街走巷做生意往往連叫帶唱。這種叫唱語不使用行話，因為它的

〔註37〕黃金義《「折字口語」——談談「打市語」》，《語文知識》，1953 年第 3 期，第 27 頁。

〔註38〕蘇金智《語言變異與文化變異》，《中國社會科學院研究生院學報》，1989 年第 2 期，第 32～33 頁。

〔註39〕潘家懿、趙宏因《一個特殊的隱語區》，《語文研究》，1986 年第 3 期，第 63～70 頁。

目的是招徠顧客，擴大信息傳遞的社會面。看來行話與叫唱語是商業語在功能上相互補充的兩種生態變體。行話是商業集團內部交換信息的紐帶，叫唱語則是商業經營者向社會購買者輸送信息的手段。叫唱語與小生產和小商品經濟相聯繫，一旦剷除了小生產和小商品經濟，叫唱語喪失了生存條件，就會走向消亡。現代化生產與現代商品經濟的發展，暗示著叫唱語的消亡只是時間早遲的問題了。商品經濟的現代化使人們不得不依賴無線電通訊、電傳、電視、遙控等等先進手段來提高信息傳遞的廣度、速度和保密度，行話和叫唱語在現代經濟條件下顯然無能為力。我國現階段由於商品經濟所有制的多元並存，行話與叫唱語在相當一段時期還會存在。全面調查記錄分布於各地各行業的叫唱語和行話，研究它們的產生、發展、消亡與生態環境的關係，瞭解言語生態變體的社會功能與生態條件的相互作用和變化，是一個需要加以重視的課題。叫唱語是小商販進行經濟活動的生態環境與言語實體整合而成的，它在表現形式上是連叫帶唱，語音抑揚頓挫，常帶拖腔，視不同的環境，季節的變化，時尚的不同，以及顧客的年齡、性別、身份、需求差異而調整表達方式。通常的叫唱語都著力突出重點信息，突出的方式有：

1. 重點信息與語氣詞配合。如「果子乾唻」，「玫瑰棗哇」，「哎，羊頭肉」。

2. 重點信息與修飾語配合。如「喝了水兒的大蜜桃」，「酸辣豆汁兒粥」，「桂花元宵」。

3. 重點消息與動詞性短語配合。如「炸丸子開鍋」，「半空兒多給」，「冰棍兒敗火」。

4. 重點信息與動詞、語氣詞配合。如「喝大碗茶咧」，「打豆汁兒噢」。

5. 重點信息與修飾語、語氣詞配合。如「鮮菱角唻哎」，「高椿的柿子唻哎」，「脆瓤兒的落花生噢」。

6. 多次重複重點信息。這是各地叫唱語的共同點。例如，北京有「賣芍藥來，楊妃的芍藥來，賽牡丹的芍藥來」，「燙手啊，糯米黏白果，白果好像鵝蛋大，一隻銅板嘛賣三顆。要多噢，兩隻銅板嘛賣七顆。要吃白果嘛就來數，不吃白果嘛就挑過。挑過白果勿要牽記我。賣白果！」天津有「賣螃蟹，這都是團臍的來，賣螃蟹。」上海有「檀香橄欖買橄欖，橄欖買橄欖哪，檀香橄欖買橄欖。」重慶有「小麵小麵，紅油小麵，來吃小麵。」瀘州有「麻湯餅兒嘞個

芝的麻餅兒，來買新鮮的麻湯餅。」

　　每個小販有一套固定的叫唱語，除了習慣性的叫唱，有的小販根據生意環境的變化，還能臨時隨編隨唱，不論修飾性成分如何變化，總是有意識地突出自己所賣的貨物名稱。其辦法是把貨物名稱重讀，或在貨物名稱後面加語氣詞，或者來一個拖腔。如瀘州的「冰——糕，涼快——」，全句重音落在「冰」上，且跟著一個拖腔；「熱嘞——黃糕——」，重音落在「糕」上，也有個拖腔。武漢的「熱喔——苕窩——」，「弔漿——熱巴巴——」利用拖腔突出貨物名稱。重慶的「鹽茶——雞蛋——」，「蛋」字拖得特別長。北京的「藕唻——白花藕唻——」，「掛拉棗兒唻——酥又脆啊——」都在貨物名稱後加語氣詞。

　　各地收購廢舊物品的叫唱語，不如小販賣東西的叫唱那樣變化多端。似乎各自都有一些較穩定的語法格式。據北京人民藝術劇院演出的《北京叫賣組曲》反映的老北京收購語，其格式是：「有 N 我買」，如「有碎銅爛鐵我買」，「有破爛兒我買」。眼下北京的收購語格式是「有 N 的賣」，如「有酒瓶兒罐頭瓶兒的賣」，「有破爛兒的賣」。天津的收購語格式是「N 的賣」，如「破爛兒的賣」，「廢銅爛鐵的賣」。〔註40〕瀘州的收購語格式是「有 N 拿來賣錢」。經常叫唱的有下列語句：「有雞毛鴨毛鵝毛拿來賣錢」，「有爛衣花爛棉絮爛麻布罩子拿來賣錢」，「有爛皮箱爛板箱爛膠鞋爛皮鞋拿來賣錢」，「有廢書廢報紙拿來賣錢」，「有廢銅爛鐵拿來賣錢」，「有銅元小錢拿來賣錢」。

　　隨著現代社會金融事業的興起，湧現了一大批專業術語，這些專業術語雖然並不對非金融業人員保密，但不經過專業學習也不能正確理解和運用。作為現代商業用語的一個重要方面，金融術語是特定的經濟環境與言語實體的相互整合。以現成的言語材料為基礎，以經濟活動的需要為導向，往往在相似的生態條件下，能夠衍生出同一語根的詞群，如：票面、支票、股票、匯票；本金、母金、現金、股金；利率、周轉率、折扣率、回收率；貨幣、紙幣、硬幣、主幣、輔幣、紀念幣；匯兌、信匯、電匯、外匯、僑匯、現匯、通匯、套匯、逃匯等等。金融事業與社會各行各業關係密切，這樣的生態環境為專業用語轉化為社會通語提供了便利。例如：現金、利率、匯兌、硬幣、紙幣、國庫卷、金融債卷、信用卡，通貨膨脹、銀行信用、商業信用、利息、月息、年息、支票、空頭支票、現金結算、延期付款、轉帳、收支、出納、金庫、賬號等專業用語，

─────────────

〔註40〕徐幼軍《叫賣語言的語法特點》，《語文研究》，1988 年第 3 期，第 42～44 轉 20 頁。

在社會上經常使用，實際上已成為全民語言。

　　商業活動除了使用行話和叫唱語而外，還有一些是業務上常用的語詞，這些語詞因為常常與商業活動相聯繫，它們也是道地的商業語。例如：投資、股份、花色、款式、價格、規格、貨源、利潤、成本、行市、行情、批發、起售、盈利、毛利、經營、進貨、採購、高檔、低檔、盤存、營業稅、保本兒、翻本兒、賠本兒、銷售額、銷勢、銷路、脫銷、滯銷、暢銷、停銷。有一些是比較固定的短語，如：「若要發，眾人頭上刮」、「利大本無收」、「人無笑臉莫開店」、「誠招天下客，譽從信中來」、「貨不停留利自生」、「死店活人開」、「逢消莫趕，逢滯莫丟」、「吃不窮，穿不窮，算計不到活受窮」、「一個便宜三個愛」、「嘴硬不如貨硬」。有的短語在新的社會環境中已喪失了生命力，如「若要發，眾人頭上刮」與新社會的道德觀念不適應，從「刮」的動因難以導致「發」的結果，這條短語也就沒有存在的價值了。

（五）軍人語

　　軍人所處的特殊生態環境造就了軍人語。軍人語是部隊的特殊生態條件與言語實體整合形成的生態變體。它的特點是簡明準確。生態條件與言語實體的相互選擇餘地小，甚至在某些特定場合只能有特定說法而不允許有其他說法。軍人的制式語就集中體現了這一特點。所謂制式語，是軍人按照軍隊的條令或條例規定，在軍內使用的稱呼語、應答語、報告語和問候語。什麼話在什麼場合說軍人沒有選擇的餘地，必須按條令或條例的規定執行。這樣，生態環境條件與言語實體的整合，沒有經過競爭選擇的過程，也沒有漸進俗成過程，而是一開始就由條令規定，即由人的意向決定的。制式語作為一種特殊的言語生態變體其特點在於：它按領導機關的意向產生，也可以按照領導機關的意志解除或變換。這類特殊的生態變體在自然界是不存在的，但在人類社會裏卻並非絕無僅有。商業行話中數目的代用語詞在一些商號裏，完全由老闆規定或變換，社會群體內部的一些暗語往往也是由少數權威者規定。高度集中的社會集團，提供了產生這類特殊言語變體的生態環境。特殊言語變體的現實存在表明了言語主體的意向對變體的形成具有一定程度的影響作用，有時甚至產生主導性的影響作用。

　　軍人互稱可以稱職務，姓加職務，或職務加「同志」。如稱「連長」、「班長」、「王連長」、「肖班長」，或「連長同志」、「班長同志」。首長和上級對部屬

和下級以及同級間的稱呼，可稱姓名，或姓名加「同志」。例如老山某部二團團長王小京對該團八連戰士向小平，既可稱「向小平」，也可稱「向小平同志」。與王小京同期從石家莊高級步校畢業的一團團長秦天，王小京既可稱他「秦天」，也可稱「秦天同志」。如果在正式場合稱「老同學」或「老朋友」都是不合條令規定的。軍人在公共場所以及在不知道對方的姓名、職務時，可稱軍銜加同志，如「中尉同志」、「少校同志」。軍人聽到上級呼喚時，應立即回答：「到」，在領受首長口述命令或指示後，應回答「是」。軍人對上級僅這兩種回答，這樣的應答語單一、乾脆、堅決，部隊生態環境不允許有其他任何選擇，下級對上級只能是無條件服從。報告語從內容到形式都有統一規定。報告內容通常應包括報告人所在的單位、正在進行的工作或活動、報告人的職務和姓名等。另外，對各級在不同場合向直接首長和非直接首長的口頭報告形式分別有規定。如，營長正在進行隊列訓練，團長檢查工作，營長向團長的報告語為：「團長同志，步兵第×營正在進行隊列訓練，請指示。營長×××。」報告語的格式為「報告對象＋工作或活動內容＋『請指示』＋報告人」，語氣嚴肅乾脆，語調平實。問候語在上下級之間是這樣的格式：首長：「同志們好！」下屬軍人：「首長好！」首長：「同志們辛苦了！」下屬軍人：「為人民服務！」可見，軍人制式語有如下特點：1. 語義明確，表達形式單純，特定生態條件與言語實體聯繫固定，沒有同義選擇的自由。2. 語句簡短，模式化，多用肯定句式和獨詞句。3. 多用降調。〔註41〕

　　軍人常用的職業言語與所處的環境密切相關。報告文學作品《中國大衛集群》，記錄了中國現代軍人的常用語詞。例如，反映軍旅環境的有：防衛工事、永備工事、貓耳洞、戰區、一線、二線、集團軍、軍直（集團軍直屬單位）、前指（前線指揮所）、營指、連指、炮觀（炮位觀察所）、野戰二所、偵察大隊、防化連、加強排、炮班、作戰交班會、作戰室、軍營、陣地、主峰、前沿、哨所、哨位、總機班、掩蔽部、屯兵洞。有關軍隊人員稱謂的如：單兵、哨長、衛生員、軍醫、軍工、值班參謀、炮手、作訓股長、陣地長、一線戰士、老前線、冷槍手。有關軍事活動的如：軍語、軍報、地雷、報話機、陣亡、斃敵、敵情、編織袋、偽裝網、迷彩服、防潮被、番號、代號、防禦方向、防禦態勢、目標、標定射擊、瞄準鏡、彈藥點、射擊孔、作戰隊形、臨戰、參戰、空爆彈、

〔註41〕李蘇鳴《軍人制式化口語淺析》，《修辭學習》，1986 年第 5 期，第 4～5 頁。

槍擊、炮擊、齊射、零星炮擊、密集炮擊、引爆、起爆、接防、包抄、偷襲、強襲、定向地雷、壓縮乾糧。

一旦生態條件超常特化，軍人語在言語主體意向支配下也相應特化，和生態環境同步諧調。某部在老山前線執行任務，由於地形複雜，中越雙方陣地交錯，軍人只能二、三人甚至一個蹲在貓耳洞裏，與越軍洞口的距離有時僅四、五米遠。兩國軍隊的報話機型號相同，互相能監聽，電話也可能被竊聽，軍人之間的有線無線聯繫都不能用明語通話，這就給軍人特殊用語的產生和發展形成環境壓力。由於部隊以連隊為作戰的基本集團，因而軍人暗語以連為語言集團自成體系。由於連與連之間不發生橫向聯繫，各語言集團對同一事物的稱說不一樣。同是指「水」，有的叫「尿」，有的叫「清涼油」；「要炮火支持」，有的說「來幾個土豆」，有的說「扯我幾個蛋」；「死人」，有的叫「大休息」，有的叫「瞪眼」；「手榴彈」，有的叫「啤酒」，有的叫「地瓜」；「電線」，有的叫「鞋帶」，有的叫「麵條」。幾乎每個語詞都有它命名的依據。有些從意義上看不出聯繫的語詞，也有它產生的掌故。這些暗語的產生，既有大生境，也有小生境的影響。通常某個洞首先發明並使用一個新的說法，連裏加以普及，一個月左右便基本完善，運用自如。這個過程很像新語詞在社會上的產生和擴散，只不過在特化的生態條件下，這個過程被大大地簡化和縮短了。軍人的特殊語目前材料既少，研究者也很少涉足，它是言語生態變體的一種應急情況，只要特殊生態條件一發生改變，這些特殊語詞就很難繼續保持下去。下面是抄錄的老山前線電臺對話：〔註42〕

　　——斑馬，斑馬，找屠老闆。

　　——我是屠老闆，406 虎頭嗎？

　　——是的，耗子來了，耗子扔地瓜。

　　——給耗子吃個大餅。

　　——大餅不好吃，給來點土豆，大土豆，大大的土豆。

　　——別咋呼了。

　　——土豆來了，三隻耗子大休息，兩隻小休息。

　　——別咋呼了。老天爺叫我們這個月亮千萬那個那個。

〔註42〕張衛明、金輝、張惠生《中國大衛集群》，《解放軍文藝》，1988 年 12 月號第 21 頁。

——放心。相聲磁帶不多了，歌曲磁帶、流行磁帶沒有了。

——這個月亮猴子拐。

——來點清涼油吧。

——老天要撒尿，注意接尿。

——虎頭老闆要花生米。

——猴子拐六，有花生米。

這段暗語翻譯如下：

——連指揮所，找屠連長。

——我是屠連長，6 號哨位嗎？

——是的，越軍上來了，扔手雷了。

——炸他們個定向地雷。

——定向地雷被破壞了，請給炮火，大炮彈，越大越好。

——明白。

——炮彈炸了，死三個越軍，傷兩個。

——明白。團長讓我們今晚加倍小心。

——放心。肉罐頭不多了，菜罐頭、水果罐頭沒了。

——今晚上軍工。

——背些水來。

——要下雨了，注意接雨。

——排長說要些子彈。

——上六個軍工，有子彈。

　　暗語的主要特點是語詞意義與明語形成對應關係，基本上以社會通語的語法來組織語句，不過有時語法格式不完全對應。例如，「大餅不好吃」是個主動句，而明語「定向地雷被破壞了」則是個被動句。暗語「給耗子吃」是兼語結構，明語「炸他們」則是動賓結構。「猴子拐」與「上軍工」，動詞與名詞的位置正好對調。偶而還有語法創新，如『猴子拐六」（上六個軍工），數詞後省掉量詞，而且數詞位置遠離限定的中心成分，跑到謂語之後，正常的通語沒有這種語法格式。

（六）教師語

　　教師在特定的生態環境中形成了說話的職業特色。與教師工作有關的生態

條件同言語實體整合而成的言語生態變體就是教師語。例如，教師為授課撰寫的文字材料，一般不稱為文件、文獻，也不叫文章，而稱「教案」，它是「教學方案」的簡縮語。一根普通的棍子，在課堂上出現，不再有人說它是「棍子」，而稱它為「教鞭」。學校裏每個班級的值日生，每天負責填寫教學情況表格，這種東西既不叫考勤簿，也不叫登記冊，而叫「教室日誌」。教師用粉筆在黑板上寫字，不叫「書寫」而稱為「板書」。一級普通的臺階，只要它處於教室的特定位置，就不能叫「臺階」而得叫「講臺」。教室裏的桌子叫「課桌」，教學用的書叫「課本」或「教本」、「教材」。這些語詞有的以某個語素為詞根構成一群同素詞，如以「教」為詞根，就有：教育、教室、教綱、教材、教案、教學、教具、教程、教參、教法、教時、教齡、教鞭。以「題」為詞根，有：問答題、思考題、參考題、選答題、附加題、口答題、筆答題、必答題、複習題、練習題、重作題、預習題、考試題、考查題、簡答題、填充題、證明題、論證題、論述題、圖示題、演示題、演算題、計算題、應用題、作文題、作業題，如果以科目為限定成分，還可衍生出「數學題」、「化學題」、「政治題」等等。像這類教師習用的語詞，一般人幾乎不使用。

教師語言有三個特點。首先是學術性。各個專業有自己的專業語，專業語言都體現學科特色。例如，橫寫的「一」，上書法課的教師絕不會說「一根槓槓」，而會說「一橫」；數學教師則會說是「減號」。同樣的符號「A」，語文教師說這是大寫的 [a]，英語教師說這是大寫的 [ei]。語文教師對不同表現形式的文章，有不同的稱呼，如：散文、政論文、報告文學、應用文、詩歌、小說。詩歌按不同標準又分：抒情詩、敘事詩、近體詩、現代詩。小說按字數又分：短篇小說、中篇小說、長篇小說。此外還有許多專業語，如：主題、體裁、題材、中心思想、寫作技巧、倒敘、插敘、段落大意。數學教師對數的稱呼，專業性就更強，如：自然數、整數、分數、小數、奇數、偶數、質數、合數、約數、倍數、指數、對數、底數、系數、複數、實數、虛數、函數、參數、導數、級數、留數，各有嚴格的數學意義，不容混淆。化學教師也有自己的專業語：元素週期表、化合價、共價鍵、化學平衡、克分子、克原子，PH 值等等，其他學科很少使用。不同專業的教師使用的專業用語都有很強的學術性。

教師語的第二個特點是重複性。這種重複，既不同於兒童學語、老年遲鈍的重複，也不同於言語表達方式貧乏或口語的習慣性重複。它是改變語句信息

量和信息分布的一種手段，是言語主體意向能動性的體現，也是主體意向與生態環境協同的結果。考慮到不同聽眾接受信息能力的大小和所表達內容的深淺難易，重復有不同表現形式和不同的目的。

一種是強調性重複。請看下面兩條口語實錄材料，〔註43〕

　　A. 現在這個，研究成果是不得了的。每年出來，不要說一年，就說一天，我們今天在這裡開一天會，全世界，出版的，今天 10 月 5 號，這一天，各個學科，數學、物理、化學、語言、文字、歷史、文學，總起來，一天起碼是三五萬篇文章，不得了呀！

　　B. 這個孩子呢，她從小到大沒有口頭語，「這個那個」，沒有。

第一段材料裏「一天」出現三次，「這一天」與「今天 10 月 5 號」同義變形重複，短語「不得了」出現兩次。這段話的消息重心是「一天出三五萬篇文章」，為了突出這個重心，講話人採用「一天──這一天──不得了」的「三──二──二」重複手段，極力渲染一天之內所出研究成果在數量上達到的驚人程度。這就比只說一句「一天出三五萬篇文章」給聽者以更深刻的印象，較好地完成了重點信息的傳播。第二段材料「沒有」出現兩次，意在強調「她」講話沒有多餘的口頭禪。重點信息是「沒有口頭語」，後一個「沒有」是「沒有口頭語」的賓語省略式。

其次是更正性重複。例如：

　　她從三歲聽別人說話有語病呀，她說：「你說得彆扭。」「怎麼彆扭？」「我不知道怎麼彆扭。你說得彆扭。」她說不出來，人家怎麼彆扭。「好像大家都不像你這麼說」。這是三歲多在幼兒園的時候。

此例「三歲」出現兩次，這並非強調「三歲」，而是以後一個「三歲」作為信息更正的標誌。重複在這裡只是更正信息的手段，讓聽眾丟掉謬誤信息「三歲」而接收正確信息「三歲多」。

分析性重複與更正性重複在形式上相似，但傳遞的語義信息在邏輯上是不同的。如：

　　大約一歲多一點吧，過國慶放煙火，69 年吧，一歲零四個月吧，

〔註43〕陳建民《漢語口語》，北京出版社，1984 年 12 月第 1 版，第 183 頁、第 362～373 頁。

我們在胡同口正看煙火。

這個語句「一歲」出現兩次。後一個「一歲」是作為語義分析的引導標誌出現的。「大約一歲多一點」是比較籠統概括的信息，經過分析的「一歲零四個月」是比較確切的信息。前者在邏輯上包涵後者。而更正性重複「三歲」與「三歲多」二者只取其一。與分析性重複相反的是概括性重複。如：

然後又拍別的阿姨抱的小朋友，拍別的小朋友……

「拍別的阿姨抱的小朋友」在邏輯上包涵於「拍別的小朋友」，後者是對前者的概括。因此，後者含有更多的不定信息，語義上暗示除了拍別的阿姨抱的小朋友之外，還拍別的阿姨以外的人抱的小朋友，這種重複是增加不定信息的手段。

剛才提到「這一天」與「今天10月5號」是同義變形重複，在短語的表現形式上沒有相同的特徵作為標誌。有一種同義重複是有形式標誌的。例如：

當時可看的書比較少，燒的燒，可看的不多，沒有辦法給她讀一些書。

「可看的」出現兩次，它是「可看的書比較少」與「可看的不多」兩個短語同義的形式標誌。這種重複手段意在突出重點信息。

有一種重複是描述性的。如：「你怎麼跑？『快快跑』。」以「跑」的重複為形式標誌引進描述狀態的新信息。

比較常見的是補充性重複。例如：

A. 他根本不懂，不懂哪些是動詞呀。

B. 你要強調「快」，先說「跑」，完了最後再說跑的程度，跑的樣子，那就是「跑，跑得快」。

C. 電場也這樣要求。要求用形象描述方法把抽象的東西具體描述在書面上。

A 例以重複「不懂」為手段，補充了不懂的具體內容。B 例「跑」出現五次，以多次重複為手段補充說明跑的狀態。C 例「要求」出現兩次，第二次出現僅是形式標誌，藉以補充要求的具體內容。補充性重複是增加語句信息量的常用手段。

教師語的第三個特點是補充性。補充視不同情況有不同表現形式。一種是

追加性補充。如：「能這麼說嗎？這話。」語句的前部分作為獨立小句先說，追加部分實際上也成了獨立小句。一個不太長的句子用這種說法，與即興場合人腦的思惟重點有關，先想到的先說，說完後發覺差點什麼，再補上一句。口語的這種特色與深思熟慮之後故意使用倒樁句法，從言語主體意念看，是有區別的。

另一種是分析性補充。如：

> 只舉一個例子，解決一個疙瘩。如果留下很多疙瘩，這個疙瘩
> 的解開是沒有意義的；如果能相應解開很多疙瘩，這個疙瘩的解開
> 是好的。

後面部分是對「舉一個例子，解決一個疙瘩」可能出現的兩種結果進行分析，補充部分在這裡使前面的提法變得比較確切。

有一種是例舉性補充。如：

> A. 不要給小孩講詞義概念，名詞動詞什麼的。

> B. 比方分子原子組成的物質，同學們是具體感受到的，如桌子
> 椅子板凳。

例舉性補充使聽者對概念的瞭解具體化。「名詞動詞什麼的」是對「詞義概念」的具體化，「桌子椅子板凳」是對「物質」的具體化。

還有一種是描述性補充。如：

> A. 她看一會兒就愣了，小嘴巴半張著，眼看，說不上是欣賞……

> B. 媽說話沒有廢話，沒有語病，沒有口頭語，很簡潔，語音也
> 是標準的。

「小嘴巴半張著」是對「愣」的描述，「很簡潔」是對「沒有廢話」的描述。

比較常見的是說明性補充。例如：

> A. 許多細節不是書上有的，口頭相傳的。

> B. 這些他接受不了，比較抽象。

> C. 在北京講就懂，在外省講比較困難。他們見得比較少。

「口頭相傳」是對「細節」的補充說明，「比較抽象」補充說明「這些」，「他們見得比較少」是「在外省講比較困難」的原因。教師在闡述問題時，習慣於補充說明性的言語成分，這是因為教師對問題的結論已經有了比較成熟的看

法。首先提出看法然後加以說明是常用的一種教學法。教學法對言語習慣的形成可能有一定程度的影響。教師語的補充性特點是增加言語信息量、將模糊信息明確化的一種手段。

教師在課堂上有一些習用的短語，如：「請同學們注意」、「請大家打開書」、「請同學們看」、「我再說一遍」、「我再重複一遍」、「請大家再自己做一遍」、「請××同學到黑板前邊來」、「請××同學回答」等等。教師語比較標準，很少方言成分，語速適中，講究內在的邏輯聯繫。

（七）幫會語

幫會是為一定的政治經濟目的組織起來的社會集團。五十年代以後，社會上的各種幫會組織土崩瓦解，幫會語除一部分被社會通語吸收外，大部分已消亡。但是，近年來，社會上的一些流泯盜竊團夥為了協調行動保守秘密，不斷造出一些黑話。孫礦《皮夾克黨人》裏就記錄了一部分天津的社會黑話。「吃」、「倒食兒」、「洗手」、「劃道兒」、「犯浪」、「貝殼兒」、「順水」、「白的」、「黃的」都有隱秘的含義。瀘州的扒竊團夥稱「作案」為「砍皮」，「做壞事出了岔兒」叫「砍皮砍爆了」，「偷東西」叫「招蛋兒」，「暗娼」叫「斗子」、「梭葉子」，「一分錢」指「一元錢」，「一個滾滾兒」指「十塊錢」。這些黑話近於舊時代的幫會語，只是語詞比較貧乏，而且很不穩定，它們還算不上幫會語。幫會語是指社會上的幫會集團所處的生態環境與言語實體整合的生態變體。這種言語變體具有相對的穩定性。幫會成員多，分布地域廣，則幫會語還可能派生其他變體。眼下的中國，恐怕真正的活的幫會語，只有丐幫語才夠格。中國的乞丐從明清以來就是一種有組織的社會集團，有的丐幫還有政治目標，比如解放前包頭的「裏家」丐幫，他們的號子是「明大復心一」，翻過來就是「一心復大明」。丐幫有森嚴的等級制度，其政治宗旨有歷史繼承性。由於幫會集團的相對穩定，其使用的幫會語也比較穩定，這與社會上的一些閒散團夥所使用的黑話易生易滅不一樣。中國大陸上曾經一度絕滅的丐幫，從八十年代初起，慢慢復蘇。《文匯》1986年第10期劉漢太文章《中國的乞丐群落》比較詳細地記述了濟南市的丐幫情況。時代不同，地域相異，丐幫語當然不一樣。下面列出當代濟南丐幫、舊時吉林海龍丐幫、〔註44〕舊

〔註44〕惠西成、石子編《中國民俗大觀》（下），廣東旅遊出版社，1988年3月第1版，第442～454頁。

時包頭丐幫〔註45〕的一些言語材料。

當代濟南丐幫，稱呼幫內同夥單數都帶「們」字，如：爺們、大爺們、小爺們、哥們、姐們、大姐們、小姐們。常用語詞或短語有：老爺子（丐頭）、跪點（長期占住一個地方乞討）、山頭（地盤）、有水、沒水、少水（有錢、沒錢、缺錢）、上層、中層、下層（人身的上、中、下口袋）、分賬（分贓）、賣巧（銷售贓物）、吃巧（買贓品）、挑線（賣血）、炒竹槓（吵架）、吃二饅（敲竹槓）、掛馬子（玩女人）、兩夾（扒錢）。還用「老虎」、「兔子」、「老鼠」代指錢的多少。

舊時吉林海龍丐幫。大筐、二框（都是丐幫組織名稱。前者由瘸老病瞎者組成，後者由一般成員組成）、順子（刻字的小棒）、渣子（銅錢）、飛虎子（紙幣）、陰陽底（乞丐內穿藍布衣，外套破衣服）、家門（丐幫組織）、跑裏的（參加了組織的乞丐）、黑筐（沒有加入組織的乞丐、筐頭（「大筐」的頭目）、落子頭（下鄉領隊要糧的乞丐）、幫落子（「落子頭」的助手）、扇子（用鞋底打肋條討糧的乞丐）、舀子（用磚頭打腦袋討糧的乞丐）、破頭（用刀砍破自己腦袋討糧的乞丐）、相府（走江湖的人；「大筐」裏的盲人）、小落子（小乞丐）、吃米的（眼睛失明的女乞丐）、硬杆（視力正常的領路人）、軟杆（用小狗領路的盲人）、吃竹林的（打呱嗒板兒的乞丐）、說華相的（打沙拉雞的乞丐）、耍黑條子的（打煙袋杆的乞丐）、碰瓷兒的（打飯碗的乞丐）、敲平鼓的（打哈拉巴的乞丐）、靠死扇的（編造理由乞討的人）。

舊時包頭丐幫。梁山（包頭丐幫統一組織名稱）、鎖家、裏家（統一組織之下的分組織）、鼓房（也稱「忠義堂」，丐幫頭目行使權力的地方）、盤子錢（成員上交的幫會費）、灰子（大煙）、長哥哥（長指頭）、磕子（有勢力的人）、外路空子（沒加入組織的外來乞丐）、闖山（外來乞丐跑到丐幫的地盤來）、唾了人（毀壞了本組織成員的名聲）、跑條子（偷東西）、跳池子（偷東西）、摸燈（偷）、串棚（混到別的組織吃喝）、盤（查問）、登杆兒（放哨的）、占標的（收贓人）、上副（報到）、趕水（入夥兒）、落馬（被捕）、跑紅條子（夜裏偷）、跑青條子（日裏偷）、撲燈花兒（一早一晚偷）、滾轱轆（專偷車馬駄架）、掃攤子（專偷攤商）、出包兒、抄把子（都指扒竊）、寫（殺）、甩（頂罪）、冰（強行榨取）、搖不上線（偷不著東西）、拿糧子（報私仇）。

〔註45〕張辛欣、桑曄《北京人》，《收穫》，1985 年第 1 期，第 189～193 頁。

　　這些語詞或短語主要體現兩個方面的內容。一是幫內的人際稱呼。濟南丐幫以通語的稱謂加後綴「們」。海龍丐幫大部分人稱語以動賓詞組後加「的」構成短語，一部分則以「子」、「頭」、「杆」為後綴。包頭丐幫人稱語以「的」字結構為常。如「跑條子」、「跳池子」意為「偷東西」，在動賓詞組後加「的」就變成了人稱語。另一方面是幫內的人事活動。表人事活動的短語以動賓結構為最普遍，如濟南的「賣巧」、「挑線」、「炒竹槓」；海龍的「說華相」、「靠死扇」、「敲平鼓」；包頭的「串棚」、「走字兒」、「摸燈」、「趕水」。丐幫語詞一般都有語義邏輯依據。如「兩夾」，其實是「用兩個指頭夾鈔票」的簡縮語。「吃米的」為什麼指眼晴失明的女丐呢？因為這種女丐乞討時只能跟著大隊走，沒有分配任務，白吃飯。「白」字不好聽，所以叫「吃米的」。打飯碗的乞丐叫「碰瓷兒的」，因為碗是瓷質的，這種乞丐一邊說唱，一邊敲碗伴唱，故名。白天偷東西叫「跑青條子」，「青」指青天白日，大白天，「跑」指偷竊行動，「條子」指東西。至於「梁山」、「忠義堂」是借用歷史語詞，封建時代綠林好漢在忠義堂設鼓聚眾，所以又稱「鼓房」。

　　乞丐行乞時，使用的稱呼語視社會環境而變化。舊時代一般稱「老爺」、「太太」、「少爺」、「小姐」、「先生」、「掌櫃」、「老闆」、「東家」。眼下稱年紀大的男人為「大爺」、「老大爺」、「老師傅」、「您老人家」，稱中年婦女為「老大姐」、「大嫂」，稱年輕女人為「孃孃」，稱年青男子為「大哥」、「老大哥」、「叔叔」、「師傅」，竟然還有稱「同志」的。也有什麼也不稱呼，直接求討的。這種人往往用「求求你」代替稱呼語。乞討時往往說「做點兒好事吧」、「你將來兒孫滿堂，多福多壽」、「少的去了多的來，明的去了暗裏來，積點兒陰功德澤，兒子兒孫做高官」。有的乞丐會編說詞，這種說詞可長可短，視環境和對象的特點即興編造。有的是事先編好背熟，不論環境對象反覆說唱。所謂唱，只是語速與平常白話不一樣，一般是慢速拖腔。下面是一首舊時廣州盲妹的叫化歌：〔註46〕

天官賜福到你門庭，　　太平天下永無憂。

門前銀樹花開放，　　開枝發葉在高堂。

〔註46〕惠西成、石子編《中國民俗大觀》（下），廣東旅遊出版社，1988 年 3 月第 1 版，第 442～454 頁。

滿堂吉慶人興旺，	福祿雙全老少康。
今晚大家同飲暢，	等你夫妻和順百年長。
五福臨門萬事興，	吉星拱照到你門庭。
金銀多賺年年盛，	招財進寶又添丁。
等你兒孫累代皆昌盛，	一路英雄立太平。

歌詞變著法兒念叨「福祿雙全」、「吉慶興旺」、「和順百年」之類舊時代流行的吉祥話，非常切合當時人的心理，尤其在傳統節日或辦喜事的人家，容易收到好效果。由此不難看出丐幫語的兩個特點，一是用本幫行話傳輸信息保守幫內秘密，二是以唱詞等乞討語溝通社會信息，獲取經濟利益。

　　丐幫語講究語句諧韻上口。上舉叫化歌除第一句「庭」、「憂」不押韻而外，以下各句都是前後相押。海龍乞丐見到外來乞丐，不上前搭話，而以唱詞相問：「竹板打，響叮噹，我問相府奔哪方？」外地乞丐如懂規矩，應回答：「來的急，起的慌，一到櫃上去拜望。」櫃上（丐頭）盤問：「相府從哪兒來？」答：「稱不起相府，經師晚，離師早，不過是個小跑吧！」〔註47〕其實這是客氣的套話。諧韻順口的套話比較便於文化水平極低或根本無文化的乞丐掌握運用，它是維繫幫派團結、維護幫派利益的一種言語手段。

（八）宗教語

　　宗教語是教徒所處的特定環境與言語實體整合形成的言語生態變體。它與社會通語的區別主要表現為語詞差異。如僧人的稱呼語就與世俗人不同。佛教寺院的最高負責人稱為「方丈」，也稱「住持」。僧眾稱長輩僧侶為「師父」，稱德高望重的僧人為「大師」。同輩男僧人互稱「師兄」、「師弟」。尼姑不高興別人稱呼「尼姑」，男僧對尼姑也尊稱「師父」。同輩尼姑之間互稱「師姐」、「師妹」。男僧收的弟子，女尼收的女弟子都叫「徒弟」。見面雙手合十或一手五指併攏舉於胸前口稱「阿彌陀佛」，這是最常用的招呼語。男女僧眾交談一般用普通話，也有操方言的。是否講普通話視僧眾所處的環境而定。一般說來，僧人常外出進修學習，寺觀內的僧眾又來自五湖四海，連老僧人講經也多用普通話，不過往往帶有一些宗教專用語。下面抄錄少林寺釋延常的

〔註47〕惠西成、石子編《中國民俗大觀》（下），廣東旅遊出版社，1988 年 3 月第 1 版，
　　　第 442～454 頁。

一段話：〔註 48〕

> 1985 年，我曾經到北京的「廣濟寺」朝拜一年，我屬淨土宗。每天晚上，坐禪一小時。坐禪是一種工夫，也是一種氣功。有工夫才能入境界；入了境界就能覓到悟性——「心入牆壁，才能入道」；繁瑣有相，偕是虛幻。若見諸相非相，才能見到如來……坐禪的開始，是想最煩惱的事。接著想辦法排除它……坐禪可以使耳聰目明，知止而後能定，定而後能靜，靜而後能慮，慮而後能得道……這裡面的學問很深……

這段話出現的佛家專用術語，如「朝拜」、「淨土宗」、「坐禪」、「境界」、「悟性」、「相」、「如來」、「定」。它們的佛教教義，必須經過學習才能理解掌握。佛教術語的一個特點是用數詞加中心語構成高度概括的語詞或短語，猶如「三老四嚴」、「五講四美」那樣的縮略語。例如，「四大」指構成世界萬物的原素地、水、火、風；「五戒」指不殺生、不偷盜、不邪淫、不妄語、不飲酒；「十二因緣」指無明、行、識、名色、六處、觸、受、愛、取、有、生、老死。類似的術語還有「三生」、「三業」、「三報」、「一心三觀」、「十如」、「三藏」、「四諦」、「四禪」、「五蘊」、「八正道」、「五根」、「五力」、「五果」、「三法印」、「四念處」、「四正斷」、「四神足」、「七覺支」、「十因」、「二十犍度」，等等。

道教術語以動賓結構為多。如：破獄、招魂、引喪、收龍、收告、鎮宅、抱患、除靈、傳戒、告斗、解星、祝聖、供天、開方、開光、召飯、頒赦、度橋、放燈、接煞、拜表、發爐、唱方等。定中結構也較常見。如：金籙、亡事、血湖、周忌、初喪、醮壇。這類結構以某個語素為詞幹，能夠衍生出一群語詞。如以「朝」為詞幹，就有火司朝、宿啟朝、青玄朝、九幽朝、三朝。以「醮」為詞幹有：晴醮、雨醮、雷醮、火醮、瘟醮、監醮、公醮、清醮。以「燈」為詞幹則有：壽星燈、火司燈、灶君燈、三界燈、玄帝燈、雷祖燈、三官燈、小破燈、大破燈，延生燈、六神燈、六合燈、九幽燈、九陽燈、三途五苦燈、九霄開化燈、十七光明燈。〔註 49〕

上面所列佛道兩家的專用語詞使用的領域不同。「四諦」、「五蘊」等一群

〔註 48〕傅溪鵬《少林寺的內部報告》，《文學大觀》，1988 年第 7 期，第 36 頁。

〔註 49〕陳耀庭《上海道教齋醮和進表科儀概述》，上海社會科學院宗教研究所、上海宗教學會合編《宗教問題探索》（1985 年文集）上海社會科學院印刷廠，1986 年 9 月第 1 次印刷本第 184～196 頁。

語詞都是抽象的概念，是向僧眾宣傳佛教經典時必須闡釋的學術用語。學術用語有它產生的生態條件，其具體內容與人們生存的環境有一定的聯繫。史載釋迦牟尼第一遍宣講四諦就反覆講了三次，第一次講四諦的內容，第二次強調四諦在人生實踐中的意義，第三次以自己的實踐說明可以達到滅苦的境界。〔註50〕宗教用語如果與現實人生完全脫離關係，那就是徒有形式的東西，語詞的生命已就完結了。宗教學術用語隨學術的發展而發展，在形式和內容上不斷充實、修正、完善。如古印度順世論認為構成世界萬物的原素是地、水、火、風，即所謂「四大」，後來密教把宇宙本體和現象合二為一，認為二者是由地、水、火、風、空、識所構成，即所謂「六大」。至於「收龍」、「鎮宅」一類道家用語並不是抽象概念，而是道教齋醮儀式中所進行的活動的名稱。齋醮活動類型繁多，則專用語詞也就增多，而齋醮儀式的繁簡變化與教義思想、道術的發展變化過程是一致的。看來，宗教專業用語的發生發展或消亡，與生態環境的變化不能說毫無關係。近代上海道教限於上海地區的齋主不能提供較大的設壇場地，也由於不同層次的信眾的不同要求，「亡事」齋儀簡化為小型儀式。五十年代以來，由於我國社會制度發生根本變化，大型「醮事」、「清事」在上海已很少舉行，部分儀式已被摒棄，有好些專用術語已就不再被人提起了。如上海道教的啟師、集神、納宮、起鎮、十二願、出堂頌、謝師、回壇，蘇州道教的三獻、集神、拜三師、獻供，臺灣道教的化壇、捲簾、瑤壇、分燈、金玉、敕水、潔界等「進表」科儀已棄而不用，〔註51〕相應的語詞也就失去生命力了。

　　在安徽某縣，基督教宣傳教義，避免用深奧的專業語詞，而採用當地的語言和民間藝術形式。禮拜活動中，傳教者有說有唱，念幾句經文，講一段教義，唱兩首聖歌。如聖歌《十勸》就是採用當地的民歌曲調誦唱的，前兩段歌詞是：
〔註52〕

> 　　一勸公婆仔細聽，千萬莫與媳婦爭。推磨羅面都是她，碾米搗
>
> 碓活不輕。一天三頓把飯做，燒水搗灶冒青煙。織布紡花活不閒，

〔註50〕方立天《佛教哲學》，中國人民大學出版社，1986年7月第1版，第17頁。

〔註51〕陳耀庭《上海道教齋醮和進表科儀概述》，上海社會科學院宗教研究所、上海宗教學會合編《宗教問題探索》（1985年文集）上海社會科學院印刷廠，1986年9月第1次印刷本第184～196頁。

〔註52〕鄭凱堂《從某地基督教的發展看宗教生長的土壤》，載羅竹風主編《中國社會主義時期的宗教問題》，上海社會科學院出版社，1987年4月第1版，第257～267頁。

補補連連三更天，吃穿莫少她一點，你愛媳婦主喜歡。

二勸媳婦仔細聽，千萬莫與公婆爭。你的公婆年紀大，不能幹
來不能動。端水端飯侍候他，你孝公婆盡力行。真神幫你增福壽，
你娶媳婦與你同，賢良媳婦落好名。

這種歌詞實際上是非常接近口語的順口溜，但這種順口溜又不同於日常用語，它有一定的表達方式，而且總是與基督教義聯繫在一起。這種與一定生態條件相整合的言語實體，同樣是言語生態變體。它與宗教專用語詞的區別是，專用術語是宗教生態條件與語詞的整合，而這是宗教生態條件與具有藝術形式的語詞群的整合。宗教言語生態變體的藝術性還體現在言語表現技巧上，如有首《聖歌》的歌詞說：「苦井怎把甜水掏，荊棘不能結葡萄，疾藜不能長黃蒿。有惡報，有善報，前有車，後有道，不孝還得生不孝。」一連用了三個因果矛盾句與一個因果句作比喻，收到形象生動的宣傳效果。這可以認為是言語運用與生態環境的協同比較融洽的例子。

（九）卜相語

司馬遷《報任安書》說：「文史星曆，近乎卜祝之間，固主上所戲弄，倡優畜之，流俗之所輕也。」看來，巫祝、卜人在漢朝初年，運氣似乎不怎麼好。可是我們知道，遠在殷商時期，卜卦禱告，禳災祛禍就不是鬧著玩的事。商王擁有龐大的貞人集團，貞人占卦的結果，關係到國家的重大抉擇。貞人占卜，有一套常用的職業語詞，這恐怕是我國最早的占卜語了。星相占卜綿延三千年，至五十年代初，作為一種公開職業已被禁止，但這種活動並未停止。八十年代初，逐漸從地下轉為公開。目前，中國各大城市及農村，不難見到從事這種迷信職業的人。當今語言學界幾乎沒人留心他們使用的口語。生態語言學則不僅應當研究他們的職業言語，而且應當注意到職業環境的各種條件與職業言語的相互關係。

從事占卜、巫術、相術的人進行職業活動的生態條件與言語實體整合的言語生態變體，就是卜相語。甘肅永登縣有個薛家灣村，這個村的村民有四百多人，絕大多數人從事卜相職業。他們既能占卜、看相，也會鎮法。與一般單獨活動的迷信職業者不同的是，他們是一個職業集團，這個集團有共同的信仰、習俗和職業語言，集團成員擅長卜相而拙於農耕，甚至有些農家必備的農具也

不齊全。〔註53〕我們曾經提到山西夏縣東滸村的村民，不善農業而專事編織，為維護其經濟利益產生了一套便於交易活動的「延話」；山西長子縣人專事理髮行業而疏於農耕，並創造了相當豐富的理髮行話，都是由於自然環境條件影響的結果。而薛家灣產生卜相者專用的語詞，除自然環境條件不利農耕而外，還有其他因素的影響。40 年代，薛家灣有近 20 戶人家，有田地者僅占 30%，其餘人家不但無田地，有的甚至連住房也沒有。有田地的人家，也因土地面積、土質和產量的限制，不能完全靠農業為生。這是這個村以卜相為業的經濟方面原因。文化環境可從兩個方面考察，一是薛家灣人信奉道教諸神，中國傳統文化中的占卜、相術自然成為他們從業的主要內容；舊時代有迷信思想的人較多，特別是農村，求卦、求禳解的迷信者人數眾，分布廣。這是卜相語得以存在發展的文化條件。

薛家灣人進行職業活動有兩套話語，一套是隱語，他們稱為「紹句」，是職業集團內部交際的工具。據報導，「這種行話的詞彙，較之一般行業用語要廣，幾乎可以包括日常生活中所有的常用語，其中與他們職業有關的詞彙尤其豐富。」〔註54〕可惜調查材料對這方面幾乎沒有涉及，只提到三條短語：課巾（推八字）、交合昭盤（觀面相）、交合托罩（看手相）。另一套是明語，這套話語是與社會溝通信息的職業用語。可以說，明語是職業活動與社會要求相互協同的結果。例如，職業用語「批八字」又稱「推八字」，簡稱「推」。照理，「推」是「推算」的意思，可薛家灣人卻用水磨來比喻人的命運。他們說：「命運好比水磨，命是上磨盤，運是下磨盤。」推算命運也就如推磨一樣，磨盤有轉動的部分，也有固定不動的部分。人的命是生來就定下的，而運道卻是轉動的。這種理論正好切合求卦人的心理。假如一切都是命定的，也就無須推算了，那就不會有人求卦。生來命不好的人，希望碰到好運，生來命好的人，也可能碰到惡運，這樣，可以爭取更多的人來求卦。他們還將人的運行分為四個階段：11 歲之前叫「奶運」，12 歲至 30 歲叫「少運」，31 歲至 40 歲叫「中運」，40 歲以後叫「老運」。這就照顧到不同年齡層次的求卦人的要求。與一

〔註53〕柯楊、趙寶璽《「薛家灣人」的職業及其信仰習俗》，《民間文學論壇》，1988 年第 5～6 期，第 108～122 頁。

〔註54〕柯楊、趙寶璽《「薛家灣人」的職業及其信仰習俗》，《民間文學論壇》，1988 年第 5～6 期，第 108～122 頁。

般卜相者不同的是，薛家灣人還馴鳥叼卦，故意造成神秘感，以招徠更多的顧客。「鳥打卦」、「黃鳥叼卦」、「叼屬相」等職業語就是這種活動的反映。人手掌上的各種紋路，都有專名，如「財線」、「喜線」「命運線」、「子女線」、「性格線」等等，這些名稱都與人生禍福至關緊要，人們樂於接受。此外，如：立四柱、找九星、犯難星、找化星、十二壓運、行壓運、內外五行、憑命打彩、神機敫、卦簽、卦板，桃花鎮、聚星鎮、迎喜神等職業語，都是職業活動與顧主需求相互協同產生的。

在四川瀘州，「推八字」叫「算八字」，一字之差，多少透露了主體意識的微殊。瀘州的卜相者是單獨活動，沒有形成集團，為了爭取更多的求卦者，他們常常突出自己推算的高明。八字準與不準，標誌卜相者推算技術水平的高低。卜相者針對一般人的好奇心理，故弄玄虛，藉以招徠更多的求卦者。表現在說卦時，除了排出天干，地支而外，常常念出主管運道變化的星神名稱，如：官、財、祿、傷、煞、印、食、文昌、天德、魁罡、病符、六舍、貴人、地喪、五鬼、關府、太歲、進神、流霞，等等。這些星神名稱也就成為職業言語的組成部分反覆使用。八字批語往往襲用七言詩格式。如：「此命推來旺來年，妻榮子貴自怡然。平生原有滔滔福，且有財源如湧泉。」「此童非比別孩童，進神文昌是英雄，日後成人身長大，頭戴烏紗身穿紅」。薛家灣人採用口歌。如：「湘子見林英，攜手進房門。今年成婚配，來年見兒孫。」「時不來時運不通，當河放著一錠金。又無船渡水又深，晝夜謀事不遂心。」採用詩或歌的形式主要便於求卦者記憶，也便於卜相者的職業活動。他們把求卦者分為若干類型，對同類型的人使用相同的批語或口歌。一個卜相者能背誦數十首針對不同類型者的詩或口歌。這些詩或歌就與一定內容的卜相活動產生了相對穩定的聯繫，成為專用的卜相語。詩與口歌有歷史繼承性，也有的是卜相者自己創作的。這從詩的格律和用詞上可以看出來。比如「頭戴烏紗身穿紅」竟然一連用五個平聲字，乃是作近體詩的大忌。又如，首句不押韻的七絕第一句應是「平平仄仄平平仄」，可「時不來時運不通」的格律是「平仄平平仄仄平」，完全不守音律。可見這類詩歌是卜相者根據需要自己編的順口溜，不過借用了古詩的句式罷了。韻語是卜相語中復現率較高的言語變體。瀘州的卜相者記憶星神與現象之間的關係，也大多是用韻語。比如，八字中如果出現了「流霞」、「魁罡」，則視性別而有不同的批語。批語的理論依據就是他們世代相傳的韻語「男子流

霞他鄉死；女子流霞產中亡」，「男子帶魁罡，走馬進朝堂；女子帶魁罡，病倒不離床」。不過，這種韻語僅限於職業者內部運用，對異業者是保密的。

（十）藝術語

藝術語不是指藝術的語言或語言的藝術，而是指藝術工作者在從事藝術活動時使用的職業言語。這種職業言語是同藝術工作有關的生態條件與言語實體整合而成的言語生態變體。藝術語的產生發展與藝術的產生發展相聯繫，藝術的發展與環境條件相適應，因此，藝術語總是和一定的生態條件相協同，生態條件的變化關係到藝術語的興亡。中國是一個具有古老藝術傳統的國度。就戲劇來看，其專業語體現出與生態環境的密切關係。僅以中國戲劇的稱謂而論，就有一個很明顯的特點，那就是用地名作為劇種名稱的構成部分，且不說「京劇」、「川劇」、「湘劇」、「豫劇」、「晉劇」等劇種，像「黃梅戲」，是因為吸收了黃梅的採茶調而得名。像「辰河戲」，是因流行於湖南辰溪、洪江一帶而得名。「高山戲」發源於甘肅武都高山一帶，「婺劇」流行於浙江金華，而金華古名婺州，「甌劇」流行於閩北建甌，「瓊劇」、「潮劇」「紹劇」、「錫劇」等名稱都體現了地域特色。有的劇種則以有特色的道具為名，如「柳琴戲」、「花鼓戲」、「平弦戲」。劇種名稱體現了戲劇藝術與地域、物質文明等生態條件的密切聯繫。戲劇的角色一般分為「生」、「旦」、「淨」、「末」、「丑」五種類型。隨著藝術的發展，角色的分工更細，專用語也就隨著增多。根據角色身份，年齡、性格、氣質和表演上唱、做、念、打的不同特點，生角進一步分為「老生」、「小生」、「武生」、「武老生」、「娃娃生」和「紅生」。從扮相的不同，「武生」分「淨臉」與「勾臉」；從武打程序的不同，分「長靠武生」與「短打武生」。「老生」按表演藝術的特點又可細分為「唱功老生」、「做功老生」和「靠把老生」。根據角色性格身份的不同，「小生」分「翎子小生」、「扇子小生」；從做、打工夫的不同，分「窮生」和「武小生」。戲劇藝術重視人物性格的刻畫，不同性格的角色由不同的演員扮演，這樣就促進了角色類型的特化，專業名稱也就增多。以旦角為例，根據人物性格身份的差異，扮演端莊善良的中青年婦女，叫「正旦」；扮演活潑風騷的婦女，叫「花旦」；扮演滑稽奸刁的婦女，叫「彩旦」；扮演勇敢英武的婦女，叫「武旦」。「花旦」還可以進一步細分，扮演活潑、含蓄的青春少女，叫「閨門旦」；扮演性格潑辣的婦女，叫「潑辣旦」；扮演輕浮風騷的婦女，

叫「玩笑旦」。由於現代戲劇內容的豐富，人物性格的複雜化，京劇產生了一種新的旦角類型——「花衫」，以適應劇情和人物性格複雜化的需要。「花衫」比「正旦」稍活潑，但比「花旦」嚴肅，工架不如「刀馬旦」嚴格，是一種綜合「正旦」、「花旦」及「刀馬旦」表演藝術的旦角類型。戲劇演員不同於影視演員，他們常講的一些職業語詞，非該專業人員一般不用。如：「水袖」、「海底」、「行頭」、「臺步」、「下手」、「上手」、「帽戲」、「龍套」、「板式」、「吼班」。也有的專業用語由於意義的擴大或引申，與更多的生態條件產生了聯繫，成為社會通語。如：「亮相」、「走過場」、「打下手」、「跑龍套」、「打圓場」、「基本功」、「身段」。戲劇語一方面與特定的生態環境相互整合，一方面又努力拓展更廣闊的生存環境，這樣來不斷促進自身的新陳代謝。

　　中國傳統繪畫隨著技法的日益精進，專用術語也越加豐富。這至少有兩個方面的因素，一是畫家的主觀努力，再是描繪對象的發展變化。因此，一個新術語的產生，首先是繪畫主體與客體的協同，其次是包括主客體在內的生態條件與言語實體的整合。根據描繪對象的不同特點，畫家們創造了不同的表現手法，如墨法就有淡墨法、濃墨法、焦墨法、宿墨法、積墨法，破墨法、潑墨法；筆法有工筆、意筆、粗筆、細筆、拙筆、巧筆、渴筆、濕筆、破筆、側筆、臥筆、滾筆、順筆、逆筆。南北朝時期，由於佛教的傳入，宗教宣傳更多地依靠繪畫作為形象手段，人物畫有了進一步的發展。與西方繪畫不同的是，中國畫重視線條的表現力，僅描繪人物衣褶的不同特點，就創造了所謂「十八描」。明代鄒德中的《繪事指蒙》記載的十八描是：高古游絲描、琴弦描、鐵線描、行雲流水描、馬蝗描、釘頭鼠尾描、混描、撅頭丁描、曹衣描、折蘆描、橄欖描、棗核描、柳葉描、竹葉描、戰筆水紋描、減筆描、柴筆描、蚯蚓描。從名稱可以看出，除「混描」、「戰筆」、「減筆」是指操作方法，「曹衣」是用典而外，其他描法都是受自然環境和文化環境內某些物象的啟發，結合不同形制不同質地衣飾的特點而創造的，可見藝術用語是環境條件與言語實體的相互整合。山石的皴法是中國畫的特技，清代鄭紀常《夢幻居畫學簡明》總結十六種皴法是：披麻皴、雲頭皴、芝麻皴、亂麻皴、折帶皴、馬牙皴、斧劈皴、雨點皴、彈渦皴、骷髏皴、礬頭皴、荷葉皴、牛毛皴、解索皴、鬼皮皴、亂柴皴。這些皴法以自然環境中山石的不同紋路為表現對象，沒有現實物象為依據，就

沒有相應的皴法稱謂。實際上，山石的紋理形狀千奇百怪，十六種皴法不可能完全滿足藝術表現的要求。現代中國山水畫融匯吸收了水粉畫、水彩畫的某些技巧，畫寫意山水不僅用潑墨，而且用潑彩法，效果很好。繪畫術語的產生發展，不能脫離特定時空環境和生態條件的聯繫。一些常常為畫家們稱說的凝固短語，如「山水取意，花鳥取趣」、「無往不復，無垂不縮」、「疏可走馬，密不容針」、「丈山尺樹，寸馬分人」、「遠人無目，遠樹無枝，遠山無石，遠水無波」、「生怕死，熟怕局，慢防滯、急防脫」，都是主體意識與生態環境的協同在藝術用語上的體現。

四、情境變體——補充語

我曾經指出，情境因子是人們進行言語交際時，由諸多條件構成的制約或影響言語過程的因子，但這只是問題的一個方面。實際上，言語主體本身也在不斷地選擇言語情境。一個經驗性的事實是：當我們打算與一定身份的人講點什麼話時，總是留意選擇我們認為較適合的環境。假如環境不適合，硬要進行對話，結果是可想而知的。這是因為，社群生態的言語情境變體，是言語實體與包括主客兩個方面的生態條件相互調適形成的生態整合體。社會語言學者注意到情境同交際雙方的交互作用對言語類型選擇的重要影響，比如某種場合不宜講粗俗的言辭，某種場合不宜使用方言講話等等。也就是說，社會語言學家關心的是既成的語體或語種在情境變化時的語碼轉換。他們不考慮語體或語種與情境相互作用時，語體、語種和情境自身由於這種作用而引起的運動變化。而生態語言學研究言語生態變體的目的，正是在於通過言語實體與生態環境的相互作用，探索言語變體的運動變化與生態條件的關係。從生態學角度看來，語體、語種與情境的交互作用不僅是語碼轉換的原因，而且也是語體、語種與情境運動變化的原因。在這種運動變化之中，也就蘊涵著情境的生成組合以及語體、語种競爭和代謝的內在原因。漢語在語體和語種兩個層次上都存在與情境的相互作用。語體與情境關係的研究，已經形成了專門的語言學分科——語體學，而且取得了一定的成果。語種與情境關係的研究，則剛剛起步。這裡所謂的「語種」，不是指英語、德語、俄語這樣的國際性語種，而是狹義地指現代漢語與各方言。嚴格說來，方言當然不能稱語種，但在交際情境中的運用原理，

與國際性語種沒有兩樣。

生態漢語學關心的是方言與普通話在同情境的交互作用中發生的變化。在任何一個方言區，都可能碰到這樣的情境，操不同方言的人在一起需要交流信息，他們會不約而同使用普通話，這是一種語碼轉換，由自己的母語方言轉用社會通語。這同國際交往中語種的選擇原理一致。如果交際雙方都懂英語，那麼英語就成了彼此的共用通語。不過，這裡有一個重要的不同點，假如國際交往的雙方，一方是漢人，一方是俄羅斯人，他們的母語與英語是比較不容易彼此產生影響的。而漢語方言同普通話的情形就不同了，任何一種漢語方言都與普通話在語言歷史和社會文化背景方而存在不同程度的聯繫，它們在特定情境的交互作用中，很容易產生一種既非標準普通話，又非某一特定方言，卻兼有兩者特徵的情境變體。我把這類變體稱為補充語。

補充語是漢語的一種方言與普通話在特定情境條件下相互作用產生的語言生態變體。這種變體雖然在層次上與言語變體不同，但與言語變體的生態學作用大致相當，它是對普通話、方言社會交際的一種功能補充。它與特定情境具有穩定的聯繫，只有當這種情境出現時，它才作為方言或普通話的補充手段而存在。因此，一般難以借助這種語言變體進行思惟活動。借助方言母語思惟的成果按照說話者所掌握的語碼轉換成言語，對普通話與母語方言對應語碼掌握的精確度和熟練程度，直接關係到言語的整體面貌。這也是不同的人講的補充語總不會一樣的原因所在。當每個操自己方言的人努力按普通話規範講話時，方言因素總是頑強地表現出來，這就使得不同方言區的補充語各具特色。下面對四川人按普通話規範講話時可能生成的補充語試作初步探討。四川人講的補充語，在聲母方面有如下特點。

1. 普通話的舌尖後音聲組，大部分四川人都按方言習慣讀成舌尖前音。這是因為四川有 124 個方言點（以縣、市為單位）只有舌尖前音聲組。他們分不清哪些字該捲舌，就一律讀平舌。「老師」與「老絲」、「老市」與「老四」、「事實」與「四十」完全同音。自貢、西昌等 19 個方言點有舌尖前後兩套聲組，但舌尖後音聲組所管的音節比普通話的範圍小，如「爭巢梳初窄」仍讀舌尖前音。即使自貢、西昌兩地的人，也分不清「老師」與「老絲」，「事實」與「四十」，因為在他們的母語裏，「師」、「實」讀的是 [s-]。四川人到北方，意識到方言的這個特徵，於是儘量捲舌，把普通話裏不應捲舌的音節都發成舌尖後

音，「修辭」發成「修池」，「祠堂」發成「池塘」，「私人」、「大字」、「好似」說為「詩人」、「大治」、「好事」。即使是對語音比較留心的語言工作者，有時也難免搞錯。

2. 普通話裏中古泥、來兩母的字分得很清楚。四川重慶、宜賓等 56 個方言點泥、來兩母卻合併為一個聲母，[l]、[n] 自由變讀。這些方言點的人對普通話裏分別讀舌尖中濁邊音和濁鼻音的字一律讀為 [l] 或者 [n]。成都、瀘州等 91 個方言點有一部分泥、來母的字能分清，例如：「尿」、「泥」、「膩」、「聶」、「扭」、「年」、「捏」與「料」、「犁」、「利」、「獵」、「柳」、「連」、「列」這兩組字，前者讀 [n̠]，後者讀 [n] 或 [l]，但這類字非常有限，而且分布沒有規律性，大量的泥、來母字混為一讀。例如：：「濃」、「龍」，「寧」、「鈴」，「能」、「楞」，「囊」、「郎」，「嫩」、「論」，「暖」、「卵」，「女」、「呂」，「腦」、「老」等組字都分別同音。成都、瀘州等地的人會把 [n̠] 帶進補充語，「女客」與「旅客」都發成 [n̠yk'e]，重慶、宜賓等地的人要嘛都讀作 [nyk'e]，要嘛都讀作 [lyk'e]。

3. 四川大部分地區的人都把普通話裏來源於中古遇攝合口一等曉、匣兩母的字讀作 [f]，這樣，「浮屠」與「糊塗」，「大副」與「大戶」，「符號」與「弧號」，「斧頭」與「虎頭」在四川補充語裏就完全同音，都讀作 [f-] 聲母了。四川有少數方言點，如奉節、巫溪沒有 [f-] 聲母，那就不只限於遇合一的曉、匣兩母了，普通話裏讀 [f-] 的音節，都讀作 [h-]，如「浮」讀 [hu]，「房」讀 [huaŋ]，「發」讀 [hua]，「凡」讀 [huan]。這些方言點的人注意普通話特點，會把「糊」、「戶」、「弧」、「虎」都發作 [f-]，矯枉過正。絕大多數四川人糾偏的結果，常常把「浮」、「副」、「符」、「斧」讀為 [h-]。

4. 來自中古濁聲母，普通話裏讀為不送氣的清塞音、清塞擦音的一部分字，四川話往往讀為送氣音。由於思想上不夠注意，所以常在補充語裏出現。讀為 [p'-] 的有「哺」、「鈸」、「拔」、「跋」、「勃」、「渤」，讀為 [t'-] 的有「導」、「鐸」、「杳」，讀為 [ts'-] 的有「造」、「轍」、「濁」、「秩」、「澤」、「擇」、「宅」、「驟」，讀為 [tɕ'-] 的有「族」、「截」、「捷」、「倔」、「掘」、「郡」。所以，四川補充語說「拔草」聽來是「扒草」，「嚮導」就像「向套」，「捷報」就像「切報」。

普通話的一些不送氣清塞音、清塞擦音、清擦音，四川補充語讀成送氣音。

如「鄙」、「遍」、「卜」讀〔pʻ-〕，「堤」讀〔tʻ-〕，「浸」、「箋」「臼」讀〔tɕ-〕，「貯」、「拄」、「伸」、「碎」讀〔tsʻ-〕，「粉碎」聽起來就跟「粉脆」一樣。普通話有的送氣音，四川補充語讀不送氣音或清擦音。如「翅」、「舂」讀〔ts-〕，「唇」、「乘」讀〔s-〕。

5. 有少數見組二等字，四川補充語讀舌根音聲母。如「街道」的「街」，「階級」的「階」，都讀〔ˌkai〕，「解手」的「解」讀〔ˇkai〕，「睡覺」的「覺」、「老窖」的「窖」、「酵頭」的「酵」，都讀〔kauˀ〕。因為字不多，稍有點文化的人很容易記住用〔tɕ-〕代替〔k-〕。但是，「街」、「階」、「解」一般不容易發為〔tɕie〕，往往發成〔tɕiɛi〕或〔tɕian〕，這當然不是聲母的問題了。

6. 一部分中古見組和影母字，普通話為零聲母，而四川方言卻有〔ŋ-〕。這個特點也往往出現在補充語中。如：「我」、「訛」、「磑」、「礙」、「艾」、「哀」、「埃」、「愛」、「藹」、「崖」、「矮」、「隘」、「熬」、「傲」、「襖」、「奧」、「坳」、「拗」、「藕」、「偶」、「歐」、「嘔」、「庵」、「暗」、「淹」、「安」、「鞍」、「按」、「案」、「岸」、「雁」、「晏」、「恩」、「昂」、「肮」、「硬」「額」、「鵝」、「櫻」、「扼」等常用字，稍不留意就會帶上〔ŋ-〕聲母，但文化水平稍高的人完全可以避免。還有「義」、「蟻」、「議」、「宜」、「誼」、「疑」、「驗」、「嚴」、「釅」、「諺」、「研」、「硯」這一小部分字，重慶等 56 個方言點的往往帶〔n-〕聲母，成都、瀘州等 91 個方言點的往往帶〔ȵ-〕聲母。

四川話有 40 個韻類。〔註55〕普通話的〔ɤ、uo、iŋ、əŋ、uəŋ〕五個韻類四川話沒有，而四川話的〔ue、uə、yæ、yo、yu、iai〕六個韻類則是普通話所無。黔江有 38 個韻母，是全省韻類最多的點，屏山有 28 個韻母，是全省韻類最少的點。絕大多數方言點的韻類在 36 個左右。四川補充語在韻母方面有如下特點：

1. 四川話沒有〔-iŋ〕。普通話讀〔-in〕、〔-iŋ〕的音節四川都讀〔-in〕。四川人按普通話規範本應把讀前後鼻音的字區別開來，實際上許多人都辦不到。一些人能夠把聲母是〔t-〕、〔tʻ-〕的音節一律讀為〔-iŋ〕，而其他聲母的字基本上都讀成〔-in〕了。「白金」＝「北京」，「金魚」＝「鯨魚」，「親近」＝「清靜」，「水濱」＝「水兵」，「因而」＝「嬰兒」，「貧民」＝「平民」，是四川補

〔註55〕參看李國正《四川話兒化詞問題初探》，《中國語文》，1986 年第 5 期，第 366～370 頁。

充語常有的讀法。普通話裏〔-iŋ〕韻字比〔-in〕韻字多，有的四川人多發後鼻音，結果「姓林」的變成了「姓凌」的。

2. 四川話沒有〔-əŋ〕。普通話讀〔-əŋ〕的字在四川話裏分化為兩支：唇音聲組的字大部分讀〔-oŋ〕，小部分讀〔-ən〕，如「彭」、「逬」；其他聲組的一律讀〔-ən〕。四川人雖然意識到這一點但糾正的效果不明顯。很多人自以為發的是〔-əŋ〕，但人家聽起來卻是〔-en〕或〔-ʌŋ〕。四川人講的補充語，「人生」＝「人參」，「聲明」＝「申明」，「憎恨」＝「真恨」，「蒸汽」＝「真氣」，「正經」＝「震驚」，「城市」＝「塵世」，「勝仗」＝「腎臟」，「老程」＝「老陳」。大部分人說「開封」像「開方」，「蜜蜂」像「秘方」，「老馮」像「老房」，「朋友」像「旁友」。

3. 四川有 140 個方言點流攝一部分唇音字帶〔-ŋ〕尾。「某」、「畝」、「牡」、「茂」、「貿」、「否」、「缶」、「浮」、「謀」以及莊母的「皺」、「縐」兩字的韻母，基本上都是〔-oŋ〕。因此，這些字在補充語裏出現有三種情況：沒有文化或文化極低的人照方言的讀法；有點文化的人發為〔-ʌŋ〕（如「某」、「畝」）；文化較高的人「某」、「否」、「謀」發為〔-ɤu〕，「畝」、「牡」發為〔-ũ〕，「茂」、「貿」發為〔-ʌ̃u〕。

4. 〔-iɛi〕韻是四川話裏一個很有地方特色的韻母，150 個方言點中就有112 個點有〔-iɛi〕韻。蟹攝開口二等的「皆」、「階」、「偕」、「諧」、「介」、「界」、「芥」、「屆」、「戒」、「械」、「街」、「解」（理解）、「懈」、「蟹」等普通話讀〔-iɛ〕的字，四川補充語大都讀〔-iɛi〕。宜賓、犍為等 15 個方言點的人會發成〔-iɛ̃〕，瀘州等 4 個方言點把這些字讀為〔-iɛn〕，用心矯正的結果，也很難發成〔-iɛ〕，往往發成〔-iɛi〕或〔-iɛ̃〕。〔註56〕蟹攝開口一等的「孩」，普通話讀〔ɕxai〕，而四川話讀〔ɕɕiɛi〕或〔ɕɕiɛ〕；二等的「鞋」，普通話讀〔ɕɕiɛ〕，四川話讀〔ɕxai〕。四川補充語講的「買鞋子」，其他省分的人聽來就是「買孩子」，而「穿鞋子」，人家聽來卻是「穿孩子」。

5. 普通話〔-yɛ〕韻裏的中古入聲字，四川話讀〔-yo〕。這個特點常常出現在四川補充語中。「學習」讀〔ɕyo ɕi〕，「感覺」讀〔kan tɕyo〕，「節約」讀〔tɕiɛ yo〕，「音樂」讀〔in yo〕，「虐」、「瘧」兩字還常常丟失聲母讀為〔yo〕。普通話

〔註56〕參看李國正《四川話流蟹兩攝讀鼻音尾字的分析》，《中國語文》，1984 年第 6 期，
　　　　第 441～444 頁。

・361・

裏［-y］韻的中古入聲字，四川話分化為三種不同的讀法：「育」、「域」、「浴」、「欲」、「獄」、「郁」、「毓」、「續」、「蓄」、「恤」、「旭」等字的韻母為［-yu］；「律」、「氯」、「綠」（綠色）、「率」（效率）等字的韻母為［-u］；「曲」、「屈」、「局」、「鞠」、「橘」等字的韻母為［-yo］。因此，四川補充語常常把「教育」說成［tɕiau yu］，「旭日」說成［ɕyu ʐ̩］，「紀律」說成［tɕi nu］，「彎曲」說成［uan tɕʻyo］。

6. 普通話裏有些單元音韻母的字四川話是複韻母。如［-y］韻的「慮」、「濾」兩字四川話讀［-uəi］，「縷」、「屢」兩字讀［-əu］。普通話［-i］韻的「臂」、「披」、「批」、「坯」、「丕」等字四川話讀［-əi］，［-e］韻的「遮」、「蛇」、「惹」、「捨」、「車」、「社」、「射」、「賒」、「奢」、「佘」等字四川話也讀［-əi］。相反的情況也有。如普通話［-uəi］韻的「雖」、「綏」、「遂」、「隧」、「慰」等字四川話讀［-y］，［-ai］韻的中古入聲字「駭」、「百」、「白」、「柏」、「拍」、「宅」、「麥」、「脈」，「摘」、「窄」、「塞」等四川話讀［-e］。四川補充語往往把「慮」、「濾」說成［nuei］，把假攝開口三等章組字讀成［-ei］，把［-ai］韻的古入聲字讀成［-ei］。

7. 四川補充語有時會把普通話的開口韻母讀成合口。最容易發生這種情況的是「累」、「壘」、「淚」、「類」、「刪」、「姍」、「疝」、「贊」、「繩」、「橫」這幾個字。由於四川話沒有［-əŋ］韻母，所以「繩」讀為［suən］，「橫」讀為［xuən］。「尊」、「遵」、「吞」、「村」、「存」、「寸」、「損」、「論」、「筍」、「孫」等普通話的合口字，四川話讀為開口。這樣，「尊敬」與「增進」，「村子」與「撐子」，「留存」與「留城」，「輪子」與「棱子」，「筍子」與「嬸子」，「老孫」與「老生」，在四川補充語裏就完全同音了。

8. 四川補充語把「船舷」讀為［tsʻuan ɕyan］，「鹹蛋」讀為［xan tan］，這種情況不多見。常用字還有「鮮」、「癬」、「掀」、「堰」「弦」、「鉛」讀撮口呼，「陷」、「銜」、「淹」讀開口呼。文化水平高的人完全可以避免誤讀。果攝一等普通話讀［-ɣ］的字，四川話讀［-o］，四川補充語讀［-ə］，如「科學」的「科」［kʻə］，「俄國」的「俄」［ə］，「河南」的「河」［xə］，「哥們兒」的「哥」［kə］。

四川補充語的陰平調，沒有普通話那樣高，一般是 44。陽平調是 24 或 34。大部分人受母語影響起點比普通話低一度，還沒升到足夠的高度就沒了。上聲調有人發成 21，只降不升。有的發成 212 或 213，升得不夠。去聲發成 31 或

41，起點不夠高。四川有 84 個方言點古入聲字歸陽平，48 個方言點古入聲字自成調類。古入聲歸陰平和歸去聲的方言點很少。這樣，四川補充語裏古入聲字主要有兩種類型的讀法：一是重慶、成都等地的人把普通話裏分配在四聲裏的字不問青紅皂白都讀 24 或 34，因為他們的母語裏古入字全都歸入陽平 21，受普通話陽平調值 35 的影響而把低降調改讀低升或中升調；再是瀘州、宜賓等地的人把全部古入聲字讀成 324 或 42 調，這些方言點的入聲調值是 33，受普通話上聲調值 214 和去聲調值 51 影響，常常在曲折調和降調之間徘徊。即使是文化水平較高的人，也很難把古入聲字按普通話規範讀出準確的調值。這樣就必然出現既不是四川話，也不是普通話，而又同時受二者影響的聲調變體。

在語詞運用方面，視各人掌握普通話語詞的多少而情況各異。一般說來，都儘量使用普通話語詞而避免用方言語詞。但是，大多數人掌握的普通話語詞是有限的。因此四川補充語是普通話語詞與四川方言語詞交織在一起，雖然基本上能聽懂，但給人的印象是既稱不上純正的普通話，也不是純正的四川話，而是因為情境需要以跨方言語詞組合的話語。文化水平低的人講的四川補充語由於方言語詞太多，外省人很難一下子聽懂。下面舉例分析四川補充語在語詞運用方面的特色。

1. 四川話裏那些與普通話義域相同，語音或構詞方式不一樣的語詞，比較容易在補充語裏出現。具體說來有如下情況：

（1）構詞的語素完全不同的。單音節語詞如：炧（軟）、麥（張）、綿（韌）、跍（蹲）。雙音節語詞如：相因（便宜）、白墨（粉筆）、慈菇兒（荸薺）、精靈（聰明）。三音節語詞如：娃兒書（連環畫）、包穀粑（玉米餅）、月母子（產婦）、龍門陣（故事）。

（2）構詞的語素部分不同的。A. 音節數目一致，如：聲氣（聲音）、涼快（涼爽）、灰麵（麵粉）、零頭（零數）、壁頭〈牆壁）、煙子（煙霧）、三尖角（三角形）、過輩人（過來人）、太陽經（太陽穴）、告化子（叫化子）、黃霜霜（黃澄澄）。B. 音節數目不一致，如：羊子（羊）、樹子（樹）、鹽巴（鹽）、泥巴（泥）、腰杆（腰）、腿杆（腿）、滑刷（滑）、嫩氣（嫩）、老輩子（長輩）、木帚帚兒（木偶）、眼露水兒（眼淚）；花（花兒）、橫（蠻橫）、麵（麵條）、望板（天花板）、鮓肉（粉蒸肉）、電棒（手電筒）。

（3）構詞的語素完全一樣，只是前後次序互換。這類語詞不多，常在補充

語裏出現。文化水平高的人可以避免，但稍不留意也會脫口而出。這些語詞有：正真（真正）、齊整（整齊）、滴點（點滴）、氣力（力氣）、錢紙（紙錢）、弟兄（兄弟）、怕懼（懼怕）、息稍（稍息）、瓦碎（碎瓦）、條粉（粉條）、名聲（聲名）、緊要（要緊）、鬧熱（熱鬧）、歡喜（喜歡）、人客（客人）、雞公（公雞）、雞母（母雞）、鴨母（母鴨）。

值得注意的是，補充語裏常常出現疊音語詞。好些疊音語詞是受四川話影響帶進補充語的，普通話往往不是疊音語詞。如洞洞（洞）、毛毛（毛）、網網（網）、刀刀（刀）、灰灰（灰）、根根（根）、草草（草）、皮皮（皮兒）、尖尖（尖子）、架架（架子）、夾夾（夾子）、抽抽（抽屜）、皺皺（折皺）、缺缺（缺口）、塵塵（灰塵）、罐罐（罐子）。

2. 四川話代詞系統裏的一些語詞，有時會帶進補充語。容易在補充語裏出現的代詞有：

（1）人稱代詞：別個（別人）、人家（別人）、自家個（自己）、大齊家（大家）。

（2）指示代詞：這起（這種），這點兒（這裡）、這陣（這會兒）、那起（那種）、那點兒（那裡）、那陣（那會兒）。弄、弄個（這樣），浪、浪個（那樣）。

（3）疑問代詞：問人的：哪個、啥個、誰個（誰）。問事物的：啥子、啥起、啥種、哪種、哪起（什麼），其中「啥子」最常在補充語裏出現。問處所：啥點兒、啥根兒、哪點兒、哪根兒（哪裏）。問時間：啥哼兒、啥陣、幾時、好久（什麼時候、哪會兒）。問方式：怎個、朗個、從個（怎樣、怎麼）。

3. 四川話裏保持了一批古語詞。下列常用的古語詞都可能在補充語裏出現。在一般市民和農民講的補充語裏，出現機會更多。

筲：《說文》：「筲，飯筥也，受五升。」《儀禮‧既夕禮》「筲三黍稷麥」注：「筲，畚種類也。」《廣韻》所交切，「斗筲，竹器。」四川稱「畚箕」為「筲箕」。

潲：《廣韻》所教切，「豕食。」《集韻》：「汎潘以食豕。」四川稱用來飼豬的「泔水」為「潲水」。

壩：《廣韻》必駕切，「蜀人謂平川為壩。」四川稱平原、平地為壩。成都有金牛壩，重慶有菜園壩、沙坪壩，瀘州有藍田壩、茜草壩。

蓬：《集韻》蒲蒙切，「塵也。」《字彙》：「塵隨風起。」四川指塵土飛揚。

跍：《廣韻》苦胡切，「蹲貌。」四川話稱「蹲」為「跍」，這個常用動詞常常在補充語裏出現。

麽：《廣韻》靡為切，「散也。」《集韻》忙皮切，「分也。」把東西掰開、分開，四川話說「麽開」。

睃：《廣韻》素何切，「偷視也。」《集韻》桑何切，「視之略也。」「偷看」、「大略看一看」，四川話都說「睃」。

挼：《集韻》儒邪切，「揉也，關中語。」四川話稱「揉」為「挼」。

彼：《廣韻》匹靡切，「枝折。」《集韻》普靡切，「折也。」四川話稱「折」為「彼」。

胯：《廣韻》苦化切，「兩股間也。」《集韻》：「股間也。」「兩腿之間」四川人稱為「胯」，市民和農民補充語裏常出現。

癆：《方言》卷三：「凡飲藥傅藥而毒，……北燕朝鮮之間謂之癆。」《廣韻》郎到切，「《說文》曰，朝鮮謂飲藥毒曰癆。」「中毒」四川人叫「癆」，如：那個人吃毒藥癆死嘍。「毒害、放毒」也叫「癆」，如：癆耗子、癆人。補充語會出現「毒藥會癆人」、「癆老鼠」之類既不像普通話，也不像四川話的短語。

晏：《廣韻》烏旰切，「晚也。」四川話稱「晚、遲」為「晏」，文化水平高的人講補充語有時也會脫口而出。比如心情緊張時會說：「糟糕，我來晏了！」

四川話的一些語法特徵，也會不同程度地在四川補充語裏表現出來。

1. 一些四川話特有的詞綴，有時會出現在補充語裏。文化水平高的較少這種情形。四川話有個表示複數語法意義的名詞後綴「些」，能指人，如「人些」；指動物，如「雞些」；指事物，如「書些」；指抽象概念，如「板眼兒些」。農村的人講補充語，就可能出現「娃兒些」（孩子們）、「代表些」（代表們）、「房子些」（許多房子）這類短語。如果不經意，後綴「家」也會在時間名詞後冒出來，普通話的「春天」、「白天」會說成「春天家」、「白天家」，有時還會把「夏天」、「中午」說成「熱天家」、「晌午家」。後綴「子」也容易在時間名詞後出現，普通話的「今年」、「明年」「去年」、「前年」、「頭回」、「二回」，在四川補充語裏就成了「今年子」、「明年子」、「去年子」、「前年子」、「頭回子」、「二回子」。普通話形容詞前邊常用程度副詞「非常」、「很」、「太」，四川話則常用「非」，而且還有「刮」、「撈」、「焦」、「死」、「稀」、「溜」、「幫」、「足」、「瘟」、「滾」、「泯」

等各有一定搭配對象的程度副詞。因此，四川補充語裏有時會出現「非燙」、「非紅」、「刮毒」（太毒辣）、「撈輕」、「焦黃」、「死懶」、「稀爛」、「溜酸」、「幫臭」（太臭）、「足濕」（很濕），「瘩淡」（指味兒很淡）、「滾熱」（很熱）、「泯甜」（很甜）等一類短語。但文化水平高的四川人一般不會這樣講。

2. 四川補充語常帶一些普通話不大用的語氣詞，而且這些語氣詞不讀輕聲。最常用的是「嗦」［ se、 sæ］。表祈使：「你來嗦（你來吧）！」表說明：「書在桌子上嗦（書在桌子上嘛）。」表感歎：「這張畫不錯嗦（這張畫不錯嘛）！」「咹」［ an］，用在疑問句後邊加強疑問語氣：「你說啥子，咹（你說什麼呢）？「哈」［ xa］，表商榷：「我出去一下，哈（我出去一下，好嗎）？」表提示：「前邊兒是斜坡哈（前邊是斜坡）！」

3. 普通話有一種短語結構是「數量詞＋形容詞＋名詞」，如「一粒小小的糖」，「一間大大的屋子」，可四川話卻說「一小砣糖」，「一大間屋」。受方言影響，補充語一般說成「一小粒糖」，「一大間屋子」。類似的短語還有「一長條繩子」，「一短根棍子」，「一滿壺水」，「一大塊石頭」等等。

4. 普通話和四川話都有「好得很」的說法。但普通話的「很」一般放在形容詞之前，而四川話的程度副詞「很」主要放在形容詞之後。受方言影響，有時補充語會出現「那幢房子高很了」這樣的語句，還可能常出現「凶很了」（太凶了）、「好很了」（太好了）、「大很了」、「窄很了」之類的短語。

5. 四川話的時態助詞「倒」，大致相當於普通語的「著」。補充語裏有時會出現。如：「坐倒休息休息」，「你先走倒，我就來」，「躺倒看書不好」。四川話裏的「倒」還可以同其他虛詞一起組成固定結構「倒起」、「倒的」、「倒在」，表示持續態。例如：「你幫我拿倒起」（你給我拿著），「飯菜都留倒的」（飯菜都留著），「我等倒在」（我正等著呢）。「……得有……」也表示持續態，如「床上睡得有個人」（床上躺著一個人）。這類助詞多在一般市民和農民講的補充語裏出現。

6. 四川補充語裏有些能願句型用的是普通話語詞卻摻入了四川話的一些虛詞或語法格式。如：A.「打得，走得，餓得」（能打，能走，能餓），「吃不得，穿不得，也用不得」（不能吃，不能穿，也不能用），「老虎屁股摸不得」（老虎屁股不能摸）。B.「打得贏就打，打不贏就走」（能打勝仗就打，不能打勝仗就走）。C.「彈得來鋼琴唱不來歌」（會彈鋼琴不會唱歌）。前兩個類型出

現的頻率很大，影響也不小，似乎已在普通話裏取得了穩定地位。第三種類型出現的機會較少。

7. 四川補充語裏常見的比較句有三種類型：A.「你小我兩歲」（你比我小兩歲）。B.「汽車比不倒火車快」（汽車比不上火車快）。C.「我小不倒你幾歲」（我比你小不了幾歲），「客車快不倒貨車好多」（客車比貨車快不了多少）。第一種類型普通話也這樣講。

8. 四川補充語的被動句常使用「遭」、「得」、「等」三個介詞。「被」字出現的機會較少，使用「叫」、「讓」的時候就更少一些。如：A. 田頭的秧子遭蟲咬了。B. 人心得狗吃了。C. 你等我說清楚。

9. 四川補充語的問句，往往語詞是普通話的，語法格式卻是四川話的。舉例如下：

（1）是非問句：A. 陳述句＋「沒有」或「沒」，如「上午開會沒有？」「車開了沒？」B. 陳述句＋「不」，如「你喝茶不？」

（2）選擇問句：「看戲嗎看電影？」「打籃球嗎打排球？」這個「……嗎……」比「……還是……」使用頻率大得多。

（3）正反問句：A.「有……沒得」相當於普通話的「有沒有……」，如「教室頭有人沒得？」B.「……得……不得」相當於普通話的「能……不能……」，如「這東西吃得吃不得？」（這東西能吃不能吃）C.「是……不是」相當於普通話的「是不是……」，如「信是你寫的不是？」D.「動詞肯定形式＋否定形式＋賓語」，表示肯定的雙音動詞省略後一個音節，如「你認不認識我？」

第三節　文化生態

廣義地理解，人類的生存環境都是人化了的環境，因而地球上的一切環境都可以認為是文化環境。根據同樣的觀點，也可以把影響語言的一切因子都歸結於文化，甚至把語言的生態統統認為是文化生態。但這樣無助於問題的探討。在我看來，世界上任何事物都有它的特殊性，在同一標準下，按照事物特化程度的不同，完全可以劃定它們各自所屬的基本範疇。對漢語生態類型的劃分，正是出於這樣的考慮。前文討論漢語的自然生態和社群生態，就沒有迴避它們與文化因子的相互聯繫，但是它們的文化性畢竟還不那麼突出，而被另外一些特性主導著生態類型的運動變化。我們現在討論文化生態，也

沒有否認自然因子、社會因子作用的企圖。漢語的文化生態與不同的生態條件存在多向聯繫，其中文化條件的影響最重要。特定生態環境內一定的言語結構單位與一定文化條件的整合，稱為言語的文化生態。不同的文化條件與言語結構單位之間作用力的不均衡導致功能的分化，從而形成變體。影響變體的條件如果發生分化，其中分化後又特別強化的條件可能與言語實體進一步整合為新的變體。下面我們討論文化生態的習俗變體和觀念變體。

一、習俗變體

　　習俗變體是一定社會集團的風俗習慣條件在特定生態環境中與一定言語結構單位的整合體。這裡只討論其中的鄙詈語、諱飾語和吉祥語。與這些言語變體相整合的主要生態條件有兩個方面：一是自為環境。人群心理的好惡，是鄙詈語、諱飾語和吉祥語產生的主觀引發原因；再是自在環境。一定社會集團認同的習俗，對心理引發的各種言語形式加以篩選、淘汰或強化。這種習俗的認同，是比心理好惡更重要的、主導性的因素。人們在心理上為什麼會覺得某些言語聽起來喜慶，某些言語聽起來晦氣？為什麼說人像狗就等於罵人，說人像牛就是稱讚人呢？或許有人會說這是約定俗成。那為什麼不約定烏鴉象徵喜慶，喜鵲象徵倒楣呢？我認為，習俗與言語的約定是一個不斷相互遴選、不斷優勝劣汰的過程。在這樣一個漫長的過程中，環境的各種生態條件與言語實體不斷相互作用，相互調適。一定生態條件與言語實體一旦相互締結了穩定聯繫，那就不由個人的心理好惡而更改，但可由社會集團重行修定或解除。而社會集團重新約定的過程，是一個漸變的過程，也是新舊生態條件的消長變化與言語實體重新整合的過程。我國歷史上烏龜一度被奉為神物。漢代高級官員用龜紐金印，唐代三品官員佩飾金龜袋。說某家有個好女婿，美言之曰招了個金龜婿。可今天誰還會這樣講呢？生態環境的變化引起言語實體與生態條件的重新整合，習俗變體看來也不是一成不變的。所謂約定俗成應當理解為生態因子的運動變化與言語實體的競爭選擇。

（一）鄙詈語

　　鄙詈語是指鄙視或謾罵人的話語。人與人之間相互歧視的最深刻的根源是階級的對立。但當歧視心理被各種文化因子修飾塑造之後，就成為社會集團普遍傳承的文化遺產。這份遺產在言語上的直接表現就是鄙詈語。鄙詈語

一方面是個人情感變化的晴雨表，另一方面又是集團習俗的折光鏡。一句平常的話，將其置於一定的文化背景或特定的交際情境之內，它就可能成為鄙視人或謾罵人的言語。相反，一句道地罵人的話，由於背景或場境的差別，也會由於言語實體與生態環境的重新整合而性質迥異。試想「你這個壞傢伙」、「你真壞」之類的話語出現在情侶口頭上，我們將會怎樣理解？但這並不等於說沒有相對穩定的鄙詈語。任何言語變體都與一定的生態條件既有相對穩定的聯繫，又與變化的生態因子存在隨機的整合關係。「你真壞」由詈語變情語是言語變體隨機性的體現。離開了隨機出現的生態環境，它仍然是句罵人的話。罵有「國罵」，有「土罵」。為眾多的社會集團所習用的詈語，往往因超地域超集團而成為「國罵」，為某一社會集團所特有的詈語，離開了一定地域一定集團，便不成詈語或不被人理解，是為「土罵」。罵有明罵，有暗罵。《聊齋誌異·狐諧》有一段文字，照錄於下。

> 一日，置酒高會，萬（福）居主人位，孫（得言）與二客分左右坐，上設一榻屬狐。……客皆言曰，「罵人者，當罰。」狐笑曰：「我罵狐，何如？」眾曰：「可。」於是傾耳共聽。狐曰：「昔一大臣，出使紅毛國。著狐腋冠見國王。王見而異之，問：『何皮？毛深溫厚乃爾。』大臣以狐對。王言：『此物，生平所未曾得聞。狐字字畫何等？』使臣書空而奏曰：『右邊是一大瓜，左邊是一小犬。』」

孫得言居左席，而「犬」字旁恰在「狐」字左邊，這就將孫得言等同於小犬，是為暗罵。

明罵的話語，地域不同情況各異。下面列出老北京話〔註57〕、臺灣閩南話〔註58〕和瀘州話的一些材料。

老北京話對不同國家、不同民族、不同地域，不同職業的人的鄙稱：韃子、騷韃子（滿、蒙人），賊回子、剁子蹄兒（回教的人），南蠻子（漢人、南方人），豆皮子（南方人），老杆、白帽盔兒、山喀咕、嗲杓、巔巔兒（鄉下人），四川苗子（四川人），老西兒（山西人），西洋狗（西洋人使喚的人），東洋鬼兒、二

〔註57〕北京話材料引自陳子實主編《北平諧後語辭典》，臺灣大中國圖書公司，1981年4月再版。

〔註58〕張振興《臺灣閩南方言記略》，福建人民出版社，1983年7月第1版，第109～110頁。

本、小日本兒（日本人），奉天杆兒（奉天人），衛嘴子（天津人），京油子（北京人），鬼子、毛子（外國人），高麗棒子（朝鮮人），二毛子（奉外國教的人），東洋狗（日本人使喚的人）。

老北京話對小孩的詈語：屎瓜子、兔秧子、灰孫子，雜種或雜子（窯姐兒養的孩子）、過枝子或外秧兒（過繼的外姓孩子）、接根兒（養漢老婆養的孩子）、混種或串秧兒（外國父親或外國母親生的孩子）、二性子（混合非純種生下來的孩子）。

臺灣閩南話：個娘仔（他媽的）、使破個娘（真他媽的）、婊囝（婊子養的）、烏龜（原指行為不正當的男人，借作一般罵語）、土匪（罵人魯莽）、賤蟲（罵小孩淘氣）、激屎（罵人擺臭架子）、潲面（罵人自討沒趣）、抵卵（很討人厭）、哭喉（罵人多嘴）、夭壽（短命的）、死繪了（該千刀萬剮的）、拖屎連（罵人半死不活）、孤屈或絕種（斷子絕孫）、著災（遭瘟的）、飛鼠（罵小偷），相拍雞（罵愛打架的人）、婊婆（女流氓）、禿禿、槌槌或苦苦（罵人傻）、雜種。

瀘州話「龜兒」、「狗日的」、「滾你媽的屄」是不分男女都習用的詈語。男人還用「老子」、「屄」、「錘子」，女人還用「老娘」。「文革」以來，政治名詞有的變成了詈語，不論被罵者的身份如何，性別怎樣，都可罵為：特務、大地主、資本家、反革命、大右派，壞分子、勞改犯、小爬蟲、陰謀家、老保。如果知道對方是幹部，也可罵為反革命修正主義分子、走資派。如果知道對方是知識分子，還可罵為臭老九。

專罵女人的有：爛娼婦、賤婆娘、賣屄婆娘、騷婆娘、賤貨、騷貨、破爛貨、野婆娘、反革命臭婆娘、狐狸精、白虎星、掃把星，老妖精、小妖精、漏燈盞、梭葉子、偷鬧官兒、偷野老公、斗子女兒、賤皮子、是非婆、禍水、詔尖兒。

罵男人的有：屄娃兒、流氓、犟神、爛賬、爛癮兒、賊［ɛtsuəi］，棒客、棒老二、賭哥、煙鬼、酒鬼、騷客、騷棒、騷瘡兒、土匪、壞蛋、摸包兒、三隻手、甩棒兒、二流子、黑心子、狗雜種、孱鬍子、鑽子客、總舅子、屄巴蟲、屄罈蟲、包包籮、抱腳兒、抱參子、老騷狗、燒火佬兒、癲皮狗、大悶呆、土包子、尖腦殼、綠帽子、跟班兒狗、砍腦殼的、挨刀的、塞炮眼兒的、敲沙罐的、短陽壽的。

罵小孩的有：賊娃子、屄娃兒、小雜種、狗雜種、瘟豬子、笨豬、敗家子、

溫湯羹兒、龜兒子、鬼兒子、鬼女兒、小娼婦、背時的，挨刀的、鬼蛋黃兒、鬼膽膽兒、鬼花花兒。

　　鄙詈語如果與特定的生態條件斷絕聯繫，就成為極平常的話語。平常話語被借用來罵人，一旦話語內容與特定環境的聯繫變得相對穩定，就成為新的言語變體。例如，「反革命」、「勞改犯」指人的社會身份和政治面貌，作為人的社會標記，它們和「革命者」、「勞動模範」一樣是普通語詞。但是，對並非反革命或勞改犯的社會成員用這樣的稱呼，就會使被稱呼者感受到侮辱。這種被侮辱感是社會生態環境與人的心理結構交互作用產生的。對並非工人師傅的人稱「師傅」，對並非教師的人稱「老師」，為什麼被稱呼者沒有受侮辱的感覺呢？這也是特定的社會生態環境與人的心理結構相互作用的結果。人的社會等級的高低和物的社會價值的貴賤與言語實體有相對的約定關係。指稱高貴事物的語詞施之於身份不符的人通常不會造成鄙詈語，而可能造成禮貌語、詼諧語或諷刺語。指稱低賤事物的語詞施之於不同身份的人都可能造成鄙詈語。即使稱真正的流氓為「流氓」，那流氓也會因感受侮辱而激怒。借用是造成鄙詈語的主要手段。借用的語素或語詞有這樣幾類：

　　1. 指稱人的。如：韃子、回子、苗子、蠻子、舅子、孫子、兒子、老公、婆娘、閹官兒、娃、客、哥、匪、娼婦。其中有些語詞本來就帶有貶抑色彩，如「韃子」、「匪」等。

　　2. 指稱動物的。如：狗、龜、兔、鼠、豬、雞、狐狸、虎、蟲。這些動物在傳統文化中都各自與特定方面的不良品質相聯繫。如「虎」與「凶」，「鼠」與「偷」，「豬」與「蠢」相聯繫。

　　3. 指稱人體器官及排泄物的。如：心子、鬍子、毛子、嘴子、面、屎、屄、尿、屁，腳、手。尤其是傳統文化視為污穢而儘量迴避的生殖器官及排泄物名稱，詈語卻普遍加以借用。

　　4. 指稱一般事物的。如：瓜子、秧子、雜種、豆皮子、帽盔兒、杆兒、棒、錘、貨、燈盞、葉子、斗子、蛋、卵。這些事物某一方面的特徵被人們比並附會而與新的生態條件產生聯繫，從而增加了它們本來不具備的含義。以「蛋」、「卵」構成的詈語分布區域最廣泛。

　　5. 借用迷信色彩的語詞造成詈語。如「鬼」、「神」、「精」等。其中以「鬼」為語素構成的詈語最為普遍。

借用的語詞有時通過語義的聯想引申能造成更多的詈語。例如，烏龜本是一種動物，借用它來指妓院的男老闆，進一步指妻子有外遇的男子。因為老龜頭綠，又因龜頭尖，所以「綠帽子」和「尖腦殼」就成了詈語。瀘州的斗笠頂部尖，戴上斗笠似乎腦袋也變尖了，結果「戴斗笠」也成了詈語。如果斗笠邊緣沒有封嚴，裏面的竹葉便會溜出來，瀘州話稱為「梭葉子」。這樣，由於丈夫掉以輕心，妻子和他人發生不正當關係，這種女人就被稱為「梭葉子」。推而廣之泛指一切亂搞關係的女人。但是，這些短語只在特定地域才是詈語，脫離了與特定生態條件和環境的聯繫，就不會被人理解，也就無所謂詈語了。

（二）諱飾語

由於生態環境的變異，言語實體與生態條件的約定關係在新環境下，給一定社會集團的言語主體的心理或行為造成壓力，特定社會集團的人們為了消除或減輕這種壓力，就創造或借用其他言語實體與特定的生態條件重新整合，這樣形或的言語生態變體叫諱飾語。諱飾語有五個特點。

第一，時代性。不同的時代，生態環境不可能沒有差異。生態環境的差異會影響人們的習俗，古今習俗的變遷使諱飾的對象發生移易變化。因之古代的諱飾語現代不一定是諱飾語，反之亦然。對不同時代都具有很強環境適應性的諱飾語不多。

第二，地域性。地域不同首先是自然環境的不同，其次社會環境、文化環境以及人群活動都各具特點，這就必然會影響到人群的心理，進而影響到諱飾語的表現形式。

第三，集團性。不同的社會集團處於不同的生態環境，即使是處於相似自然環境的不同社會集團也會因為文化傳統和主體意向的不同而擁有不同的諱飾語。

第四，多樣性。這是由以上三點派生的。不同時代不同地域不同集團對同一事物或諱或不諱參差不一，對同一事物的稱說都採用諱飾，其諱飾手段也參差不一，這就必然產生多樣的同義言語變體。

第五，諱飾語的產生，是因為言語主體在心理或行為上感受到環境的壓力，出於對環境壓力的一種對策，是非主動的。凡是在沒有諱飾要求的環境下言語主體主動參與整合成的婉曲類言語變體，不是諱飾語。

　　例如，在對「兵」和「丘八」都沒有任何選擇壓力的環境下，「丘八」與「兵」是一對自由變體。在對「兵」這個語詞的運用存在忌諱的環境下，「丘八」是「兵」的諱飾變體。在直接使用「兵」這個語詞與環境不協調的條件下，「丘八」是「兵」的婉曲變體。這是因為，生態環境處於永恆的變動之中，而言語實體的音義關係一旦約定，變化就異常緩慢，在環境與言語實體的相互調適過程中，環境往往成為矛盾的主導方面。一個言語實體單位可以與不同的生態條件整合為多種生態變體，佔據更多的生態位。言語變體之間沒有非此即彼的界限，這只是問題的一個方面。另一方面，有的言語實體與特定生態條件聯繫密切，關係穩定，又常常只在特定環境出現，這樣生成的言語變體比較單純，對其他環境缺乏應變能力，佔據的生態位少，生命力脆弱。例如，古代封建帝王諱死，「死」的諱飾變體有「崩」、「宮車晏駕」、「大行」、「棄天下」、「千秋萬歲之後」等等，這些變體在封建時代只能出現於一種特定環境，即不能不提到帝王的死時才用它們，在其他場合就排不上用場。現在，封建時代已一去不復返，帝制亦已廢除，這些變體喪失了生存環境，也就自然消亡了。

　　漢人自古以來忌諱很多。這些忌諱可以歸納為四大類：1. 諱名稱；2. 諱災變；3. 諱污穢；4. 諱醜行。諱名稱有兩種情況。一是尊者、長者、賢者的大名不能叫，帝王及王室親屬的名字是國諱，而家長的名字是家諱。宋代還額外把「聖」、「君」、「王」、「天」、「龍」、「皇」、「主」、「玉」八字列為國諱。宋高宗趙構除正諱「構」而外，還把與「構」同音和近音的五十五個字列為嫌諱。再是忌諱不好聽的稱謂。長癩疤的人忌諱別人當面說「癩頭」、「禿頭」、「光頭」乃至「電燈」。妓女忌諱人家說「娼婦」、「破鞋」。青年人忌諱在公眾場合叫自己「舅舅」。擔任副職的人忌諱人家老把「副」掛在口頭上。諱災變始於原始蒙昧時代。最大的災變莫過於死亡，漢語裏「死」的同義語詞就不下四百種。〔註59〕近年來提倡火葬，又出現「爬高煙囱」、「到火葬場報到」的說法。其次諱病。四川人把「生病」說為「不好了」、「不舒服」、「不安逸」、「不大好」。徐州稱「肺病」為「富貴病」。〔註60〕由此旁及一切可能給人帶來

〔註59〕張志公《要講究禮貌語言》引夏丏尊先生統計數，載北京市語言學會編《禮貌和禮貌語言》，北京出版社，1983 年 12 月第 2 版，第 62 頁。
〔註60〕本節徐州話材料引自李申《徐州方言的諱飾語》，《語言研究》，1986 年第 2 期，第 109～114 頁。

災難的事物、現象。蛇，稱「長蟲」。虎，《水滸傳》稱「大蟲」，有些地方稱「大貓」，長沙稱「貓」。杭州蜑家女兒出嫁忌送秧凳、秧傘，因其音似「殃鈍」、「養散」。〔註61〕山東榮成大魚島的教師把「翻書」說成「把書劃過來」。〔註62〕吉林東遼縣鄉下房東把「餃子破了」說成「掙了」。〔註63〕浙江東陽「賽神」日期忌擇三日、五日，尤忌「初三」，因「三」、「五」諧音「喪」、「無」，「初三」諧音「出喪」。〔註64〕商人忌諱「乾」、「折」、「關門」。「豬肝」叫「豬潤」，「豬舌」叫「豬脷」，「關門」吳語叫「打烊」，「緞子」叫「雲水兒」。船家忌諱「沉」。「沉」、「盛」諧音，「盛飯」只能說「添飯」或「裝飯」。犯人忌說「監獄」與「手銬」。瀘州話以「雞圈兒」、「班房」代「監獄」，以「金手錶」代「手銬」。舉凡一切不利於人的，哪怕只是聽覺上可能引起災變聯想的話語，都在忌諱之列。諱污穢。人體排泄物是首要的忌諱對象，與此有關係的事物也連類而及。如「屎」、「尿」稱「大小便」，「拉屎」、「撒尿」就稱「解大小便」。古代就有「登東」、「如廁」、「更衣」、「淨手」、「做水火」等諱飾語。四川話說「方便方便」、「出去一趟」、「辦公事」、「去1號」，鄉下人叫「跑茅廁」、「上茅房」。「解大便」又叫「解大手」、「退糧」，「解小便」又叫「解小手」、「放水」。徐州話「放屁」叫「虛齣」，瀘州話叫「發言」。成都話「遺精」稱「跑馬」，瀘州叫「走火」。「來例假」成都稱「辦公」，瀘州叫「來了」、「不展勁」。「腹瀉」成都稱「過肚子」，〔註65〕瀘州叫「走參」、「打標槍」、「換肚皮」。諱醜行。性行為被認為是最大的醜行，與性有關的人體部位以及與生育有關的事物、現象，都在忌諱之列。宋代民間蹴踘結社隱語以陽物為「蔥管」，陰物為「字口」。明代六院江湖隱語以交媾為「牽絆」，肛門為「角老」。行院隱語以陽物為「蘸筆」，陰物為「才前」，乳為「纏手」。清季江湖切口以男陰為「金星子」，女陰為「攀」，交媾為「拿攀」，乳為「求子」。〔註66〕「性行為」

〔註61〕惠西成、石子編《中國民俗大觀》（上），廣東旅遊出版社，1988年3月第1版，第312頁。

〔註62〕丘恒興《中國民俗採英錄》，湖南文藝出版社，1987年8月第1版，第127頁。

〔註63〕丘恒興《中國民俗採英錄》，湖南文藝出版社，1987年8月第1版，第83頁。

〔註64〕惠西成、石子編《中國民俗大觀》（上），廣東旅遊出版社，1988年3月第1版，第362頁。

〔註65〕羅韻希《成都人言語中的諱飾》，《南充師範學院學報》（哲社版），1988年第1期，第60～63頁。

〔註66〕曲彥斌《民間秘密語與民族文化》，《民間文學論壇》，1988年第5～6期，第138～

徐州稱「壓擦兒」、「長蟲戲河蟆」，成都叫「睡覺」，瀘州叫「睡瞌睡」、「幹事兒」。動物的性活動和性器官也連類而諱。徐州話稱雞交配為「軋籠」，對狗則稱「弔秧子」，對騾、馬稱「爬」。成都話稱雞鴨交配為「踩蛋」，對貓則稱「叫春」、「嘶春」，對狗稱「起草」。瀘州話稱家禽交配為「打蛋」，對貓則稱「嘶春」，豬、狗、兔等動物交配為「走草」，對馬、牛則稱「扒背」，對蛇則稱「污」。雄畜生殖器稱「鞭子」，如「狗鞭子」、「豬鞭子」、「牛鞭子」等。男生殖器徐州稱「老雀」、「小雞兒」、「茶壺蓋」、「老二」、「那黃子」、「那東西」、「那玩藝兒」等等。瀘州稱「雞兒」、「咯咯」〔﹍ko ﹍ko〕、「二哥」、「電棒」。四川話的「屄」、「錘子」是詈語，一般不用這兩個語詞，與這兩個語詞同音的語詞也在忌諱之列。四川話女生殖器稱「屄」，與之同音的語詞也屬忌諱。「批評」的「批」，四川話讀〔﹍p'əi〕，避〔﹍p'i〕音。女生殖器徐州稱「海蚍子」、「河蟆」。瀘州話則儘量迴避，非說不可代之以「下身」，鄉下人稱「蚌殼兒」、「團魚」。其次，社會上的不規矩行為也用諱飾語。如，徐州話「送禮」叫「燒香」、「上供」，「撒謊」叫「玩侃子」，求人辦事而請吃飯叫「抹嘴頭兒」，怕老婆叫「床頭櫃兒」。瀘州話「行賄」叫「塞包袱」、「燒香」，「撒謊」叫「扯把子」、「膽花子」，求人辦事而請吃飯叫「燙牙齒」、「吞油大」，怕老婆叫「跪踏板兒」，怕老婆的人叫「炟耳朵」，性行為不檢點叫「亂來」、「亂搞」。甚至有些容易與忌諱內容產生音、義聯想的姓，也自覺迴避。如徐州姓熊的往往自稱姓邢，四川姓龔的自稱姓彎，著名的自貢竹絲扇不叫「〔﹍tɕioŋ〕扇子」，叫「〔﹍uan〕扇子」。

借代是諱飾的主要手段。但借代的方式不一，大致有十二種。

1. 形象借代。瀘州話以「鞭子」代公畜生殖器，成都話以「麻雀兒」、「雀雀兒」代小男孩生殖器。

2. 類比借代。徐州話以「坐瘡」、「坐板瘡」代「痔瘡」，以「痰盂子」代「尿盆」。不論「痔瘡」還是「坐瘡」都同屬「疾病」這個義類，而且都與臀部有關。不論「盂」還是「盆」都屬「器皿」這個義類，痰與尿都是人體排泄物。用同屬一大類的事物借代謂之類比借代。

3. 近義借代。徐州以「獨守人」代「寡婦」，以「哀棍子」代「哭喪棒」。

4. 變義借代。如稱「失足青年」為「工讀生」，以「議價」代「高價」。

5. 褒義借代。普通話以「富態」、「發福」稱「胖」，徐州話以「喜和」稱「棺材」。

6. 數字借代。如瀘州話以「1 號」代「廁所」，徐州話以「2 號」代「月經」，上海話以「十三點」代「傻子」。

7. 拆字借代。船家忌「沉」及其近音字，湖北沔陽船家不叫陳師傅，而以「耳東師傅」代稱。〔註 67〕徐州話稱「糞」為「米田共」。

8. 暗示借代。以「留城知青」代稱「病殘知識青年」，「文革」期間國家規定只有病殘知識青年才能留城，因此「留城」也就暗示「病殘」。成都話以「撬杆兒」，瀘州話以「翹蹬兒」代稱「死」。「撬杆兒」、「翹蹬兒」本意為「腳挺直」，腳僵直了暗示人也就沒命了。人的手被繩捆住，要方便須請求先解開手上的繩子，手解開也就暗示著要行方便了。因此，「解手」就用來代指撒尿拉屎。

9. 模糊借代。徐州話以「那東西」代「男生殖器」，以「辦點事兒去」代「解大小便」。

10. 羨美借代。徐州話用「青春美人豆兒」代「粉刺」，用「萬里香」代「糞堆」、「糞場」。瀘州話用「金手錶」代「手銬」。

11. 避音借代。貴州船家叫「傘」為「撐花兒」，重慶話叫「撐子」，只為避開「傘」（散）的字音。北京「豬舌」叫「口條兒」，避舌（折）音。「雞蛋」叫「白果」，避「蛋」音。益陽稱「腐乳」為「貓乳」，避腐（虎）音。

12. 變音反義借代。長沙、益陽稱「芹菜」為「富菜」，因「芹」與「窮」同音，取「窮」的反義「富」。廣州稱「空屋」為「吉屋」，因「空」與「凶」同音，取「凶」的反義「吉」。

（三）吉祥語

諱飾語體現了言語主體對生態環境的應變能力，而吉祥語則體現了言語主體對生態環境的利用能力。言語主體在言語生態變體的整合過程中起著消極還是積極作用，是諱飾語與吉祥語的一個區別。徐州話稱「棺材」為「喜和」，這種說法雖然能夠減輕「棺材」給人心理上造成的壓力，但並不能帶來愉悅喜慶

〔註 67〕丘恒興《中國民俗採英錄》，湖南文藝出版社，1987 年 8 月第 1 版，第 250 頁。

的感覺，人們是為了最大限度地擺脫不吉利的聯想而以「喜和」代替「棺材」的。在必須使用「棺材」的生態環境內，「喜和」就只能是諱飾言語變體。這個生態環境，就包括了自為環境的消極作用因子。同理，稱「舌頭」為「賺頭」、「空屋」為「吉屋」、「芹菜」為「富菜」，都不能認為是吉祥語，而只能是諱飾語。諱飾語一定有所諱，因此才有所飾。在無諱的前提下，言語主體主動參與言語實體與生態條件的整合，這樣形成的言語生態變體才是吉祥語。湖北均縣稱「豬耳朵」為「順風」，吉林東遼縣稱「花生米」為「長生果」，這是吉祥語。「豬耳朵」或「花生米」在當地無論音義都不犯諱，「順風」與「長生果」體現了言語主體的積極意向。

　　漢語吉祥語較之鄙詈語和諱飾語，相對顯得分歧不大。但地域、行業、社會層次不同，吉祥語也有差別。漢人普遍忌說「桑」，因為許多方言裏「桑」、「喪」同音，四川就有「前不栽桑，後不栽構」的俗諺。但浙江海寧的蠶農偏偏認為「桑」象徵吉祥。「桑」、「雙」諧音，寓「成雙富貴」之意。同樣的事物，為什麼地域不同，人們的意念取向差別這麼大呢？生態環境對人們的價值取向有重要影響，凡對人的生存有重要意義的事物，在人們的意念中就會佔據重要的地位。同桑沒有直接價值關係的社會集團與桑佔有重要價值地位的社會集團，價值標尺當然不同。海寧蠶農的經濟活動生產活動都以桑為最重要的物質基礎，桑的榮枯關係到蠶事的興衰，進而關係到人生活的苦樂貧富。可以認為，海寧蠶農的價值取向是特有的自然生態條件和社會生態條件作用的結果。

　　清代上層社會人家習用的吉祥語，以「富貴」為核心構成了一個吉祥語體系。根據宗鳳英《清代的牡丹吉祥圖案》(載《紫禁城》1987年第1期》一文所作的介紹，這個吉祥語體系大致可以歸納為三個方面的內容。一是對富貴和平的憧憬：富貴和平、富貴平安、榮華富貴平和、貴富壽和合二喜、捷報富貴和平多子多福。二是對富貴長久的期望：富貴萬年、富貴萬代、富貴綿長、富貴長春、富貴白頭、富貴福長、富貴千秋、富貴福壽綿長、慶富貴有餘綿長、捷報富貴萬代綿長、富貴像海水一樣源遠流長。三是追求人世完滿的理想：富貴、多福、多壽、多子。這類吉祥語較多：富貴多子、富貴三多、富貴壽考、富貴連福、富貴萬壽、靈仙祝富貴長壽、捷報富貴三多、富貴連福壽、富貴連壽多

子、富貴多壽多子、捷報富貴多壽多子如意、捷報富貴連福壽滿堂從天來、富貴連壽長春、捷報富貴連三多、靈仙祝富貴三多、富貴三多綿長。封建上層社會集團為什麼有這麼多超過其他社會階層的富貴吉祥語呢？這顯然與他們所處的社會環境有關。農民雖然也祈求富貴，但離他們生活的現實環境畢竟太遙遠了，這方面的吉祥語無論如何也變不出這麼多花樣來。

福建惠安漁民往往在漁船的各種設備上貼有吉祥的字條。例如，中帆桅杆上貼的是「八面威風」，頭帆是「一見大吉」，船頭是「海上無浪」，舵把是「萬軍主帥」，魚艙是「滿載而歸」，淡水桶是「龍水甘泉」。〔註68〕吉林東遼縣渭津鄉福祿村除夕貼吉句視對象不同使用的字句有別。祖母住房貼「天增歲月人增壽，春滿乾坤福滿門」。父母住房貼「天時地利人意好，瑞雪豐年又一春」。儲玉米的樓上貼「五穀豐登」。倉房上貼「春種一粒種，秋收萬擔糧」。雞舍貼「金雞滿架」。膠輪大車上貼「車行千里路，人馬保平安」。馬廄貼「牛賽南山虎，馬如北海龍」。豬圈貼「大豬年年有，小豬月月多」。〔註69〕湖北長陽縣造房工人在給房子上大樑時，嘴裏要唱吉祥語：「上一步，天長地久」，「上六步，六畜興旺」，「上九步，九九（久久）長壽」。江蘇吳縣的造房工人在上樑儀式的不同程序唱的吉祥語不一樣。大樑放上屋脊，木匠師傅拿著酒壺邊斟酒澆梁邊唱：「手擎銀壺亮堂堂，今日澆梁四方利。男女老少都歡喜，添財添喜添福氣。」唱完，木匠從屋脊下來，頭頂盛禮品的盤子，登梯而上，唱道：「手扶金梯步步上，芝麻開花節節高。祝賀主家千年富，兒孫滿堂萬代安。」主人在堂屋張開紅錦，木匠又唱：「一陣風來一陣香，恭喜主家造新房。快把錦緞來分開，金銀財寶一齊來！」隨後，木匠將盤中禮品拋向堂屋裏等著「接糧」的人群，最後唱：「拋糧拋得處處有，四方鄰居帶喜歸。主家量大福氣大，八方美名傳佳話。」〔註70〕臺灣婚嫁有「抬子孫桶」的習俗。挑夫將子孫桶挑至新娘房，口念：「子孫桶，過戶碇（門檻），夫妻家和，萬事成。」「子孫桶，掐入房，百年偕老，心和同。」開轎門時，轎夫念：「如今轎門兩旁開，金銀財寶做一堆，新娘新婿入房內，生子生孫進秀才。」「食酒婚桌」由「好命人」

〔註68〕丘恒興《中國民俗採英錄》，湖南文藝出版社，1987年8月第1版，第297頁。
〔註69〕丘恒興《中國民俗採英錄》，湖南文藝出版社，1987年8月第1版，第77～78頁。
〔註70〕丘恒興《中國民俗採英錄》，湖南文藝出版社，1987年8月第1版，第154～156頁。

念喜句：「食雞，才會起家。食魷魚，生子好育飼。食鹿，全壽福祿。食豬肚，子孫大地步。食肉圓，萬事圓。食魚頷腮下，快做爸爸。食魚尾叉，快做乾家。食福圓，生子生孫中狀元。食紅棗，年年好。食冬瓜，大發花。食芋，新郎好頭路、新婦快大肚。」〔註71〕

　　以上材料表明，跨地域、行業、社會層次的漢民族吉祥語，既是以「富貴福祿壽，多子，和平安樂、圓滿豐足」為共同內容的，也是按不同的生態環境而各具特色的。言語實體與不同生態條件的整合，使處於不同生態環境的吉祥語具有自己特定的含義。例如，江蘇太湖水上人家新船下水船頭須釘四綹紅綠綢布條，稱為「如意喜釘」。因而「喜釘」就是新船的象徵，這是一句受當地船家歡迎的吉祥語。〔註72〕但是這句話如果脫離了與之整合的地域條件、行業條件、習俗條件，就不一定為人理解了。如果向新婚夫婦說這句話，會被認為是「喜添小孩」的同義語，因為「釘」、「丁」同音。又如山東榮成縣大魚島漁民過穀雨節，妻子會出其不意地塞給丈夫一個麵粉做的白兔。這是當地風俗，「打個兔子腰別住」在那兒是吉祥語，因為白兔象徵幸福。〔註73〕可是離開特定的生態環境，誰會認為這句話是吉祥語呢？以方音相諧而成的吉祥語與地域條件的整合比較密切。山東沂水以「房前栽杏，屋後種桃」為吉祥語，因「杏」、「幸」同音。可四川話「杏」、「恨」同音，避之惟恐不及，誰還敢引為吉祥？浙江東陽屠良村賽神日選在七月十二日，以「十二」諧「實糧」為吉祥，但四川話「十二」諧「失兒」，忌諱。這一類吉祥語離開特定地域置於新的生態環境之中就可能發生性質變異。在福建泉州，到喪家賀年，絕不能說「恭喜」。一般意義上的吉祥語與新環境的錯接，質變為忌諱語。

　　自然因子、職業因子、習俗因子對吉祥語存在不同程度的影響。「海上無浪」對在陸地上居住的人無足輕重，但對沿海漁民卻是福音。同是漁民，長江邊上的漁民絕不會像惠安漁民那樣把淡水視為「龍水甘泉」。臺灣人以雞會起家為吉祥，四川人則認為雞又吃又抓，再大的家當也受不了。川諺云：「頭輩牛，二輩豬，三輩雞」就是這個意思。漢民族的吉祥語有共同的文化來源，

〔註71〕丘恒興《中國民俗採英錄》，湖南文藝出版社，1987年8月第1版，第161頁。

〔註72〕惠西成、石子編《中國民俗大觀》（上），廣東旅遊出版社，1988年3月第1版，第36～37頁。

〔註73〕丘恒興《中國民俗採英錄》，湖南文藝出版社，1987年8月第1版，第123頁。

在總體風格和生態形式上都顯示出中華文化的特色和魅力。但它們在與生態環境相互作用中的變化情況及運動規律我們目前還知之甚少，這是需要進一步探究的。

二、觀念變體——禮貌語

觀念變體是一定社會集團的道德觀念在特定生態環境中與一定言語結構單位的整合體。漢語觀念變體豐富多彩，這裡只簡略地討論其中的禮貌語。觀念變體與習俗變體都受生態環境中一定的社會模式和文化模式影響，而觀念變體對社會結構中的政治因子比較敏感，這可從四十年來言語變化的情況看出來。社會結構的變更，剷除了封建等級觀念滋生的土壤，封建時代繁縟的禮節被廢除，漢語禮節用語大為簡化。五十年代以來，社會稱呼語也逐漸簡化。六十年代後期，問候語也逐漸被排擠，連廣播裏一向沿用的「各位聽眾，早上好」，「各位聽眾，晚安」，「各位聽眾，節日好」等受外來語影響的稱呼語和問候語也被取消了。八十年代，由於政策的變化、經濟體制的改革重新調整了人際關係，社會交際對禮貌語有了新要求，漢語觀念變體有了一些發展變化。不過，大體看來，禮貌語數量既少，使用頻率也較低，遠不如鄙詈語數量多，表現形式多樣，使用頻率高，分布範圍廣，這是一個反常現象。用一句生態學的術語，就叫做生態平衡失穩。言語的各種變體是相互聯繫相互影響相互作用的，禮貌語的式微騰出了廣大的言語活動空間，這就是鄙詈語惡性發展的生態學原因。與粗鄙言辭相適應的，必然是簡單原始的交際手段，這樣反過來抑制了言語高級生態的發展。言語的高級生態變體的發展需要穩定的社會結構和優化的文化結構為背景，社會的動亂和文盲的眾多使言語生態環境惡化，這樣就使得言語的高級生態變體侷限在一些文化較高的社會層次中，難以普遍化。由於一度強調階級鬥爭，社會親暱語、禮貌語日漸減少，家庭親暱語、禮貌語也逐漸淡化，這也是觀念變體對政治因子較為敏感的一個證據。「文革」期間在四川流傳著一個諷刺當時的青年人的笑話：有位知識青年返城當了工人，就寫信給自己的父母親，信中說：「父同志、母同志、父母二同志，新社會，新國家，各人找錢各人花。」雖然是笑話，卻真實地反映了一定歷史時期一定層次的社會成員的文化狀況。當時的青年人稱呼語、問候語的常識幾乎為零，而婉曲語「各人找錢各人花」（意為不負贍養責任）語

氣蠻橫，言辭粗俗。這也可見社會生態環境通過對人們言語生成能力的影響而對言語變體產生的作用。

　　什麼話算有禮貌，什麼話不合禮貌，這明顯地不由個人意志決定。禮貌語是一定社會集團的禮節觀念在特定生態環境中與言語實體整合的言語生態變體。古代漢語有整套的謙稱、敬稱用語。翻開《周禮》、《禮記》、《儀禮》，中國古代的禮節規範令人歎為觀止。但這裡不擬研究古漢語的禮貌語，而只想就現代漢語禮貌語與生態環境的相互關係略作探討。廣義地講，任何言語只要與觀念因子、場景因子密切協同，使聽話者感覺受到尊重，就可以認為是禮貌語。反過來，通常環境下的禮貌語，有可能在特定環境內被視為不禮貌。所謂不禮貌，一定是言語實體與生態環境內某種生態因子的整合失常，導致交際關係惡化。五十年代後期，全國曾掀起推廣普通話運動。瀘州某中學的一位教師帶領學生下鄉勞動，向一位老農問路。他用帶著土腔的普通話（低級補充語）說：「老大爺，請問這路怎個走？」這句話應當算是禮貌語了，可就這麼一句話，把老農氣得目瞪口呆，他說：「我都這麼大年紀了，你還怪腔怪調地來悚（瀘州話意為「胡弄」、「戲弄」）我！現在的年輕人不學好！」問題出在什麼地方呢？這句話與聽話人及對話場景的整合失常。五十年代，四川農村與外界交流甚少，農民缺乏普通話的基本知識，很多農民根本不知道也沒聽說過普通話。這位教師精神可嘉，有勇氣在沒聽說過普通話的邊遠農村講普通話，但他沒考慮到當時的環境和聽話人的心理。老農聽出問路者是本地人口音，可本地人為什麼不正經說話反而油腔滑調？他誤解為受人胡弄，因而十分氣憤。相反的情況也有。魯迅先生《論「他媽的」》舉了個例子：父子倆一起吃飯，兒子指著桌上的一碗菜對父親說：「這不壞，媽的，你嚐嚐看。」父親回答說：「我不要吃，媽的，你吃去吧。」魯迅說，這已經不算是罵人了，等於說「親愛的」。為什麼詈語會變為親暱語呢？交際場景和對象等特殊生態條件與言語實體的隨機整合，產生了新變體。這種言語變體與罵人的特定環境聯繫中斷，而與新環境條件產生了聯繫。實際上，在一些社會流氓團夥中，這句「國罵」已成了招呼語或語氣詞變體。

　　常用的禮貌語有稱呼語、問候語、道別語和客氣語。

　　稱呼語包括泛稱、尊稱、近稱、愛稱和謙稱。

　　五十年代以來，最常用的泛稱是「同志」。以性別論，可以稱「男同志」、「女同志」。以年齡論，可以稱「老同志」、「小同志」、「年輕的同志」。性別年齡合起來，可以稱「年輕的女同志」、「中年男同志」。六十年代後期，「師傅」成了最常用的泛稱。從七十年代末期開始，「老師」逐漸由專稱上升為泛稱。八十年代中期，各種專稱在不同的領域逐步泛化。在商業金融界，「經理」、「老闆」成為對企業、公司、商店的負責人乃至個體商販的一般稱呼。對身份不明的男性，稱「先生」的多起來。對年輕的女性稱「小姐」、「女士」的也不少。在醫療衛生界，「大夫」也擴大了使用領域，醫院或街道、廠礦衛生所的工作人員，都一律稱為「大夫」。在教育單位，不論教職工都稱為「老師」，教師之間也互稱「×老師」。四十年來泛稱的變化，體現了言語實體與社會環境、文化環境的密切協同。社會結構和文化結構中各種生態條件的變化，通過人群心理結構的篩選加工，不斷以新觀念代替舊觀念。泛稱的更迭，從言語角度反映了觀念的新陳代謝。社會政治因子是影響觀念的重要作用力。觀念的變化很快從社會泛稱的動向表現出來。稱呼人總得考慮聽話者可能接受的程度。五十年代初，人們非常樂意接受「同志」的稱呼。當時在知識界稱黨外人士為「先生」，在金融界和商界稱資方人員為「經理」，被稱呼的人並不引以為榮。「先生」、「經理」實際上成了「統戰對象」的同義詞。而稱同志卻表現出對人的政治信任。「文革」期間，許多同志成了階級敵人、革命對象，尤其是一大批領導同志成了叛徒、走資派，用「同志」作為泛稱就是非常冒險的事。「牛鬼蛇神」固然不准以「同志」相稱，革命群眾也不敢以「同志」貿然稱呼陌生人。在「工人階級必須領導一切」的政治口號下，「師傅」作為泛稱是適應政治潮流的社會選擇。但是，「師傅」帶有較濃的尊崇味兒，萬一被稱呼者有政治問題，還是容易惹麻煩。七十年代中期，一度流行中性稱呼語，這種類型的泛稱與當時社會環境之合拍，非「師傅」所能比。這就是「指示代詞＋『位』＋社會身份名詞」的泛稱模式。根據場景的不同可以生成不同的泛稱。在旅館，用「那位（這位）旅客」；在車船飛機上，用「那（這）位乘客」；在影劇院，用「那（這）位觀眾」；在街道上，用「那（這）位行人」；在旅遊地，用「那（這）位遊客」；在商店，用「那（這）位顧客」。如此類推，××讀者，××聽眾，××購票者，等等。這些都是比較持重的泛稱，既不帶政治傾向，又表示了禮貌，因為用了敬語「位」。必要時，還可以

在中心語前邊加定語，如「那位穿綠衣服的旅客」，「這位靠窗坐的乘客」。

　　老北京話對成年男子的尊稱，常用「二爺」、「大爺」、「二大爺」、「二哥」，現在都被「您」取代了。「您」是最常用的尊稱，一般用於長輩和平輩，不論性別。稱人用量詞「位」，不用「個」。北京話「您二位」、「您幾位」是常用的複數尊稱，也用「您們」。「您們」在普通話裏可能比在北京話裏更常用。「您」是由「你們」合成的，宋元時期不是尊稱，表示第二人稱複數，後來發展為第二人稱單數的尊稱，現在又加上「們」，成了第二人稱複數的尊稱。對老年人，一般尊稱「老大爺」、「老大娘」，城里人多稱「老太太」。小孩尊稱老年人「老爺爺」、「老奶奶」，尊稱年輕男性為「叔叔」、年輕女性為「阿姨」。四川小孩稱成年人分得細一些。男性老人稱「公公」，比自己父親年紀大的稱「伯伯」，與自己父親年紀相近或年輕的稱「叔叔」；女性老人稱「婆婆」，比自己母親年紀大或年齡接近自己母親的稱「姨媽」，明顯比自己母親年輕的稱「孃孃」。五十年代，老百姓對國家機關幹部、工作人員喜歡以姓冠於「同志」之前，稱「張同志」、「王同志」，現在仍然沿用，但多半出現於交際雙方比較生疏的場合。六十年代以後，以姓加上職銜的稱呼盛行起來，至今沒有衰減的跡象。不但行政職務、黨內職務被用來作為對人的尊稱，現在連群眾團體、學術團體的職務也用上了。一個工會俱樂部主任，一個居民小組長，一個集郵愛好者協會主席，得稱他為「×主任」、「×組長」、「×主席」，否則就會遭白眼。「同志」與「職銜」稱呼模式的不同，體現著由平等觀念向等級觀念的變化。這種變化與供給制轉為工資等級制，職銜與工資掛鉤的分配制度有聯繫，也同社會上某些人利用職權謀取私利的風氣相關。稱呼語對生態環境變化的反映比較敏銳。一方面，生態環境影響言語的變化；另一方面，言語也選擇和造就環境。禮貌語運用得體，能夠使僵化的交際場景活躍，禮貌語的廣泛普及，能夠在一定程度上淨化社會文化環境。由於改革開放，人際關係複雜化。「先生」、「女士」、「小姐」普遍用來尊稱海外僑胞，臺港澳同胞，以及在我國工作的外國人員。對男性老人，尊稱「老先生」的也多起來。在高等學校和科研機構，對長輩稱「先生」的遠比稱職稱或學銜的為多。對德高望重的老人，一般以姓冠於「老」之前、稱「郭老」、「丁老」等等。

　　近稱指比較接近、比較親熱的稱呼語。對年紀較大的人，通常以「老」冠

於姓前，如「老李」、「老張」。對年紀較小的人，通常在姓前加「小」，「小李」、「小張」。對年紀稍長的男性。稱「大哥」、「老兄」，對年紀輕一點的稱「老弟」。對年紀稍長的已婚女性，稱「大嫂」、「大姐」，未婚的只稱「大姐」。對年紀輕的稱「大妹」或「大妹子」。在正式場合使用比較親切的稱呼，往往去姓用名得加上「同志」，如「玉峰同志」、「小玲同志」。這種稱呼由黨內擴大到社會，體現了人與人之間平等親切的關係，具有較強的生命力。如果以職務代名字，稱「科長同志」、「秘書同志」，那就失去親切感，成為社會泛稱。

愛稱用於有親屬關係的人之間。關係親密的朋友、熟人之間也使用愛稱。最普遍的愛稱是去掉姓只叫名字。更親密的稱法是只用姓名的最後一個字。北方喜歡在最後字前加「小」，這是對年紀比自己稍小的人的愛稱。南方喜歡加「阿」，如「張建林」可稱為「阿林」。福建人似乎更重禮貌。在廈門，同一工作單位的人最常用的稱呼是去姓叫名，關係接近的用「阿」加上姓名的最末一字。愛稱實際上作為近稱使用了。以名字或最末一字加「兄」、「姐」、「弟」、「妹」的稱呼既親熱又注意禮貌，如「國新兄」、「新兄」，「明燕姐」、「燕姐」，「曉剛弟」、「剛弟」，「秀珍妹」、「珍妹」。長輩稱小輩有時用「小鬼」、「小傢伙」、「小妞兒」，有時喚乳名，「黃狗」、「石頭」、「阿牛」、「水生」什麼的。

年輕人很多不用謙稱，可能也不知道什麼是謙稱。造成這種狀況的原因很複雜。語言方面的原因是現代漢語缺少謙語。自為環境方面則是因為言語主體在觀念上對謙遜缺乏正確認識。「你數老幾？」「老子天下第一」等錯誤觀念在四十歲以下的人中普遍存在。這種觀念產生的土壤是社會的動盪和文化環境的惡化。大力提倡「五講四美」，努力建設社會主義精神文明是治理社會環境的補救措施，人們文化素質的增強，思想覺悟的提高，才是諧調生態環境的根本途徑。只有環境系統的各個方面協同起來，漢語的謙稱語詞才可能在言語實踐中逐步豐富起來。

我們現在使用的謙稱，基本上是對古漢語謙稱的選用。對人稱自己往往用「敝」、「敝人」、「鄙人」或「愚」，但並不普遍。六十年代，文化界的書面語裏以「我們」代替「我」使用，本意是不願突出自己而代之以「我們」，逐漸成為習用語。然後會議發言也時用「我們」代「我」。作為第一人稱單數的謙稱，「我們」並沒有在社會上廣泛流行而只是在知識文化界運用，它是否能站住腳跟尚待實踐檢驗。對人稱自己的配偶，通常採用不帶文氣的說法表示謙

遜，如「我老伴兒」、「我那口子」，很少說「我丈夫」、「我妻子」、「我愛人」，因為這種說法並沒有謙遜的意思，是不偏不倚的中性稱呼。稱妻子為「賤內」、「拙荊」的只是知識分子中的少數人，社會上大多數人不懂這種稱呼。但稱自己的作品為「拙作」、「拙稿」、「拙句」倒較為普遍。對別人稱自己的子女為「小兒」、「小女」最常用，稱自己的父、母為「家父」、「家嚴」、「家母」、「家慈」的已很少，大多為中性說法「我爸」、「我媽」所取代。知識分子常用謙詞「學生」、「後生」、「晚生」、「受業」、「後學」，但都是從古漢語中選用的，且僅限於書面，口語一般不這樣講。

在中國流行最廣的一句口頭問候語是「吃過沒有？」另一句是「上哪兒去？」常用的書面問候語是「您好」，「近好」。這兩句書面問候語多少受了些外來影響，現在口頭上也用起來了，但遠不如前兩句「國問」流行範圍廣，使用頻率大。我們習焉不察，而國外的朋友則覺得不可思議。英國學者 Helen Oatey 說，有位年青的英國婦女初到香港，一位銀行辦事員竟然問她是不是吃過午飯，她大為驚詫，就急忙解釋已經吃過飯了。〔註74〕因為在英國人的文化觀念中，問人是否吃飯，是準備邀請人家吃飯的間接表達方式。在未婚男女之間，還是一種準備求愛的暗示。中國有過長期的封建專制，這種制度無視個人的獨立性而注重人的實用價值。與之相應的文化觀念也表現了對人獨立性的不在乎而對人的衣食住行狀況的關注。這種觀念直到今天，仍然是中國文化中不可忽視的一個方面。讚揚一位領導者，說他取得了多少獨創性的成就，與宣傳他對人民的衣食住行給予多少關注，老百姓的反映不一樣。領導人詳細詢問一個家庭有多少收入，打的糧食夠不夠吃，小孩上學念書沒有，不但不會被認為侵犯隱私權，反而會贏得好感。這就是「國問」的歷史文化淵源。中國的銀行辦事員問英國女客是否吃過午飯之所以引起誤解，是因為言語實體與交際環境以及交際雙方的文化背景的聯繫產生錯接。生態環境的變異要求言語採取相應的形式，言語與環境的協同失調，就會導致交際失誤。

還有一種常用的方式是以描述或揣測對方的行動來表述問候。對行動進行敘述的常用問候語如：「忙著啦！」看見人家劈柴，就說：「劈柴啊！」看見人家掃院子，就來個「掃院子哇！」對行動加以揣測的問候，如，看見人家提著

〔註74〕〔英〕Helen Oatey，蔣明選譯《問候與敲開交談之門》，《修辭學習》，1989 年第 2 期，第 9～11 頁。

籃子，就說：「買菜啊！」對方明顯去影院方向，可以說，「看電影哇！」不是非常熟悉的人，一般不對行動進行評價。如「幹得不錯嘛！」這就有居高臨下的感覺，失去問候的功能。切合當時當地環境，切合聽話人心理，是問候語的基本要求。比如離開飯時間已很久，問人家「吃過飯沒有」，給人的印象是「神經有點兒問題」。早晨遇到熟人，問「您喝茶啦？」，這就有點不倫不類，說「您早哇」、「上早班兒啦」就要自然得多。

　　道別語北京人一般喜歡說「走了您！」上海用「再會」，〔註75〕廈門說「走好」，四川用「慢走」。客人往往說「不送了」，「請留步」。現在普遍用「再見」，尤其是青少年。但「再見」不適用於關係破裂而分手的人。在某些特殊的環境下，如獲釋的犯人離開監獄，不能用「再見」作道別語。

　　現代漢語最常用的客氣話是「請」。「請」後可以跟主謂短語，如，「請您坐下」，「請您給我一塊香皂」，也可以省略短語的主語，成為「請坐下」，「請給我一塊香皂」。這就形成「請」後跟動詞或動詞性短語的格式，如「請問」、「請進」、「請用餐」、「請喝茶」、「請上車」、「請提意見」。單用「請」的時候也不少。此外，還有「謝謝」、「很抱歉」、「對不起」、「請原諒」、「不好意思」、「勞駕」、「打擾您了」、「麻煩您了」、「給您添麻煩了」。這一群短語是用來向人致謝意或欠意的客氣語，相應的常用答語有「不用謝」、「不客氣」、「沒關係」、「沒什麼」、「歡迎歡迎」、「哪裏哪裏」、「不敢當」。這樣一套客氣語體現了中國人的道德觀念與言語實體的協同。作為客方接受主方給予便利或幫助，可以從正反兩個方面作出反應，一是對幫助直接表示感謝，再是對給主方帶來麻煩表示歉意。主方對客方的致意，也從兩個方面表態，一是不正面接受謝意，再是對自己給客方提供的便利表示不在乎，這就把主方的作用壓縮到最低限度。禮讓謙恭的觀念因子就在包括主客雙方在內的生態環境中與言語實體整合為生態變體。如果生態環境內的生態條件發生變化，觀念因子與言語實體的關係應隨機調整，否則會造成交際失誤。據說在美國發生過這樣的事：〔註76〕

　　　　外國專家：歡迎你來和我們合作。

　　　　中國專家：哪裏，不敢當。本人才疏學淺，很榮幸有機會來貴

〔註75〕胡明揚《語言和文明禮貌》，北京市語言學會主編《禮貌和禮貌語言》，北京出版社，1983 年 12 月第 2 版，第 75～82 頁。

〔註76〕楊穎泓《漫談口語修辭的民族性》，《修辭學習》，1989 年第 2 期，第 12～13 頁。

國學習深造。

外國專家因此而深感失望，進而懷疑中國專家的學術水平和科研能力。就語句本身來看，沒有失當之處。但從語句與環境條件、交際對象的關係考察，卻是嚴重失誤。交際雙方文化背景的不同，要求言語與新環境條件重新整合，謙辭在新的生態環境內與原來的漢文化因子聯繫中斷，在異國文化背景下具有了新的含義。中國專家的客氣語在外國同行聽來，就是「無能」的同義辭。

除了比較穩定的禮貌言語變體而外，語氣的表達與環境條件相協同，能夠隨機整合為禮貌語。如：「你講！」命令語氣，不大客氣。「你講講。」陳述語氣，中性。「你講講啊！」祈請或商量語氣，比較客氣。語詞運用與環境條件相協同，也能隨機整合為禮貌語。如「你們要……」，不客氣。「咱們要……」，比較客氣。「你懂嗎？」不客氣。「你說呢？」「你看怎樣？」「你看是不是……」，很客氣。選用切合環境，切合聽話人心理的語詞，往往生成禮貌語。「你這兒太窄了」，切合環境不切合主人的心理，直露，不大禮貌。「您這兒好像不是那麼寬敞哇！」婉曲，不刺激，較禮貌。說人「肥胖」，直露，不大客氣。說「豐滿」，委婉，較客氣。說「發福」或「富態」已近於讚揚了。一味讚揚並非禮貌，如果與環境條件產生錯接，則有諷刺或巴結之嫌。禮貌語特別重視與環境和心理的協調。

第四節　羨美生態

無論語言還是言語都處於一定的環境，環境有兩大類型，一是自在環境，一是自為環境。言語在環境中的存在形式也就可以從不同的環境類型出發進行考察。就言語與自在環境的關係看，我們已經初步探討了漢語的自然生態、社群生態和文化生態。現在我們從自為環境的角度出發，進一步探討漢語的羨美生態。不同生態環境內的人群集團有自己獨特的社會心理結構，但不論這些心理結構如何千差萬別，它們都存在一個共性，那就是從人類原始時代以來就已萌芽的愛美心理。愛美心理表現於人類活動的一切方面，語言也沒有例外。語言的產生受功能目的驅動，語言的進化，同樣受功能目的驅動。人們說話，要求準確達意，在此基礎上要求中聽。言辭中聽正是人們愛美心理的體現。愛美心理在不同的語言裏有不同的表現形式，這些表現形式都各自合於一定社會語

言集團的價值尺度。語言的進化發展是功能目的和審美價值的雙重統一。說到底，審美只是言語功能的一個高級層次，沒有離開功能的審美，而沒有審美功能的語言也是不存在的。但不同的語言有自己獨具的審美價值標準，在特定生態環境內一定社會語言集團的審美條件與一定言語結構單位的整合，稱為言語的羨美生態。漢語的羨美生態，在言語的各個層面上都可能形成變體，它是構成漢語特色的一個重要方面。

一、語音的羨美生態

中古以來漢語音系的簡化，推動漢語語詞向著雙音節化發展。近代漢語雙音節語詞多於上古漢語，現代漢語複音語詞更加普遍化。需要指出的是，遠在《詩經》時代，漢語語詞的雙音化已經發生。這種雙音化，似乎不完全是出於辨義的需要。

殷墟甲骨卜辭中的「鬼方」、「羊方」、「宋伯」、「沃丁」一類的方國名、人名雙音節語詞，是言語辨義功能的體現，這大概沒有什麼可懷疑的。而《詩經》有些類型的雙音語詞，它的重點不在辨義，而在於審美。先談重言。《詩經》裏的重言與現代漢語裏的疊音語詞不完全一樣，首先是出現環境不同。現代漢語的疊音語詞廣泛出現在口語，以及書面語的詩歌、散文等各種藝術體裁中。《詩經》的重言則是應詩的藝術要求而使用的。其次，兩者的功能側重點也有區別。現代漢語疊音語詞重在表意，如「人」與「人人」，「坐」與「坐坐」，「紅」與「紅紅」在意義上的變化就比較明顯。《詩經》重言重在語音的聽覺美和通過語音聯想造成的意象美，因而它的產生主要是通過摹聲和擬貌造成音節的藝術效果，而並不側重於辨義。其出現有如下情形：

1. 用在名詞及名詞性短語之後。A.「淇水湯湯」（《衛風·氓》）、「碩人俣俣」（《邶風·簡兮》）、「飄風發發」（《小雅·蓼莪》）。B.「螽斯羽，薨薨兮」（《周南·螽斯》）、「盧令令，其人美且仁」（《齊風·盧令》）。C.「於我乎夏屋渠渠」（《秦風·權輿》）、「予維音嘵嘵」（《豳風·鴟鴞》）

2. 用在動詞及動詞性短語之後。A.「獨行踽踽」（《唐風·杕杜》）、「伐木丁丁」（《小雅·伐木》）。B.「宜爾子孫，振振兮」（《周南·螽斯》）。C.「宅殷土芒芒」（《商頌·玄鳥》）、「二之日鑿冰沖沖」（《豳風·七月》）。

3. 用在名詞及名詞性短語之前。A.「習習谷風」（《邶風·谷風》）、「滔滔江

漢」（《小雅·四月》）。B.「灼灼其華」（《周南·桃夭》）、「秩秩斯干」（《小雅·斯干》）。C.「振振鷺」（《魯頌·有駜》）。

4. 用在動詞及動詞性短語之前。A.「杲杲出日」〈《衛風·伯兮》）、「呦呦鹿鳴」（《小雅·鹿鳴》）。B.「薿薿方有穀」（《小雅·正月》）、「或慘慘劬勞」（《小雅·北山》）。

5. 用在形容詞前：「噎噎其陰」（《邶風·終風》）。

6. 重言聯合：「戰戰兢兢」（《小雅·小旻》）、「萋萋菶菶，雝雝喈喈」（《大雅·卷阿》）。

《詩經》以四言格式為主，凡在四字格中出現的重言，基本上可以認為是詩歌音韻諧調的需要，而音韻的諧調，是詩歌形式美的主要表現，也就是說，重言是詩歌言語環境及人的審美標準與言語實體相互作用的產物。其他非四字格中出現的重言，也可以放到詩歌言語環境裏去考察。例如，《齊風·盧令》三章，每章二句，章首句分別為：「盧令令」，「盧重環」，「盧重鋂」。盧，田犬。令令，犬頜下環聲。本來用一「令」字即可，但詩句的節奏缺少一個音節，全詩在形式上就不諧調。加一「令」字，既使形式完美，又造成音節的聽覺美。又如《豳風·鴟鴞》四章，每章五句。第一章前四句四字，後一句五字。第二章第一句六字，後四句四字。第三章前四句四字，後一句六字。最後一章為：「予羽譙譙，予尾翛翛。予室翹翹，風雨所漂搖。予維音曉曉。」顯然，第四章的末句不可能與前三章的末句在音節數目上求得一致，因而只能與本章的詩句相互諧調。按最後一章前三句的格局，末句應為「予音曉曉」，但第四句是五個音節，末句加襯音「維」，使後兩句音節整齊，而本章各句的末兩個音節音色也柔美諧調。「譙譙」、「翛翛」、「翹翹」、「曉曉」按表意原則都可以只用一個音節，但全詩的節奏美、音韻美就喪失殆盡了。因此，重言作為《詩經》語言在語音上的雙音節形式，是一種羨美生態變體，它是詩歌藝術環境下審美因子與言語實體整合的結果。

剛才提到襯音，襯音既沒有表意的功能要求，也沒有語法格局的需要。它可以說是比重言更純粹的羨美生態變體。《山海經》說，發鳩之山，其上多草木。《逍遙遊》說，藐姑射之山有神人居焉。為什麼不說「發鳩山」、「姑射山」呢？現在人們說「峨眉山」、「太行山」，為什麼不說「峨眉之山」、「太行之山」呢？生硬地把「之」說成結構助詞是講不過去的，這裡也有個審美標準問題。同一

個意思，怎樣說更中聽，不同的時代審美標準很難一致，所謂「中聽」也有不同的標準。通常說「非常好」，偏偏有人要說「非常之好」，「之」是語法或表義需要才加進去的嗎？《周南・桃夭》第一章為「桃之夭夭，灼灼其華。之子于歸，宜其室家。」為什麼不說「桃夭夭，灼灼華。之子歸，宜室家」呢？據研究，〔註77〕《詩經》裏「有」、「其」、「彼」、「斯」、「思」是常用來與另外的單音詞組成雙音結構的襯音音節。這種音節構成的雙音結構，不改變原來單音語詞的詞彙意義和語法意義，也不附加情感色彩。唯一的不同，是把相互無聯繫的兩個單音節在節奏上加以約定，從而在音韻和節奏上對詩歌整體產生影響。現代漢語口語的襯音音節不少，究竟有多少審美效果須作具體分析。而詩歌或歌曲裏的襯音音節，其藝術效果則是不言自明的。請讀讀賀敬之的《回延安》裏兩行詩句：「杜甫川唱來柳林鋪笑，紅旗飄飄把手招」，再欣賞一下《康定情歌》的前兩句：「跑馬溜溜的山上，一朵溜溜的雲囉」，如果去掉「來」和「溜溜的」，感受將會怎樣？這樣的襯音音節是道地的語音羨美生態變體。

徐復先生指出古漢語裏有這樣一種現象，就是原來不是疊韻的雙音節語詞，因其中一個音節變讀而成疊韻語詞。〔註78〕《莊子・大宗師》：「意而子曰：『夫無莊之失其美，據梁之失其力。』」陸德明《經典釋文》引李頤云：「據梁，強梁也。」《老子》：「強梁者不得其死。」「據」變讀「強」，與「梁」同屬陽部，構成疊韻關係。《史記・儒林列傳》：「寬在三公位，以和良承意從容得久。」《汲黯傳》：「從諛承意。」王念孫《讀〈史記〉雜誌》：「案從容者，從諛也。言以承意從諛，故得久居其位也。」「諛」變讀「容」，與「從」同屬東部而構成疊韻關係。這種變讀對雙音語詞的意義沒有任何影響，只是音節之間韻母發生同化，這主要是審美意向作用的結果，發音的諧調順口是造成音色美的引發因素。現代漢語裏幾乎任何方言都有語流中的語音同化現象，如果同化生成了較為穩定的語音變體，我們有理由認為它是一定環境下的審美因子與語音實體相整合的羨美生態變體，因為同化就意味著音色的諧調。

現代漢語北方話裏很多方言都有兒化。兒化在不同的方言裏作用不完全一樣，有的具有辨義功能，有的具有語法意義，有的附加了感情色彩。可四川話

〔註77〕 參看朱廣祁《〈詩經〉雙音詞論稿》，河南人民出版社，1985 年 4 月第 1 版，第 63～96 頁。

〔註78〕 徐復《變音疊韻詞纂例》，《語言研究集刊》（第一輯）江蘇教育出版社，1986 年 3 月第 1 版，第 233～246 頁。

裏有些兒化詞既不區別意義也不表達感情色彩，只是為了念著好聽而卷舌的。如「蚌殼兒」、「白鰱兒」、「皮衫兒」、「羅漢兒」、「菜豌兒」、「拼盤兒」、「白鶴兒」、「攤販兒」、「大漢兒」、「跑灘兒」等等。這個僅僅為了好聽而產生的〔ə〕，是羨美生態的語音變體，它在語流中只具備審美功能。〔註79〕

二、語義的羨美生態

　　語音有時可以不承載任何語義出現在言語流中，仍然能夠具備某種功能，但它不能脫離言語環境而存在，脫離了言語環境的聲音已經不再是語音了。語義與它就不大一樣，語義是一種抽象的東西，人們要感知它，總得憑藉某種形式系統，如語音系統，書面符號系統，姿勢系統等等，因此，討論語義生態的前提，就是先確定它與某種形式系統的約定關係。自然語言是語音與語義按一定規則的整合體系。我們討論語義羨美生態，實際上就是討論一定語義與一定語音的結合體在生態環境內與審美因子整合的存在形式。漢語語義的羨美生態，一是側重於形象，再是側重於心理。羨美生態的語義形象變體在言語環境中總是伴隨著一定的審美條件出現的。王昌齡《芙蓉樓送辛漸》末兩句：「洛陽親友如相問，一片冰心在玉壺」，其中「心」和「冰」形象，而「品德」與「廉潔」抽象。在這首詩歌的藝術環境內，「冰」的屬性是言語主體審美標準的體現。換句話說，在這首詩創造的藝術環境內，「冰」是「廉潔」的語義羨美形象變體。不說「我的品德非常廉潔」，而說「我的心跟玉壺裏的冰一樣」，這就造成了形象的審美效果。一般說來，離開了具體的藝術環境，這樣的變體能否保持穩定，尚須看它是否能爭取到更多的生態位。實際上，用「冰」作「廉潔」的羨美變體不僅受到當時社會的推崇，而且也為後世所效法。千年後的今天，冰清玉潔已經成為漢民族審美結構中的一個重要內容，現代著名作家還以「冰心」作筆名。因此，可以認為「冰」是一定藝術環境下相對穩定的語義羨美形象變體。

　　王昌齡的「一片冰心在玉壺」，「品德」與「廉潔」這兩個抽象概念都沒有出現，全以形象托出。有的形象變體則與抽象概念同時出現。例如，「千聲萬聲呼喚你，母親延安就在這裡」，「我愛我們的燈光，每一片燈光都是溫暖的

〔註79〕參看李國正《四川話兒化詞問題初探》，《中國語文》，1986年第5期，第366～370頁。

心，都是祖國母親的微笑。」前者的「母親」是「延安」的形象變體，後者的「母親」則是「祖國」的形象變體。抽象與形象同時出現是為避免語義歧解而採取的言語組織手段。相較之下，藝術意境受到削弱。兩者之中，「祖國」的形象變體「母親」由於能夠在更廣闊的環境裏離開抽象概念「祖國」而存在，佔據的生態位較多而成為穩定的語義羨美形象變體。有的語句藝術意境不錯，但其中的形象變體不一定穩定。如，李白《哭晁卿衡》：「明月不歸沉碧海，白雲愁色滿蒼梧」；辛棄疾《念奴嬌》：「舊恨春江流不盡，新恨雲山千疊」；劉禹錫《望洞庭》：「遙望洞庭山水翠，水晶盤裏一青螺」。李白詩中的「明月」一旦脫離詩的特定環境，誰也不會把它當作人名「晁衡」的變體。「春江」、「雲山」離開詞的具體環境，就失去了與「舊恨」、「新恨」的同義聯繫。「山」、「水」的形象似乎不夠具體，由於言語主體審美因子的影響，產生了更為具體形象的變體「青螺」和「水晶盤」，但這兩個變體在其他環境中是沒有生命力的。

漢語有種很具特色的羨美形象變體。《詩·周南·桃夭》共三章，每章以前兩句起興：「桃之夭夭，灼灼其華」，「桃之夭夭，有蕡其實」，「桃之夭夭，其葉蓁蓁」。第一章前兩句描述女子出嫁喜慶紅火；第二章前兩句預祝女子嫁到男家生育很多子女；第三句預祝家人興盛。所謂起興，實際上是把一些抽象的事體以形象的言語表述出來，使藝術意境豐滿動人。它不是通常所認為的，只起烘托氣氛的作用。起興語，就是特定言語環境內的語義羨美形象變體。本應說「婚嫁喜慶紅火」，卻說成「好一株紅花盛開的桃樹」；本應說「希望過門後多生子女」，偏說成「好一株果實累累的桃樹」；本要說「預祝家人繁榮昌盛」，卻說為「好一株枝葉茂密的桃樹」。把這種特殊的形象變體僅僅當成引起下文的開場白，忽視它本身承載的語義信息及其所具有的審美功能，是由於傳統偏見造成的誤會。其實，起興語是一種畫龍點睛似的形象描述。描述的內容對全詩或所在詩章的題旨有暗示性作用。例如，《古詩為焦仲卿妻作》開篇就是：「孔雀東南飛，五里一徘徊。十三能織素，十四學裁衣，十五彈箜篌·十六誦詩書，十七為君婦，心中常苦悲。」按照一般說法，前兩句只是引起下文，沒有實際意義，這種說法不符合作品的本意。那麼，開頭兩行詩表達了什麼內容呢？我們不妨先讀一下樂府詩《豔歌何嘗行》：「飛來雙白鵠，乃從西北來。十十將五五，羅列行不齊。忽然卒疲病，不能飛相隨。五里一反顧，六里一徘徊。『吾欲銜汝去，口噤不能開。吾欲負汝去，羽毛何摧頹。』『樂者憂相知，憂來生別離。躊

躇顧群侶，淚落縱橫隨。』」此詩敘述了雙鵠同飛，其一中道疲病不能相隨，另一白鵠無法相救的悲慘故事，並借白鵠之口抒發了對「憂來生別離」的傷感情懷。「五里一反顧，六里一徘徊」勾畫了對伴侶既留戀又無可奈何的悲愴情境，這正是「五里一徘徊」的注腳。樂府的「白鵠」，古詩代之以「孔雀」，前者說「西北來」，後者云「東南飛」，語義相近，題旨相同。這樣，我們不難明白：「孔雀東南飛，五里一徘徊」原來是「生離死別，留連難捨」的同義語，它與下文「心中常苦悲」相呼應，無異於在作品的開端就明白點題，這是一個悲慘的愛情故事。與這種直言陳述不同的是，它採取了形象的手段，這就使作品的藝術性得到強化。要理解這一點，必須認清所謂起興，其實是言語羨美生態在語義上的一種形象變體。

「燕山雪花大如席」、「臘月廣州花滿城」，其實是「燕山雪花大」、「臘月廣州花多」的形象變體。這類形象變體不僅是言語實體與言語環境的整合體，而且是與自然條件的整合體。在同樣的審美條件下，如果說「廣州雪花大如席」，「臘月長春花滿城」，由於與自然環境條件的關係失調，導致了語義表述錯誤，作為形象變體也就喪失了審美功能。而「可上九天攬月，可下五洋捉鱉」作為「世上無難事，只要肯登攀」的形象變體，為什麼具有審美功能呢？言語主體把「上九天攬月」、「下五洋捉鱉」作為世上難事的極限，就像把不如席大的雪花以席為極限，把並未滿城的花以滿城為極限一樣，言語審美條件只要求九天有月，五洋有鱉即合於語義邏輯。如果說「可上九天捉鱉，可下五洋攬月」，它的審美價值就成問題了，因為違反了最基本的事實。有的形象變體，語義內容相似，審美因子的作用不同。例如，同是表達「高」的語義內容，審美因子與環境的關係不同，相互作用方式不同，審美效果就不一樣。「上有骷髏山，下有八寶山，離天三尺三」。這個「離天三尺三」是「山高」的形象變體，審美角度直接著眼於「山」。「危樓高百尺，手可摘星辰。不敢高聲語，恐驚天上人」。「手可摘星辰」是「樓高」的形象變體，審美角度著眼於「星辰」，星辰變低了，手才能摘到。言下之意當然是樓高接天了。可見語義的羨美生態不但必須與語音整合，而且總是和生態環境內的各種因子相互協同的。

語義羨美生態的另一種類型是心理變體。心理變體與形象變體都與言語主體的審美標準有關，而心理變體還注意到表達方式的婉曲。《左傳·僖公四年》記述齊桓公伐楚，楚國使節屈完把齊國的入侵說成一句非常客氣的話：「君惠

黴福於敝邑之社稷」（承蒙您向我國社稷神求福），這是考慮到當面對齊侯說話，避免使用直露的刺激性言語。「黴福」作為「侵犯」的心理變體，不重形象而重心理反映，其審美效果與形象變體的生動直觀是有區別的。《資治通鑒》記曹操致孫權的信稱「今治水軍八十萬眾，方與將軍會獵於吳。」「會獵」也是「進攻」的羨美心理變體。丘遲《與陳伯之書》說：「將軍勇冠三軍，才為世出，棄燕雀之小志，慕鴻鵠以高翔。」「棄燕雀之小志」是「背齊」的心理變體，「慕鴻鵠以高翔」是「歸梁」的心理變體。這類變體除了表達方式婉曲，還兼顧形象的生動，具有雙重審美功能。從審美角度來看，雖然表達方式婉曲，但著眼點是直接的，也就是直接針對「背齊」、「歸梁」的語義生成變體的。下面這個例子就有些不同了。馬識途《找紅軍》：

> 鄉下有一句俗話說：「來了督糧官，天高三尺三」。為什麼說天高三尺三呢？因為督糧官一來鄉下，地皮都要給刮掉三尺三，於是天就比原來的高三尺三了。

這句鄉諺裏的「天高三尺三」是「拼命搜刮」的心理變體。老百姓既不能當面點破督糧官的貪婪行徑，又實在忍無可忍，不能不言。這個既婉曲又形象的羨美說法，其審美角度不直接著眼於「搜刮」行為本身，而著眼於搜刮的對象和後果。照理，被盤剝的對象是老百姓，搜的結果是精光，而在變體生成的技巧上卻巧妙地以「刮地」代「刮民」，以「天高」代「地薄」。這樣，「天高」——「地薄」——「民窮」實際上就成為同一語義的言語變體。因此，「天高三尺三」是以行為結果為著眼點的羨美心理變體，它與直接著眼於「背齊」、「歸梁」行為本身的心理變體相比，審美因子的作用是不同的。

三、語法的羨美生態

語法是抽象的規則系統。就抽象規則而言，無所謂美與不美。但是語法總是具體體現為言語成分的相互關係。在一定的生態環境內，可以用最切合環境的規則來組織言語材料，表達某種意義。規則不一樣，意義的表達就會發生變化。陳望道先生在《修辭學發凡》裏曾討論過「黃犬奔馬」的句法問題，認為語句不同是「由於意思有輕重，文辭有賓主之分」所造成，不是「憑空抽象地討論所能判定工拙優劣的」。〔註80〕脫離生態環境的句法無所謂優劣，一種意思

〔註80〕陳望道《修辭學發凡》，上海教育出版社，1979年9月新1版，第59～60頁。

在不同的生態環境中各有不同的表達規則。如果在同一生態環境中允許出現兩種以上可供選用的規則，那就可以根據語句的整體功能，考察它是否具備更好的審美效果。這樣，我就把在特定生態環境內能夠達到較好審美效果的句式，稱為句法的羨美生態。

　　請看下列例子：〔註81〕

　　　　1. 他不能，不肯，也不願看別人的苦處。

　　　　2. 他不能看別人的苦處，不肯看別人的苦處，也不願看別人的
苦處。

　　　　3. 如果進到天山這裡還像秋天的話，再往前走就是春天了。

　　　　4. 再往前走就是春天了，如果進到天山這裡還像秋天的話。

例1的審美效果簡潔明朗。例2氣勢連貫，力度加強，灌注了更深的主觀情感。在環境對簡潔審美沒有特別要求的前提下，例2運用的排比句式是例1句式的羨美生態，因為它造成了更強的審美效果。例3的審美效果是自然平易，例4強調的重心前移，語意跌宕有致。如果環境對自然平易沒有特別的要求，那麼例4的倒樁句式是例3的羨美生態。

　　在近體詩裏，藝術環境對形式的要求遠比一般言語環境嚴格。在這種情況下，不同句式所造成的審美效果對比鮮明。例如：

　　　　1. 竹喧浣女歸，蓮動漁舟下。

　　　　2. 竹喧歸浣女，蓮動下漁舟。

　　　　3. 新雨後憐竹，夕陽時愛山。

　　　　4. 竹憐新雨後，山愛夕陽時。

例1和例3無論其語義表述多麼準確，語句卻完全不符合五言詩的節律平仄要求，未能構成詩的意境，因此談不上什麼審美效果。例2和例4基本上不改變原語義但變換了句法規則，讀來情味十足，節律諧調，具有較高的審美價值。與例1和例3相對而言，例2和例4是道地的羨美生態變體。

四、羨美生態的進化意義與悖論

　　羨美生態本是言語功能複雜化的產物。言語最初出於自我表達以及相互交

〔註81〕這幾個例句選自宋振華等主編《現代漢語修辭學》，吉林人民出版社，1984年9月
　　　第1版，第58頁，184頁。

換信息的需要，只要明白達意就行了。隨著生態環境的複雜化和人腦的進化，人類的思惟能力和思想情感也逐步高級化。在自在環境和自為環境的雙重作用下，對言語的功能不但要求準確達意，而且要求能表達多種複雜的情感和意向。言語實體在不斷的生態運動中與環境相互作用，與審美條件整合為具有特殊功能的生態變體，因此，羨美生態也是言語自身進化的產物。羨美生態變體在言語流中的主要功能是審美，而審美必然是言語結構與環境相互協同產生的整體效果。一句話在言語環境中既須達意，還要中聽，這就給言語成分、規則結構同環境的整合提出了更高的要求，形成了言語進化的一種推動力。

現代漢語北方話廣泛流行的兒化捲舌韻，按俞敏先生的說法，是旗人影響所致。〔註82〕最初接受這個捲舌音節，恐怕不是開始就借用它來表達語法功能或感情色彩，最直接的原因應當是對這個音節的音色的審美欣賞。四川瀘州話至今仍保持相當數量的兒化審美音節。純粹語音的審美在言語運動中很容易發生分化，這就可能為言語表達，語義的，語法的，情感的功能要求提供手段。語音的羨美生態變體，可以在一定條件下轉化，為言語結構的發展充當基石。普通話的「傻裏傻氣」、「糊裏糊塗」這種格式，有人認為「裏」是類似中綴的構詞成分。它最初也只是為說起來照顧節奏，既無意義也不帶感情色彩的語音羨美生態變體。

語義羨美生態變體的產生和穩定，為語義系統的發展增添了營養。例如，「爪牙」本指「爪」和「牙」。《荀子·勸學》說：「蚓無爪牙之利，筋骨之強」正是用的本義。《左傳·成公十二年》：「略其武夫，以為己腹心、股肱、爪牙」，則是「輔弼之臣」的形象變體。而《後漢書·竇憲傳》：「憲既平匈奴，威名大盛，以耿夔、任尚等為爪牙」又以「爪牙」為「黨羽」、「部下」的形象變體。「爪牙」作為「黨羽」的形象變體本是在一定言語環境內與審美條件整合的結果，後世多以「爪牙」代「黨羽」。這樣，由於特定環境內產生的形象變體佔據了更多的生態位，逐漸成為一個穩定的變體。「黨羽」本來與「爪牙」沒有語義聯繫，由於變體的穩定而成為「爪牙」的一個義項。現代漢語仍然常以「爪牙」代「黨羽」使用，只不過它們都已帶上貶義色彩。這種情況現代漢語裏同樣存在。例如，「舌頭」本指人或動物的味覺器官，部隊用語裏常用作「俘虜」的形象變體。這個變體一旦穩定下來，就會給「舌頭」增添一個義項。

〔註82〕俞敏《駐防旗人和方言的兒化韻》，《中國語文》，1987 年第 5 期，第 346～351 頁。

任何事物都有兩種傾向，羨美生態如果偏離生態環境條件向唯美傾向發展，那麼羨美生態自身的生命力也就衰竭了。有一首《打鐵歌》，全詩二十六行，一韻到底。下面節錄後十六行：〔註83〕

> 爐火熾烈心情更急切，
> 迎接暴風雨燕子穿越，
> 與猛虎搏鬥壯士圍獵，
> 交響樂進入高潮時節。
> 驚心動魄在難忘一瞥，
> 雷霆能夠使五嶽崩缺，
> 讀雄辭而學勇士不怯，
> 怒觸不周山天地傾斜。
> 一爐又一爐偉力難竭，
> 燦爛的火花永不萎謝。
> 太陽出來向黑夜告別，
> 汗水變化做波浪千疊。
> 黃河向東流滔滔不絕，
> 我們工人有多少豪傑！
> 罪惡制度曾經被消滅，
> 神州必將再換個日月。

看來，言語主體的審美著重點在於形式，所以務必每句九字，句必押韻，以追求音韻美、節奏美。注重形式而忽略了藝術意境的經營創造，到頭來也就喪失了音韻和節奏的審美價值。我們不妨讀一讀題材類似的另一首詩歌《秋浦歌》：

> 爐火照天地，紅星亂紫煙。
> 赧郎明月夜，歌曲動寒川。

顯然，音韻和節奏只有與言語內容水乳交觸並與生態環境密切協同，才能體現出它們的審美價值。

語句規則的變化，是生成羨美生態變體的一條途徑。如果走過了頭，不但不能推動言語結構的進化，反而會造成言語組合的混亂。例如江淹《別賦》：

〔註83〕許可《現代格律詩鼓吹錄》，貴州人民出版社，1987 年 8 月第 1 版，第 103 頁。

「使人意奪神駭，心折骨驚」。由於韻文音韻結構的要求，「意」與「心」仄對平，「神」與「骨」平對仄，而「驚」又處於韻腳位置，須與上文的「名」、「盈」，下文的「精」、「英」、「聲」、「情」押韻。這樣，言語主體為求形式的諧調，不惜破壞正常語序而組成「心折骨驚」這種違反語義邏輯的短語。歐陽修《醉翁亭記》：「臨溪而漁，溪深而魚肥；釀泉為酒，泉香而酒洌」也是出於同樣的原因，把「泉洌而酒香」重組為「泉香而酒洌」。這類與語義內容不諧調的規則變化，如果加以推廣，勢必導致言語表達的混亂。羨美生態與生態環境的協同如果出現缺口，就會成為言語發展的障礙。這同它對於言語進化的促進，是一個問題的兩個方面。

第五節　模糊生態

目前國內學術界對「模糊」的理解分歧較大。有人認為概括、籠統是模糊；有人認為歧義、多義也是模糊；石安石先生認為「邊界不明是模糊語義的本質」。〔註84〕這些意見的共同之點是忽略了環境與言語的相互關係。離開了生態環境，就喪失了討論的起碼依據。在我看來，言語的模糊性是在特定生態環境內的不確定性。任何確定的毫不含糊的言語成分在特定環境內都可能具備不同程度的模糊性；而眾所公認的模糊語詞如「老年」、「青年」置於特定的生態環境，也可能明確無疑。在這個意義上，沙夫（Adam Schaff）說：「如果我們不考慮科學術語的話（科學術語是由約定建立的），模糊性實際上是所有的語詞的一個性質」，這句話並不過分。當然，這句話裏的「模糊性」是按照我下的定義來理解的。沙夫認為：「在客觀實在中，在語詞所代表的各類事物（和各類現象）之間是有過渡狀態的；這些過渡狀態即『交界的現象』，說明了我們所謂的語詞的模糊性的根源。」〔註85〕而客觀實在中，在語詞所代表的各類事物或現象之間並非全都有過渡狀態似的交界現象。「人」與「鳥」，「河流」與「山脈」，它們之間沒有任何語義上的過渡狀態可言。言語模糊性產生的根源不能單純歸因於客觀實在，言語主體對客觀事物感受的不確定性，及其與環境客體的相互作用，是言語模糊性產生的更重要的原因。因此，我把在特定生

〔註84〕石安石《模糊語義及其模糊度》，《中國語文》，1988 年第 1 期，第 60～70 頁。
〔註85〕〔波蘭〕沙夫（Adam Schaff）《語義學引論》（中譯本），商務印書館，1979 年 10 月第 1 版，第 352 頁。

態環境內一定社會語言集團思惟結構裏的不確定因子與言語實體的整合，稱為模糊生態。

一、音素的模糊生態

現代漢語普通話裏［a］、［A］、［ɑ］是音值比較接近的幾個音素，按照它們在語流裏的出現情況，完全可以歸為一個音位。它們也就是這個音位的變體。［a］只出現在［-i、-n］之前。［A］自成音節或作開音節中的單元音。［ɑ］只出現在［-u］、［-ŋ］的前面。由於它們都有一定的出現條件，所以，又稱為條件變體。實際上，人們發音的時候，很難剛好發成標準的理論舌位。發［a］的時候，有兩種趨勢。一是舌位偏後逐漸接近［A］，在［a］與［A］這個區間，理論上存在無數個可供選擇的舌位，也就有無數種可發的音。越靠近［A］，就越有可能把這個音用［A］代表；越靠近［a］，用［a］代表這個音的可能性也就越大。另一種趨勢是舌位升高。表示同一個韻母，就有［iɛn］、［iæn］、［ian］三種不同的標寫法，這就意味著［a］在這個韻母的特定環境中，它可以是從［a］到［ɛ］這個區間的任意一個音值。當我們不考慮環境的時候，可以說普通話裏有個／a／，這個／a／是確定的，沒有模糊性，但有概括性，它概括了［a、A、ɑ］三個條件變體。在一個具體的語音環境［ian］裏，我們就不能說這裡邊的［a］概括了無數個與它音值接近的音素。因為在發［ian］的時候，我們只能在無數個接近［a］的音素裏任意選擇一個。這個［a］僅僅是被選擇的這個音素的標寫符號，它不能同時標示其他未被選擇的音素。［ian］裏的［a］可以由特定區間的任意音素充當，這就顯示了［a］在特定生態環境裏的不確定性，亦即模糊性。這個在特定環境裏具有不確定性的［a］，是以模糊形式存在的，我把它稱為音素的模糊生態。很明顯，［ian］裏［a］發為怎樣的一個音素，不是由［ian］所代表的事物或現象之間有無過渡狀態決定的，而是語音環境與言語主體思惟結構中的不確定因子相互作用決定的。由於［a］前邊有［i］，言語主體發音時會被前邊的［i］誘導而舌位升高，舌位升高的程度大小，完全是隨機的。由於［a］後有［n］，言語主體發音時也有可能被［n］誘導而使韻腹多少帶點鼻化音。不論發什麼音都是言語主體的不確定性因子與語音環境相互作用的結果。即使是同一個人多次發同一個音節［ian］，他也不可能每次都把［a］發為同一個絕對不變的音值。

二、語詞的模糊生態

語流中語詞的語義如果具有測不准特徵，那它的存在形式就稱為模糊生態。有些語詞在靜態條件下被認為具有模糊性，但在特定的生態環境中不一定是模糊生態。例如「青年」和「少年」兩個語詞，1979 年版《辭海》的解釋是：「青年，從十六七歲到二十三四歲，是少年過渡到成人的階段。」「少年，從十二、三歲到十五、六歲，童年過渡到青年階段，亦稱『青春期』。」柳青的《創業史》裏有這樣一些語句：

> 1. 凡是這種時候，改霞的心就完全傾倒於生寶了。一個農村的貧苦青年，絲毫沒有一點自私自利的想法；這一點，也緊緊地抓住了改霞的心。（中國青年出版社 1960 年 6 月第 1 版第 246 頁）

> 2. 她瞧不起孫水嘴，除了他看她的眼光裏帶著淫邪以外，代表主任介紹他入黨沒有被通過，也是重要的原因。她想：「哼！什麼青年！連黨也入不了！」（第 211 頁）

僅從語句環境看，句中的「青年」似乎是模糊生態，但結合整部小說的「大環境」，這個看法就有問題了。第 99 頁說：

> 梁生寶是個樸實的莊稼人。……舉動言談，看上去比他虛歲二十七的年齡更老成持重。

第 218 頁還有一場問答：

> 老婆婆忍不住有興趣地問：「生寶，你今年二十幾啦？」「二十五」，生寶仰起臉把他的選舉年齡說出來。

第 1 句裏的「青年」，是「虛歲二十七」的梁生寶或選舉年齡「二十五」的梁生寶的同義語。第 59 頁這樣寫著：

> 改霞看見孫水嘴放下木杓子，從田間小路上跑過來了。當二十四歲的、還沒找下對象的民政委員多情地盯住改霞，把統計表從改霞手裏接走以後，代表主任重新搯起木料了。

據此，第 2 句裏的「青年」應當是「二十四歲」的孫水嘴的同義語。這兩個語句裏的「青年」都有各自的確定的語義。它們都不表達模糊概念，當然也不是語詞的模糊生態。而下面這段話僅靠語句環境就可以確定「少年」的非模糊性。

> 瞎眼舅爺的糊塗主意，使他頓時像吃了反胃的東西一樣，覺得

發嘔。十七歲少年氣得連帽子也戴不住了。（第 317 頁）

句中的「少年」語義毫不含糊，它特指「十七歲」的歡喜，絕不包括「從十二、三歲到十五、六歲」的任何人。

有的語詞在靜態條件下語義明確，並不模糊，但在特定生態環境中卻是模糊生態。我們先看陳建民先生《漢語口語》裏的兩段口語材料：

> 1. 我那個岳母，既可以講小的民間故事，又可以講長的民間故事。岳飛啦，楊家將啦，可以講完整的故事。（第 365 頁）

> 2. 欸，你這個顧客坐在這兒點菜。我要什麼什麼溜肉片、炒肉絲、軟炸丸子、三兩飯，說了一套，他（指服務員）都記在腦子裏，他並不寫，然後呢，這回首就沖後邊一嚷嚷，後邊就是掌勺的，那邊就知道，啊，溜肉片、炒肉絲、軟炸丸子、四兩米飯，得，這麼一嚷，他算交代啦。（第 393 頁）

第 1 句裏的「岳飛」、「楊家將」如果從語境中孤立出來，語義是明確的，但在語流中，卻有不確定性。它不是指人，而是指故事，究竟什麼故事，可能指《說岳全傳》、《楊家將演義》，也可能指這一類題材的任何故事，這兩個語詞語義不確定。第 2 句裏「溜肉片」、「炒肉絲」、「軟炸丸子」、「三兩飯」孤立地看，菜、飯的名稱，毫不含糊，可放到語句裏一看，那三種菜名並不一定只代表那三種菜，它可以代表那餐廳裏的任意的菜，在這些菜名前邊兒加上「什麼什麼」就暗示了不確定的意思。所以後文重複時把「三兩飯」說成「四兩米飯」。在這段語句裏，三兩也好，四兩也好，都不是確指，反正就幾兩飯，可能是三、四兩，也可能是五、六兩，不確定。像口語裏的這類情況，我把它們稱為模糊生態。再看一段節錄的書面語材料：〔註 86〕

> 每一個人都是憂患與生具來。學生們怕考試，兒童怕父母有偏愛，三災八難，五癆七傷，發燒四十一度，以及「天有不測風雲，人有旦夕禍福」之類，不可勝數。

通常被人們認為絕不模糊的「三」、「五」、「七」、「八」、「四十一」，在這個特定語境中正是標準的模糊生態。「三災八難」絕不是說有三次災八次難，究竟

〔註 86〕毛澤東《關於帝國主義和一切反動派是不是真老虎的問題》，《毛澤東著作選讀》，人民出版社，1986 年 8 月第 1 版，第 806～809 頁。

有多少次，不確定。「發燒四十一度」不確指「四十一」，也可能是「三十九」、「四十」。再進一步說，也不確指發高燒，而是泛指嚴重疾病。究竟什麼疾病，不確定。

三、模糊生態的進化意義與悖論

特定環境中出現的不同言語生態形式，都各有其特殊的功能。不同生態形式的出現都是出於功能的需要。模糊生態也是如此。並不是所有的言語單位在一切環境內都具有模糊性。模糊生態只有在需要它的環境內才能產生，也只有在這樣的環境內才能發揮其特有的功能。由於模糊生態的不確定性特徵，抒發難以名狀的思緒情感，表述難以分割的時間空間，描繪難以確定的事物的性質狀態，在這些方面比起其他言語生態形式來，模糊生態顯得具有更強的生命力。因此，它除了在人們的社會活動中具有交際功能而外，更多地是在書面語言中體現其審美功能。為了證實這一點，我進行了初步的考察。下面是隨手抄錄的兩段散文。明顯的模糊變體下面劃「橫線」。有的語詞如「山」、「樹」等在語境中是泛指，不作模糊論。

> 這一帶長廊之中，萬籟俱絕，萬緣俱斷，有如水的客愁，有如絲的鄉夢，有幽感，有徹悟，有祈禱，有懺悔，有萬千種話——山中的千百日，山光松影重迭到千百回，世事從頭減去，感悟逐漸侵來，已濾就了水晶般清澈的襟懷，這時縱是頑石鈍根，也要思量萬事，何況這些思深善懷的女子？（冰心：《往事》〔二之三〕）

> 荷塘的四面，遠遠近近，高高低低都是樹，而楊柳最多。這些樹將一片荷塘重重圍住；只在小路一旁，漏著幾段空隙，像是特為月光留下的。樹色一例是陰陰的，乍看像一團煙霧；但楊柳的丰姿，便在煙霧裏也辨得出。（朱自清：《荷塘月色》）

第一段散文包括重複出現的在內共計 94 個語詞，其中模糊生態變體 30 個，占全部語詞的 32%。第二段散文共 71 個語詞，其中模糊生態變體 25 個，占全部語詞的 35%。石安石先生在《模糊語義及其模糊度》一文中曾對 1987 年 3 月 19 日《光明日報》第三版一篇文章的一個片段進行過統計，共 220 個語詞中有模糊性的 46 個，約占 21%。我對這段短文也進行了如下粗略的分析，一些常用的短語如「經得住」、「對得起」、「壓根兒」等只算一個語詞，為統一標準，如

「雪峰」、「惡浪」視為一個語詞，那麼「江水」、「水浪」也算一個語詞，不再作進一步的分析。「人」、「江」、「浪」等泛指語詞，不視為模糊生態變體。考察的情況如下：

> 拍完了各拉丹冬<u>雪峰</u>上的<u>重場戲</u>，我們又<u>輾轉</u>行進 2300 <u>多</u>公里，來到通天河<u>畔</u>的直門達，拍攝主人公在<u>激流中漂流犧牲</u>的另一<u>重場戲</u>。我們來到河<u>旁</u>看水流，只見<u>惡浪翻滾</u>，浪比人高，水浪衝擊發出<u>轟鳴</u>之聲，<u>震耳欲聾</u>。眼望著面<u>前</u>的<u>滔滔江水</u>，<u>眺望著下游</u>的<u>懸崖峭壁</u>，我<u>久久</u>沒有說話。我的內心在<u>激烈地鬥爭</u>！怎麼辦！本來應該找替身演員，可從<u>當地</u>找來的卻是一個 60 <u>多歲</u>的<u>老船工</u>，且不說他的<u>老人</u>形象與劇<u>中青年</u>主人公不相<u>符合</u>，更<u>擔心</u>這樣的<u>老人</u>怎能經得住眼<u>前</u>的<u>驚濤駭浪</u>，導演只好把他送了回去。再另找替身，<u>時間</u>不允許了。本來我壓根兒沒想到自己去<u>漂</u>，如<u>今</u>別無選擇了，只有我下。<u>當時</u>我想到了我的<u>家庭</u>，我要是<u>死</u>了，我愛人怎麼辦？我媽怎麼辦？我對得起把我<u>拉扯大</u>的媽嗎？首漂英雄堯茂書<u>犧牲</u>後連屍首都沒找到呵！

這個片段連重複的在內共計 199 個語詞，其中模糊生態變體 51 個，約占全部語詞的 25.6%。與石安石先生的統計結果相近。石先生還對 1987 年 3 月 3 日《光明日報》頭版報導《人民在悼念他》的一個片段進行了考察，250 個語詞中有模糊性的 38 個，約占 15%。儘管以上統計是隨機抽樣，很粗糙很片面，但仍可看出一種趨勢，即實用性書面語模糊生態較少，描寫性書面語模糊生態稍多，藝術性書面語裏模糊生態變體占的比例最大。即使如此，在現代文學作品中，最高也不會超過 40%。這表明，模糊生態對言語功能的增進，主要體現在審美方面。這對言語藝術水平的提高和文學語言的進步，是一種積極的生態措施。

再看下面的例子：

A. <u>春草碧色</u>，<u>春水綠波</u>。送君<u>南浦</u>，傷如之何！（江淹《別賦》）

B. <u>千里鶯啼綠映紅</u>，水村山郭酒旗風。南朝<u>四百八十寺</u>，<u>多少</u>樓臺煙雨<u>中</u>。（杜牧《江南春》）

C. 尋尋覓覓，冷冷清清，<u>淒淒慘慘戚戚</u>，乍暖還寒時候，<u>最難</u>將息。（李清照《聲聲慢》）

D. 枯藤老樹昏鴉。小橋流水人家。古道西風瘦馬。夕陽西下，斷腸人在天涯。（馬致遠《天淨沙》）

E. 千朵紅蓮三尺水，一彎新月半亭風。（蘇州園林中的聯語）

這些都是古代韻文作品中模糊生態富集的名句。考察結果是：例 A 共 16 個語詞，模糊生態變體 7 個，占 43.8%。例 B 共 22 個語詞，模糊生態變體 7 個，占 32%。例 C 共 15 個語詞，模糊生態變體 10 個，占 66.7%，這恐怕是古代文學作品中模糊生態變體最為富集的例句了。但如果考察全詞，75 個語詞中模糊生態變體 26 個，僅占全部語詞的 34.7%。例 D 共 26 個語詞，模糊生態變體 10 個，占 38.5%。例 E 共 14 個語詞，模糊生態變體 6 個，占 43%。這些數字表明，古代韻文作品比現代文學作品模糊生態的富集度要高些，但最高也不會超過 50%。這些作品的審美功能與言語模糊生態變體的運用有一定的關係。

言語表達、交際和審美的實質是信息的流動和轉換，言語流也就是信息流。言語的模糊生態在語流中保持一定的比例，有助於言語功能的進化。但是如果超過一定比例，言語的不確定性成分太多，則會阻礙信息的傳輸和接收，降低言語包含的有效信息量。雖然理論上幾乎所有的言語單位在特定生態環境中都可能以模糊形式存在，而實際上語流中總是相對確定性成分多於不確定性成分，亦即語義相對明確的言語單位多於語義模糊的言語單位。在某些環境裏，如戰場、比賽場、試驗場、車站、實驗室，要求對時間或空間，事物的性質或狀態作高精度的切分或描述，言語的模糊生態變體就必須減少到最低限度。在這樣的生態環境中，模糊生態的發展就意味著言語功能的退化。